Shimazaki

T·son

写给千曲川的情书

［日］岛崎藤村 ｜ 著
胡环 ｜ 译

图书在版编目（CIP）数据

写给千曲川的情书 /（日）岛崎藤村著；胡环译.
— 南京：江苏凤凰文艺出版社，2019.5
（世界大师散文坊）
ISBN 978-7-5594-1681-0

Ⅰ.①写… Ⅱ.①岛…②胡… Ⅲ.①散文集-日本-现代 Ⅳ.①I313.65

中国版本图书馆 CIP 数据核字 (2018) 第 045612 号

写给千曲川的情书

（日）岛崎藤村 著　　胡环 译

责任编辑	汪　旭
责任印制	刘　巍
出版发行	江苏凤凰文艺出版社
	南京市中央路 165 号，邮编：210009
网　　址	http://www.jswenyi.com
印　　刷	江苏凤凰通达印刷有限公司
开　　本	880×1230 毫米 1/32
印　　张	8.25
字　　数	224 千字
版　　次	2019 年 5 月第 1 版　2019 年 5 月第 1 次印刷
书　　号	ISBN 978-7-5594-1681-0
定　　价	45.00 元

江苏凤凰文艺版图书凡印刷、装订错误可随时向承印厂调换

| 目录 |

第一部分
千曲川风情

序 / 003

学生的家 / 006

天牛幼虫 / 008

乌帽子山麓的牧场 / 009

麦熟时节 / 013

一伙少年 / 014

麦田 / 016

古城初夏 / 018

山中别墅 / 023

卖解毒药的女人 / 028

银傻瓜 / 029

祇园祭前夕 / 030

十三日的祇园祭 / 032

节日之后 / 035

中棚 / 036

枹树荫 / 041

山间温泉 / 042

学校生活 / 044

乡村牧师 / 046

九月的田间 / 048

山中生活 / 049

护山人 / 052

秋季的修学旅行 / 055

甲州公路 / 056

山村一夜 / 059

高原上 / 062

落叶 / 066

炉边欢聊 / 068

小阳春 / 070

小阳春时节的山冈 / 072

农民的生活 / 074

收获 / 076

巡礼之歌 / 079

小饭馆 / 080

松林深处 / 082

深山灯影 / 085

山上的早餐 / 089

雪国的圣诞节 / 091

长野气象站 / 095

铁道草 / 097

屠牛 / 098

千曲川沿岸 / 104

河船 / 106

雪海 / 109

爱的象征 / 111

到山上去 / 112

山中人 / 113

柳田茂十郎 / 118

佃农之家 / 120

路边杂草 / 126

学生之死 / 128

暖雨 / 130

当地杂谈 / 131

道歉 / 133

春的使者 / 134

星空 / 135

早春第一花 / 136

山上的春天 / 137

后记 / 138

第二部分

杂记

伊豆之旅 / 148

伊香保之旅 / 164

宍道湖之旅 / 168

京都之旅 / 172

日本海和太平洋 / 177

三位来客 / 180

第三只眼 / 184

心中的太阳 / 186

等待春天 / 188

枕畔 / 191

午睡 / 192

故乡情思 / 196

桃 / 199

秋草 / 202

雪窗 / 206

花草的对话 / 208

生活杂记（一）/ 219

生活杂记（二）/ 225

短夜 / 231

夜话 / 235

放生鲤鱼 / 238

再婚的信 / 239

しきたつ□岸の岩こえ
玉江の葦のかくれ蛍も
　　　　　　軽政ニ佐

第一部分 千曲川风情

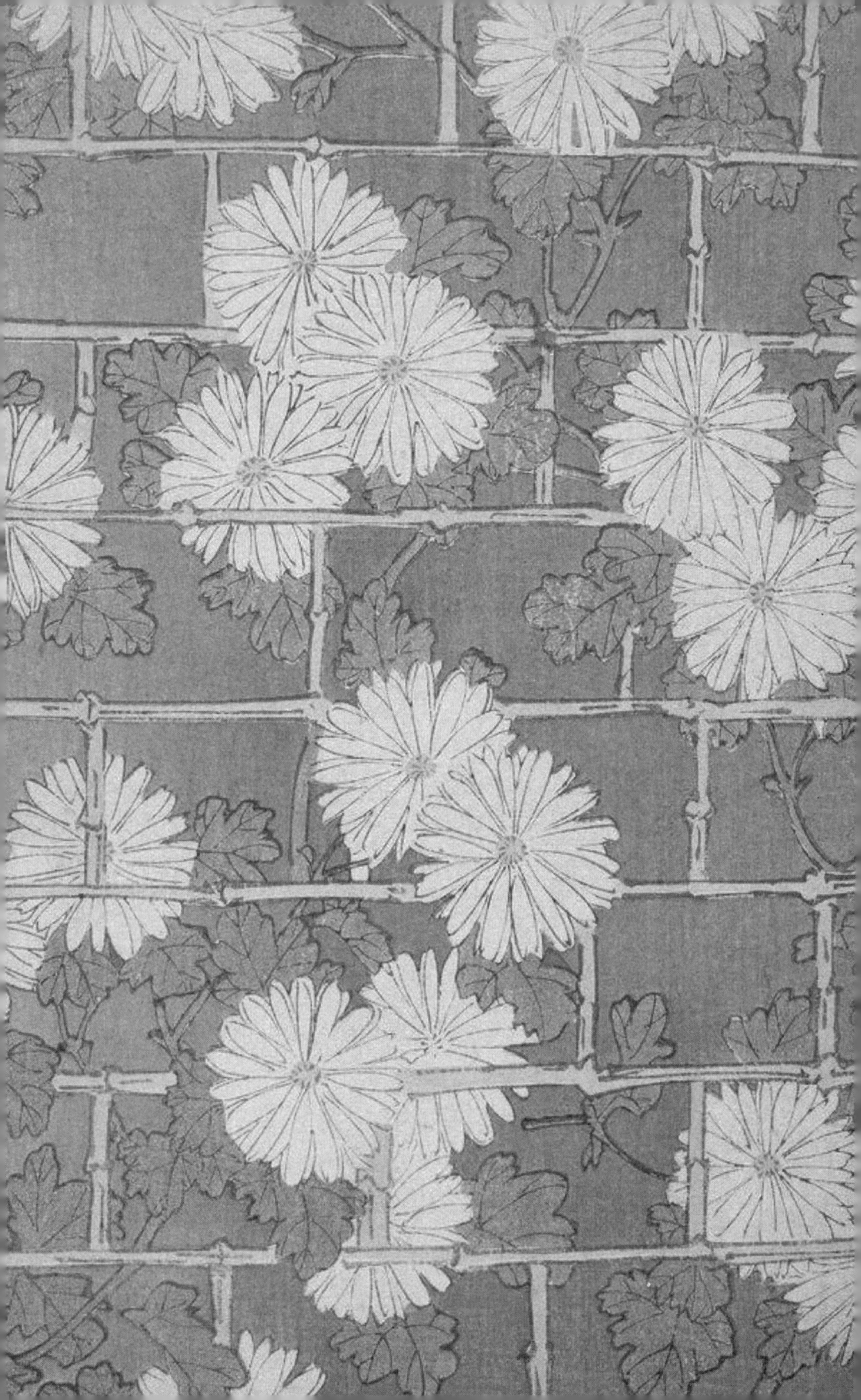

序

亲爱的吉村君——不，小树——当我决定把写给你的信作为本书的序文时，脑子里蹦出来的还是你的名字①，因为叫习惯了，心中油然升起一种亲切感。多年以来，我一直想给你讲述那段山区生活，今日终于成书，留下永久的纪念，也算了却了一桩多年的心愿。

小树，我们俩渊源颇深。在你还未出生时，我就寄居在你家，当时我还是一个少年；在你小时候，我抱过你，也背过你；你去日本桥久松町②小学读书时，我考进了位于白金③的明治学院……我们俩就像兄弟一样一起长大。有一年，我到木曾的姐姐家过暑假，是带着你一道去的，犹记得那还是你第一次出门旅行。我在信州④的小诸⑤安家之后，有两个夏天，我和妻子在那座小山村接待了你。当时，你即将中学毕业，已经长成一个大小伙子了。记得一次是你陪父亲同去，一次是你独自前往。因此，我在这本书里提到的小诸古城旧址、中棚温泉以及浅间山一带的倾斜地等等，对你来说，想必还记忆犹新吧。不仅作为本书序文的这封信是写给你的，而且整本书都是为你而写，这是生活在山区的我写给中学生小树的书。于我来讲，这是最自然不过的事情，而且我认为这也是对那段生活的最好纪念。

"让自己更精神、更简素些吧。"

这就是我当时选择逃离都市，前往山区时的心情。我融入信州的农民之中，体验颇多，受益匪浅。作为小诸义塾的一名乡村教师，我教镇上的商人、旧士族以及农家的子弟读书，但从另一方面来讲，同时我也在向学

---

① 一般情况下，日本人在称呼别人时多叫姓氏，只有关系亲近的人之间，才会叫名字。

② 日本东京都中央区的地名，属旧日本桥区。

③ 日本明治学院大学的本部所在地——东京都港区白金台。

④ 日本长野县一带，是日本的高原地区，有日本的"阿尔卑斯"之称，自古就是优良的农业区。

⑤ 小诸位于日本长野县东部，在江户时代之前曾经是个繁华的城下町（战国时代、江户时代以大名所居住的城为中心而繁华的市街）。

校的勤杂工和学生家长们学习。七年漫长的山区生活，促使我的心境发生了转变，离开诗歌，转向小说。本书的主要素材，就来自默默在那里生活了三四年的体验和感受。

　　小树，你父亲早已离开人世，我妻子也去世了。从我下山一直到今天，我们俩的生活都发生了不小的变化，然而，七年的小诸生活是我永生难忘的记忆。直到现在，千曲川沿岸的情景还会不时浮现在脑海中，有时觉得自己好像正置身于浅间山一带岩石纵横的斜坡上，有时又感到似乎嗅到了那里特有的泥土气息。当你仔细品读我的《破戒》《绿叶集》《藤村集》《家》的一部分以及最近写的一些短篇之后，或许你能从字里行间看出那段山区生活究竟给我带来了多么大的感受。

　　这本随笔集没能向你介绍我的挚友神津猛君居住的山村，是我的一大遗憾。以前，我从未特意为年轻读者写过什么，但是这本书多少是基于这种想法写成的。此外，也希望本书能给寂寥地生活在那片山区的人们带来些许慰藉。

大正元年[①] 冬
藤村

[①] 日本的年号，公历1912年。

学生的家

  地久节①那天，我和两三位同事一起去御牧原爬山。我们像猎人一样穿梭在松林间，在长满幼松的山冈上采集了很多蕨菜，然后返回了鸦涟村。鸦涟村算得上是乡村中的乡村，我们在那里度过了半天时光。

  目前，我在小诸古城旧址附近的一所学校里教书，学生们和你一般大小。你应该能够想象得到，在这山区，春天让人多么地望眼欲穿，却又转瞬即逝。不到四月二十日，花儿是不会开放的，但一旦到了时日，梅花、樱花、李子花……几乎同时开放，整个山间成了争奇斗艳的花海。四月二十五日，是小诸旧城怀古园的祭祀日，也是花开最盛的时期。然而，每年这个时候又必定会有风雨袭来，一场风雨过后，空有落花满地。八重樱围绕在教室周围，三个星期之前，一簇簇密集的花朵就开始在窗边摇曳生姿，纷扰屋里人的心神。课间休息时忍不住走出来，浓密的花影映照在我们的面庞上。学生们在树下追逐嬉戏，尤其是那些刚从小学上来的少年，新奇地一会儿跑到那棵树下，一会儿又攀着这棵树的枝条，好似停不下来的小鸟一般。无奈春日短暂，眼看着就完全变成初夏的光景了。一个星期前，吃过午饭，我和四五个学生去了一趟怀古园，高高的石墙上爬满了新绿，遮盖住原来的荒废气息。

  我教的学生，不光来自小诸，也有从平原、小原、山浦、大久保、西原、滋野以及小诸附近其他村庄来的少年。他们大多是农家子弟，每天步行七八里，甚至十几里路来上学。放学之后，他们各自踏上归途，有的穿过松林，顺着铁路走去；有的沿着千曲川河岸，一路听着蛙鸣走回家。山浦和大久保两个村庄在河的对岸，以种植牛蒡和胡萝卜等上好的蔬菜而闻名。滋野不属于北佐久管辖，位于小县的斜坡地带，那附近的村庄来我们学校上学的学生也很多。

  在这里，不管男女劳动强度都很大。像你这种在城市读书的人，恐怕不

---

  ① 地久节是日本的一个节日，并无固定日期，皇后的诞生日即为地久节。

会知道什么是养蚕假。我记得在什么书上读到过,外国的农村,如果是小麦产地,到了收割季节,学校就会放假,让学生回家帮忙收麦子。我们的养蚕假大致与此相似,也就是说农忙季节,学生也要做家里的帮手,他们已经习惯从小帮家里人干活。

学生S来自小原村。有一天,我与他约好去家访。我喜欢小原这样的村庄,因为那里到处都是茂密的树荫,而且,走在小诸通向那座村庄的平坦的乡间小路上也令人心旷神怡。

出了门,空气中弥漫着青麦的香气。左右两边都是麦田,绿色的麦浪在风中起舞,其间,可以看到麦穗在阳光的照射下泛着白光。走在这样的乡间小道上,听着谷底升腾起的蛙声,心中莫名地生出一种压抑感。真是一种可怕的繁殖叫嚣!未知的、奇异的生物世界,时时通过生机勃勃的感觉,侵占我们的心田,让我们无法忽视它们的存在。

最近,S家里开始经营奶业。他家算是个大户人家,父亲、哥哥在当地很有声望。在这样的乡间,七八口之家很常见,甚至十口、十五口人的大家庭也不稀罕。S家里从老人到孩子都带着乡下人的朴实,而又待人热情,让我心生暖意。

小树,你见过农村的院落吗?通常进门后有一个很大的院子,厨房的一侧直通后门。农村建筑还有个特色,就是正房外连着一个几平方的与地面同高的土间。S家的土间外搭着一个葡萄架,旁边是牛棚,里面有三头奶牛。

S的哥哥提着大桶从牛棚里走出来。在大门口,S和母亲弯着腰,正在忙着把鲜牛奶装瓶的准备工作。我站在一旁看他们忙碌着。

看了一会儿,我走到牛棚前跟S的哥哥闲聊,听他讲了许多与奶牛相关的知识。牛的性情各有不同,有的暴躁,有的温顺;有的任凭挤奶,有的则不大情愿;有的听觉十分敏锐,可以辨别出主人的脚步声……我还听说,为了合理化饲养奶牛,这里还开辟了西乃入牧场。

晚间送奶的准备工作完成后,S的哥哥带着满满的货物奔往小诸。

天牛幼虫

在山上,我经常碰到一位长着褐色头发的姑娘,发质枯燥毫无光泽,有时候看上去又接近灰色。有时她站在小小的茅草屋前,有时站在桑园边的石墙旁,每当看到她的身影,总让人想起"荒凉"一词。

"可怜的农民,春秋辛勤劳作,到了冬天缺吃少喝,简直就像天牛幼虫蛀食树干一样,吃了就空,吃了就空呀……"

学校的勤杂工对我这么说。

乌帽子山麓的牧场

水彩画家B君从欧美漫游回来后，在故乡根津村新建了画室。以前，到我们学校教课的是水彩画家M君。M君画了不少信州的风景,但他只待了一年就回东京了。现在，B君接任他来教学生绘画。B君在创作之余，每周从根津村到小诸来上课。

星期六，我打算去拜访这位画家，于是从小诸乘火车到了田中，然后走上七八里路爬上了小县的斜坡。

毕业于我们学校的青年O也住在根津村。他曾说要报考军校，如今成为了一名已经能独当一面的农民，干得还蛮不错。我顺路去了他家，见到了他母亲和姐姐。O的母亲是一位高大肥胖的妇女，红润放光的脸颊透着朴实，让人看上去很舒服。千曲川沿岸的妇女天天劳动，因此都很刚强泼辣。你看惯了城里时尚优雅的妇人，恐怕很难想象出我说的这些吧。在这里，我也碰到过野蛮的女人，但O的母亲身上绝没有那种粗俗。反正，这妇女的体格强健得令人吃惊。O的姐姐也有一双一看就知道是干惯了粗活的手。

B君和他的邻居领着我在根津村转了转。听说这邻居从小学起和B君就是朋友。站在大斜坡上，周围的山野风光一览无余，远处谷底的那条玉带就是千曲川。

我们沿着村头的田间小路，来到白杨树下，新叶生成的树荫已经像模像样。河谷里长满了一种叫鬼芹菜的毒草。我们在山脚下选了块地方坐下来，三个人都惬意地把双脚伸展在草地上。B君的朋友拿出特意带来的烧酒，在草地上摆开了酒席。不时有年轻女子结伴走过我们眼前，她们是去割草的。

B君的朋友猛然想起什么似的说道：

"咱俩曾在这里打过猎，一起痛饮过半日呢。"

经他这么一提，B君似乎也想起了留学以前的事情，感慨地说道：

"是呀,那已是五年前的事啦。"

B君掏出写生本,照着杨树灰色的树干和风中摇头晃脑的嫩叶,一边描画一边跟我们闲聊。这位画家哪怕外出散一会儿步,也会随身带着写生本儿。

第二天,我和B君两人直奔乌帽子山麓而去。那天在山脚下闲聊时,我随口问起牧场的事,没想到B君说他正好要去写生,顺便陪我一道去,所以那天晚上我就借宿在他家了。话说回来,从这座村子到牧场有十多里的山路,没个向导,我自己还真去不了。

夏山——山鹁鸪——,光听听这样的词儿,或许你就能想象到我们所走的是什么样的山路了。一条羊肠小道蜿蜒在杂木林中,地上是一层火山灰似的干土。"噗噗"地踏着浮土,我们来到一片嫩黄新叶的凉荫下,遇到了旅行的商人。

在山鸠的啼叫声中,我们继续往山中行进。B君边走边讲起到飞驒旅行的事儿,回忆起当时听到一种俗名"十一"的鸟的叫声,心中陡生凄凉之感,说着还捏起嗓子,模仿那种在山谷中穿梭飞行的鸟,"十一……十一……"地叫起来。不知不觉,我们来到了一座山冈上。

你想象一下这山冈上的风景吧。初夏的阳光温柔地洒下来,倒挂铃铛模样的可爱白花开满了整个山冈。我们未曾料到这里竟然盛开着这么一片香气袭人的山谷百合。B君说他在西洋留学时听说过这种花儿,也知道山谷百合大多生长在北海道、浅间山脉一带。或许因为太多了,我们竟然毫无采摘的兴趣。我俩躺在草丛中,舒展着双腿,这可不就是真实的花作床,天当被嘛!爱花的B君告诉我,山谷百合又名君影草,花语是"幸福归来"。

与风趣博学的美术家同行,一直到了牧场,我都丝毫没感到疲惫。山冈上到处都是杜鹃花。据说牛不吃这种花,所以才会开得这么旺盛。

这一处广阔的高原,据说一圈儿下来得有十五六里。此时,我们看到的不过是其中一小部分,也看到了牛群。不知为什么,有些牛竟然朝着我们飞奔而来。从这些散养的牛群旁边走过，让我这个不太习惯的人还真有些胆战心惊的。我们俩赶紧向牧人的住所走去。

牧人的小屋位于谷底。路上，我们看到了在溪水边饮水的小牛犊，还遇到了采摘蕨菜的孩子。破旧的小屋周围安了一圈栅栏，以阻挡牛跑进来把门撞破。住在这儿的是一位年老的牧人。小屋外边那一小块薄田好像也是这位老爷子开垦的。老人把我们迎进屋内，为我们烧水沏茶。

墙上挂着"山猫袋"，里面装着锯、砍刀和镰刀等工具。老人对我们特意跑到这深山里来似乎很高兴，热情地给我们讲述养牛的经验，告诉我们他每月从牧场主那里领到十元钱工资，还告诉我们他是从另外的牧场搬迁到西乃入山谷来的。接着又对我们诉苦说，牛的角发痒，老想找东西磨蹭，光毁坏东西，真叫人头疼；今年的牧草又矮又少，吃不上多久就得换地方……

老人想到哪儿说到哪儿，给我们讲述着牛的故事，而那些牛此时根本就不在我们的视线中。他说，那些牛会不会沿着山沟到山间温泉那边去了呢，可是马上又否定了自己的想法，接着说道：

"不会，不会，那条山沟通不到山脚下。牛群要是下去可就麻烦了，连柳叶都能给你捋下来吃喽。"

过了一阵，老人领我们走出小屋。他好像知道牛群在等着他似的，出门的时候手里提上了盐。一路上，他又给我们讲了很多，"这片牧场是多年野生草，牛很喜欢吃。""现在，树木还很矮小，所以夏天热得受不了。"……

来到这里，让我产生一种强烈的人牛相依为命的感觉。老人对牛的习性非常了解，比如牛要是生病了，只要吃点盐，喝点清水就能痊愈，甚至光凭叫声就能辨别出哪头牛来了月经。

山谷中盛开着紫色的木桶花。跨过山谷，我们来到了可以望见牛群的地方。老人走上前去喂它们盐吃。一头小黑牛首先摇晃着脑袋走了过来，接着是一头额头宽阔、眼神可爱的小红牛，又来了一头脖子上长着花斑的奶牛……

它们摇头摆尾地走向放盐的地方，就好像在欢呼"有好吃的喽"一样。老人告诉我们，牛刚来的时候，也会想家，但是住上两天就习惯了，而且也会拉帮结派，强壮的和强壮的结成一团儿，孱弱的和孱弱的凑成一堆儿。对面的斜坡上也晃动着牛群的身影，或卧或立嬉戏在一起。

每月拿五十文钱就可以把母牛托付给这家牧场。如今，来自各地的母牛共有五十多头，有一头种牛。牧人的主要职责就是管理奶牛的配种。

我们再三道谢，告别了老人，踏上了归途。

麦熟时节

　　学校的勤杂工是个有趣的人，给我讲述各种各样的事，教会我很多知识。他家是个纯粹的佃农之家，但是由于他在学校当校工，所以农活主要由他年迈的父亲和弟弟干。每天放学后，他负责打扫教室。有时候，他那个面孔粗红的妻子会背着孩子来帮忙。有些教师的家里，也种着不少田，他便去帮忙种菜什么的。校长家每年种的菜堪比大户的农家，甚至还种燕麦等农作物。每到休息的时候，我就抓住他给我讲种地的事。

　　我们的教员室靠近旧士族的宅邸遗址，坐在屋里就能听到松林那边谷底传来的千曲川的奔流声。这间屋子占据着二楼的一角，位于一间教室的正上方，一侧是干事室，另一侧是校长室，有四个窗户。从一扇窗望出去，可以看到群立的松林和校长家的茅草屋脊，透过另一扇窗，能够看见起伏的浅谷、桑园、竹林等，远处的山峦也隐约可见。

　　教员室的房子虽然简陋，但视野极好。此时，我就倚在一扇窗户边，边看风景边听校工诉说六月种豆的辛苦。翻地、撒种、施肥、培土，需要四个人协作完成。土地被烤得火烫，根本无法赤着脚撒种，只能穿着草鞋干活。校工还给我讲了种小麦的事。九十坪①的麦田，大概需要一斗米糠肥料，另外把大麦壳和青草沤烂，掺在米糠里撒到麦田中。收获的小麦作为地租上交给地主，夏季的豆子和荞麦等则归佃户所有。

　　南风吹，积雪融；西风吹，青麦熟。这是校工教给我的谚语。经他这么一说，我才猛然意识到如今已是和煦温热的西风轻拂我们面颊的麦熟季节了。

---

① 日本土地、建筑物的面积单位，1坪约为3.306平方米。

一伙少年

从学校回来的路上,跨过铁道口,走到一段石墙下,我遇到了一群玩闹的孩子。这些孩子们拖着两条黑糊糊的鼻涕,穿着草鞋,也有光着脚的。"小子哎!""你这个臭家伙!"他们互相抓挠着,在玩摔跤的游戏。

小孩子都有人来疯的通病,一看有人在旁边看他们,叫唤得更加起劲了。有的逞能爬上危险的石墙,有的在下边喊着:"下来,快下来,会摔伤的!"其中,有一个孩子显得特别瘦小,我问他几岁了。"我,五岁啦。"那孩子回答说。

磨房那边,传来另一群孩子的叫喊声。这边正在玩耍的孩子,有的听到喊声后立即向那边跑去。

"来,你这家伙,快拉住我的手!"有的还真像个哥哥样,伸出手去帮助年小的孩子。

"呦,给你米吃。"有个调皮鬼拔下一把草,冷不丁儿往小伙伴嘴里塞。对方当然也不甘示弱,大喊着:"你这个混蛋!"一副"你等着瞧"的表情。

"去你妈的!"这一方轻蔑地回骂道。

"什么?你这个王八蛋!"对方生气地捡起石子扔了过来。

"混蛋,混蛋!"这一方笑骂着逃开,对方便提着棍子追过去,还有背着婴儿在后头跟着跑的。

小树,我上班往返的途中,几乎每天能看到这样的光景。有时还能看到,大人举起石子,瞄准孩子吓唬道:"臭小子,看我不砸死你!"你知道吗,这正是这里的大人和孩子亲密无间、纯真无邪的笑闹之语。

在东京下町[①]成长起来的你,看到这种场景会是什么感觉呢?一定觉得野

[①] 东京的台东区、千代田区、中央区一直到隅田川以东的一带区域,主要是商业、手工业者等庶民阶层的居住区。

蛮吧？可是，小树，正是这种野蛮给身心疲惫的旅人带来官能上的刺激、精神上的生气。

麦田

炽热的阳光照射在青青的原野上，田埂上的树木抽出了嫩绿的新叶，云雀和麻雀的叫声此起彼伏，间或还能听到苇莺尖厉的叫声。

在火山麓的大斜坡上开垦出来的水田和旱田，全用石垣隔开围挡起来，石垣上爬满了杂草的叶子。与石垣一样满目皆是的是柿树，走在柿树微黄而透明的树荫下，心情说不出地舒畅。

小诸就在这片斜坡上，是一个沿着北国古道的两侧发展起来的狭长的城镇。本町和荒町以光岳寺为界，在其左右曲曲折折，主要是商家的地盘，两端分别接壤市町和与良町。我从本町的后街出来，横穿相生町那条与车站同时开建的道路，再穿过残留着士族老屋的袋町，走上庄稼地旁边的小路。

走到这里，就可以看到那些邻接荒町和与良町的家家户户的屋顶，回头可以看清整个城镇的全貌，白壁、土墙掩映在绿叶丛中。

一个男子好像干活累了，伸展着满是泥土的双腿，仰面朝天地躺在田地旁边的草地上。绿色的麦穗刚开始泛黄，萝卜盛开着白花。我越过那些石垣和长满青草的田垄，走上一条布满石子的小道，不一会儿，来到靠近与良町的麦田里。

雏鹰在我头顶上空盘旋。我找了一块青草地躺下来，鼻翼间萦绕着泥土的气息。饱含湿气的风吹来，麦穗与麦穗互相摩擦发出"沙沙"的声音，像是在窃窃私语一般；一个农民正在培垄，不断传来锄头松土的声响……侧耳倾听，耳边传来流向谷底的潺潺水声，让我想象到溪水冲刷沙粒的情景。我沉醉于这种水声中，但是总不能像野鼠一样，独自在草丛里长久待下去。望着那微阴却又明亮的乳白色天空，忽然心生疲惫。对于我来说，大自然，是无论如何也不会长久拥有的吧……一时间，真想逃回家去了。

于是，我站起身来。温润的风掠过麦田，吹乱了我的头发，遮挡住额头。我重新戴好帽子，四处溜达起来。

　　田地里，有孩子跑动玩耍的身影，也有戴着手套、绑着浅黄色的衣袖带子、露着胳膊正在劳作的妇女；长满青草的田垄上，小婴儿在酣睡。忽然，孩子惊醒大哭起来，年轻的妈妈急忙撂下锄头跑了过去，于是就在地头把孩子抱在怀中，任由那一双小手抓摸着她那两个硕大的乳房。我被这幅纯朴的画面感动了，停下来驻足凝望着那对母子。一个老婆婆在田垄上割了一捆草背着走了。

　　我在与良町的后街，碰到了下地劳动的K君。K君是个个子矮小、性格活泼的人，虽然才刚刚娶了媳妇儿，可四邻乡亲已经把他当成建设新时代小诸的一名壮劳力而寄予厚望了。这样的人也种起田来，倒是很有意思的事。

　　一位头发斑白、眼窝深陷、鼻梁高挺、手指关节粗大的老头儿，打着招呼从我们面前走过，腰间挂着一个坠有兽角的大烟袋。K君指着这位老人对我说，他是这一带的第一个老农。那老人好似突然想起了什么，扬起满是短白胡子的下巴，回头朝我们这边瞧过来。

　　一个男人挑着粪桶走过地头。K君指着他笑着对我说，他那桶里肯定装着偷来的葱什么的。后来，我还遇到一个农夫，头发白中带红，眼神灰暗，脸膛黑红，看样子喜欢喝酒。

古城初夏

我的同事中有一位理学士，教授物理、化学等课程。

有一天下课后，我路过这位老学士的教室，站在门口一看，他也刚刚讲完课，但还站在讲桌前向学生们解说着什么。桌上放着大理石碎片、盛盐酸的瓶子、量杯、试管等，还有一支仍在燃烧着的蜡烛。老学士对着蜡烛，将手里的量杯微微倾斜，二氧化碳从玻璃板盖的缝隙间倾散出来，烛火便像被浇了水一般熄灭了。

天真的学生们围在讲桌周围，看得目瞪口呆，表情姿态各异，有的微笑着，有的抱着胳膊，有的以手托腮……老学士说，要是把鸟或老鼠放进量杯中，马上就会死掉。听了这话，一个学生腾地站了起来。

"老师，虫子也不能活吗？"

"当然啦，虫子不是和鸟儿一样靠氧气才能活的嘛！"

发问的那个学生转身跑出教室，眨眼间，已出现在窗外的桃树下了。

"哦，他去捉虫子啦。"

趴在窗户上向外看的学生汇报说。那小家伙在浓密的樱树枝丫间寻找着什么，不一会儿，捉了个什么东西回来，交给了老学士。

"是蜜蜂啊。"老学士有点害怕地说道。

"嗯，估计正生气呢。老师，小心被蜇着。"

学生们七嘴八舌地谈论着。老学士像是怕被蜇着似的，极力向后仰着身子，小心翼翼地捏着蜜蜂。当他把蜜蜂放进量杯的时候，学生们像是松了一口气，开心地笑了。"死啦，死啦！"有人惊声喊着，"没用的家伙！"有人埋怨着。像是验证真理一般，那只蜜蜂转了几个圈儿，挣扎了几下死去了。

"看，死了吧？"老学士也笑了。

就在那天，校长领着老师们一起去怀古园练习射箭。绿荫下，大家一同收拾出了二十七八米长的射箭场地。受到老学士的邀请,我决定从学校直接去古城遗址。

初见理学士的时候,我以为他是特意跑到这乡下来隐居的老学者,不曾想过要与他交好。除了三位同事,我们都是外来的,老学士更是饱尝了世间辛酸后才来到这里。他不在意穿着,对讲课极其热心,有时候破旧的西服上沾满粉笔灰也不去掸一掸,因此,一开始镇上的人都疏远他。以貌取人、凭薪水认定一个人的价值,这是人们的惯常做法吧。然而,学生的家长们逐渐地被老学士那种亲切、正直、高贵的品格深深折服。我从未见过像他那样无论对谁都坦诚相待的人。不知从什么时候起,我们俩成了无话不谈的好友,就像自家人无所顾忌地话家常一样,我时常听到他那难以抑压的叹息以及隐含其中的愤懑。

我们聚齐后就出发了。从老学士的口中,时不时地跳跃出几句轻快的法语。每当听到他说法语,我就会联想起他那风光无限的过去。如今,老学士虽已不复往日风采,但某些方面仍不失昔日的潇洒。他胸前打着一条新奇的领带,那种很少见的领带夹闪闪发光。看到他这幅模样,我像个孩子似的忍不住笑了起来。

白中透黄的柿子花随风飘落,空气中弥漫着花香。老学士提着弓箭袋和装有松脂油的布包,边走边跟我们拉家常。

"哎,跟你们说啊,我那个二儿子,很喜欢同小伙伴们玩摔跤,这阵子忽然夸奖起我的这张弓来啦。你们知道吗,他们玩摔跤游戏时取的名字都很搞笑。我问他叫什么,他说他叫海鲨。"

我听了忍俊不禁,老学士也难忍笑意地继续说道:

"哥哥也是有名字的。我问他叫什么名字,他回答说,'爸爸不是喜欢射箭嘛,为了祝愿你每次都能射中靶心,我叫百发百中。'你们听听,百发百中,哈哈。小孩子可真好玩儿。"

听着老学士的闲扯，不知不觉来到了古城门前。一个骑马的医生，朝我们打个招呼走了过去。

老学士看着他的背影，又给我们讲起了这位医生的故事。

"那位先生，养鸡、喂马、玩鸟、种花……什么都干，到了种菊花的时候就种菊花。好像不管哪个乡村都有一些奇人，首推的就是医生了。'其他的都称不上是医生，顶多就是一卖药的，根本不值得一提。'你们听听他这嚣张的口气。不过，他倒真是个挺有意思的人。不管他走到哪儿，老百姓付不起药钱也没关系，给点儿地里的土特产，甚至一把大葱也行，所以深受老百姓的喜欢和爱戴……"

说到奇人，不光是这位医生，还有那些旧士族。他们不甘过着闲散无聊的生活，有人像隐士一般到千曲川潜心钓鱼，还有一位和姐姐两人住在城门边，或者往怀古园内送水，或者帮村公所做点什么。旧士族中奇人多，时世造就了他们成为这样的奇人。

如果你走过这一带士族旧居的遗址，看看这里的残垣断壁以及只剩下基石的桑园，听听众多离散家族的哀伤旧事，回头再看看本町和荒町生意兴隆的商家，你就会感受到时光流逝的可怕，岁月更迭的无情。不过，听说转战异乡，崭露头角的风云人物，基本上还是受过教育的士族子弟。

眼前这位拎着弓箭走在破败的城址坡道上的理学士，就是某藩的士族，十九岁时还曾上过战场。据说，校长是江户的御家人[①]，那位担任学校干事兼汉学教师的先生是小诸藩的人，原来是一名宪兵大尉。

我站在古城旧址上，看到了你想象不到的美景。茂密的绿荫之间辉映着远处银白的山峦，日本阿尔卑斯山山谷的白雪，从这里望过去就像一道白壁。

怀古园内的青藤、木莲、杜鹃和牡丹等花木，竞相开放，香气四溢，新绿满园，青翠欲滴。在这里要想看到千曲川，必须登上天主台才行。你可以想

[①] 日本江户时代，直属于将军的家臣。

象一下山谷有多么幽深；浅间山一带大海般的斜坡，连着下面黑幽幽的松林，一字排开横亘在六月的天际；我给你介绍过的乌帽子山麓的牧场以及B君居住的根津村，此时虽然看不见，但是从那里可以走到那片黑松林；从高高的石墙上可以看到榉树和枫树的绿荫遮掩着我们的靶场。

园内有一家视野极好的茶馆。我取出预先寄存在那里的弓箭，同老学士一道走下长满青苔的石阶，来到靶场。静寂的靶场里，除了我们同事，还有一些陌生的面孔。

"自从练习射大弓以来，到明天就满一年了。"

"尽管练了一年，可停了一段时间后竟然射不中了，说来真是笑话啊。"

"太厉害了！竟然是尺二的呢，那就看你的啦。"

"嗖——"

"哎呀，这样可不行。"

这是操着强弓的汉学先生和体操教师之间的对话。理学士操着一张最弱的弓，但因为很认真，所以几乎百发百中。

既然是古城遗址，你可以想象到那里几乎没有什么人居住。我给你讲过城门口的守门人和园内的茶馆，除此之外，还住着一个养鸡人。这人闲得无聊，拖着病身跑到我们这边来看热闹。他站在我们背后，看到我们拉满弓、箭羽蹭着脸颊时，便发出一些奇特的点评，说些怪话。

"哎呀，这位先生，我看你是不想射击了，干脆在靶场上喂鸟算了，到时候，这把弓可就归我喽……还别说，看样子这把弓还能代代传下去呢。"他这一插科打诨，有的人好不容易憋足了劲，结果一分神泄了气儿，连弓也拉不动了。

对于来到小诸隐居的老学士来说，这绿荫看上去像是更加深幽的精神乐园。看着珍爱的鹰羽箭飞向白色靶心的那一刻，老学士似乎忘却了世俗的一切。

忽然下起热烘烘的雨来了，伴随着轰隆隆的雷声。浅间山掩映在乌云之间，看上去灰蒙蒙一片。几块云层随风飘过我们的头顶，向着群山飘去。雨点儿骤停，刚想说不下了，却又突然下起来。"看来要下场大雨啦。"老学士说着，走过去拆卸自己新设置的七寸靶子。

城址的桑园内还有人在冒雨劳作。大家仰头查看云情，没想到初夏的阳光忽然透过绿叶照射下来。于是，弓箭手们抖擞起精神，射出一箭又一箭。可是没过一会儿，雨又"哗"地下起来。大家只得断了念想，一同折回到茶馆里。

同老学士从高高的、破败的石墙上下来，踏上归途的时候，我欣喜地看到东方天空中出现了一道清晰的雨后彩虹，然而，老学士却无动于衷地只是慢悠悠地走自己的路。

山中别墅

从浅间方向流下来的小河，到了竹林这里分成了两支，一支横穿我家屋后流向磨坊小屋那边的浅谷，另一支顺着马场后的街道流去。河两岸的家家户户，便是我加入的"组合"。我一搬到马场后，马上就成了这个组合的一员。小诸镇，没有一块平地，地势倾斜，稍微下点雨，都能把泥沙冲到小河里去。我如果去本町买东西，必须从"组合"的旁边爬上一段坡道。

"组合"的头头是个勤勉的裁缝铺老板，他经常与本町的一个商家打交道。一天，那个商家的经理说眼下生意清淡，店里人都到东泽的别墅去了，邀请裁缝铺老板和我一块去玩玩。

我向你介绍了一些古城附近的情况，还没提到过商家的事儿，那接下来就给你说说我应裁缝铺老板之邀，一同去商家的山中别墅玩儿的经过吧。

想必你肯定去地方小城旅行过。在那里，你会遇到很多买东西的当地人，还有在此停留的旅人，看着来来往往的人群，可能你会突然意识到城市的人是多么少。乡下人的机灵随意也体现在这些方面，小诸就是这样。许多人图方便，出门时不走大路，专门钻小胡同、抄小路、走田埂，给人的感觉就是到处都有人，人来人往。

我和裁缝店老板看了一眼商家林立的本町大街，不约而同地拐上了那条田边小道。从背面可以看到小诸镇的一部分，坚固的石头墙基上，有的是粉饰过的白墙，有的直接就是土墙。三层的建筑像城郭一样耸立其中，窗户反射着太阳的光辉。这样的建筑，与正门口挂着的色调黯淡而朴素的商家布帘形成鲜明的对照，表现出当地的气势和富足。

现在正是麦秋季节。我们的两侧是一年收获两次的田野，有许多麦田已经收割完了。约莫走了一半的路程，遇到了一位提着咸鱼蒲包的农民，他和我们结伴而行。

裁缝铺老板扭头看着那个农民问道：

"已经插完秧了吧？"

"嗯，两三天前总算干完了。不过，往年都是十天前就干完了，近来总是得拖上几天。不见阳光的田地本来是长不成庄稼的，但照目前这种情况来看，今年有望多打些粮食啦。"

"是因为变暖和了吗？"

"嗯，有这方面的原因吧。主要是与过去相比，田地多了，田里的水也变浑啦。"

农民望着远处的麦田回答说。

东泽的别墅里都是商家的人，听说店里只留下老板娘和两三个伙计，其余都到这里来玩了。日本桥天马町的衣针批发店，浅草猿屋町的隐宅，这些对于生长在东京下町的你、对于我来说都是多么令人怀念的名字啊。我这么一说，你应该能够想象出来如今我是和一些什么人在一起了吧。

别墅位于幽静的山谷的入口处，是栋二层建筑，眼前有一个水池，左面是围绕浅谷的松林。今天是阴天，视野不好，如果是晴天，据说能看见富士山的山顶。池畔盛开着水菖蒲，令人赏心悦目。裁缝铺老板指着院中的高丽扁柏对我说，那是专门从东京移栽过来的，但我对那没有多大的兴趣。

我们被迎到二楼有眺望台的那个房间。主人穿着条纹土布衣服，系着蓝围裙，留着简短朴实的发型。他虽然不是主宰一切的继承人，但很有大店主的气势。肥胖的经理也在我旁边坐了下来。主人拿出自家池塘出产的盐烤鲤鱼，招待我们喝酒。楼下有几个小伙计在忙活着，有的做菜，有的跑腿儿。

细节之处展现出朴实严谨的大店家风。经理看到只有我们面前的凉拌豆腐碟子里有鲣节，而房东和他自己的那份儿里没有，就赶紧走到楼梯口向楼下的小伙计吩咐道：

"光有酱油怎么行？快送些鲣节来。"

不一会儿，小伙计就送上来满满两大盘大片的鲣节。

不久，经理从楼下拿来象棋，放在裁缝铺老板面前。

"来，杀一盘。让你两步。"

"虽说二十年没下象棋了，但也未必就一定输给你。杀一盘就杀一盘。"裁缝铺老板笑着回应道。

看来主人也乐于此道，一直在旁边观战，一会儿说裁缝铺老板脾性儿好，一会儿说这真是一步好棋，不断地给裁缝铺老板加油打气，可是最后还是客人输了。经理叼着酒杯，一副得意扬扬"谁上都不怕"的表情。

"来，换我上，替你报仇。"

主人上来同经理重新拉开了战局。下着下着，主人的局势有些不妙。经理"啪"地拍了一下自己的脑门，打了个舌鼓说道：

"不好意思喽！"

结果主人输了，不甘心地又下起第二盘。

楼下，一个腰间挂着大荷包的小男孩，在逗一只黑色的洋狗玩，正玩着忽然就跑回家，缠着大人不放。小伙计实在应付不了，裁缝铺老板看不过眼，就下楼来哄他。我也到院子里随意溜达溜达。花期比较晚的绣线菊也开放了。走到藤萝架下，看到池中鲤鱼在跳水。

"池子里的水一多，鲤鱼就逮不住了。"有人说。

我绕着水池走了一圈，看到经理红着脸从楼上下来。

"先生，战况如何？"裁缝铺老板问。

"两盘，都是这个。"

经理一边快活地大声笑着，一边把两只拳头叠在鼻尖上，做出得意扬扬的样子。

我同这样的人们一起，在这个阴沉的山中度过了一段悠闲时光。小雨开

始滴滴答答降落时,我们准备离开山庄。经理半醉半醒地喊道:

"两个人打一把伞吧。合伙打一把伞那才算情投意合呢!"

说罢,拿给我们一把大伞。我与裁缝铺老板一起打着伞正要离开,"再拿一把伞吧。"小伙计说着追了过来。

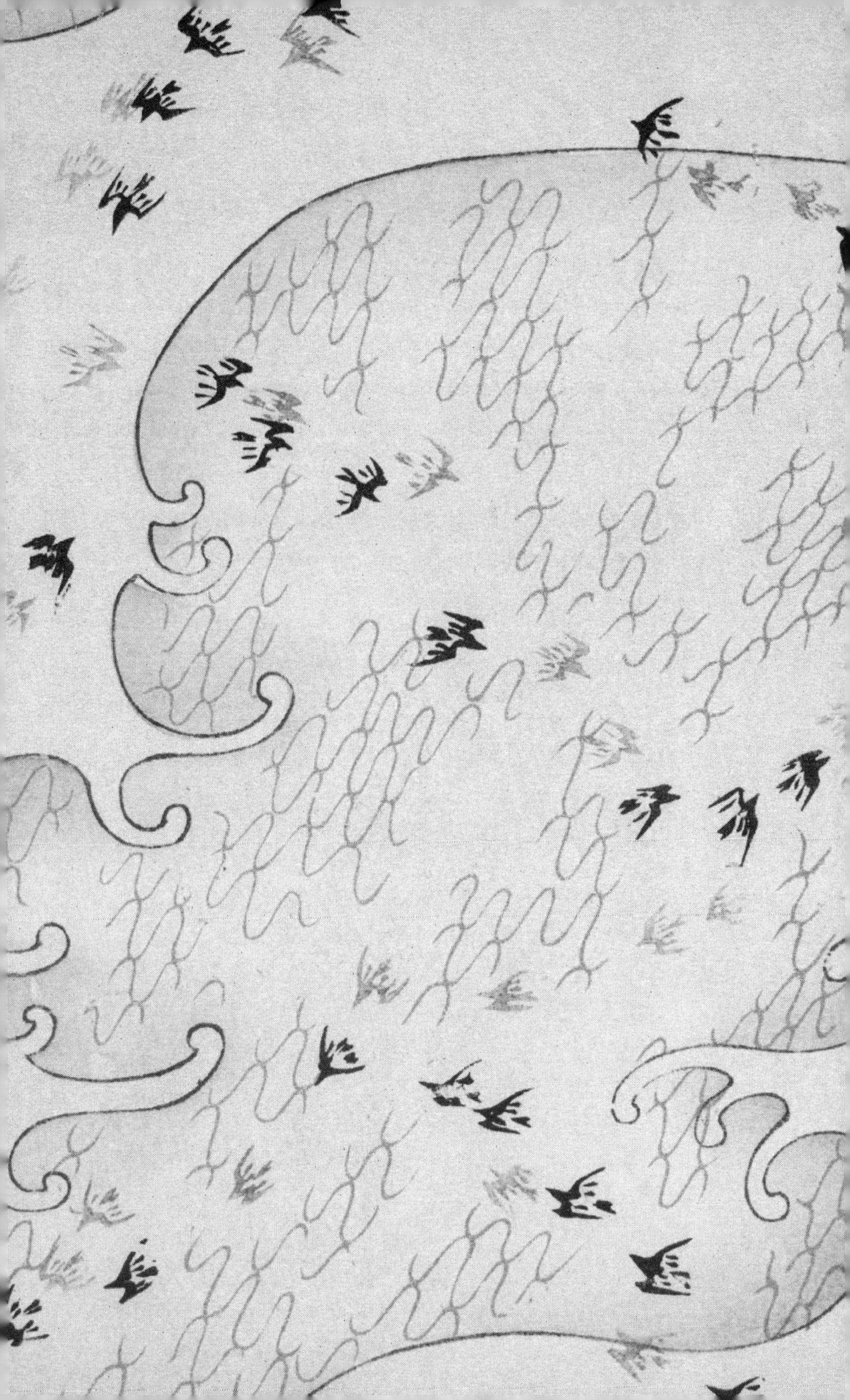

卖解毒药的女人

"卖解毒药咯!"

她们站在各家门前,尖着嗓子用越后①方言吆喝着。

这些女人穿着黑色的衣服,一副行旅打扮,背着大包袱,斗笠反射着明晃晃的日光。她们就像燕子迁徙一样,成群结队地准时从远方千里迢迢来到这座山上,又像燕子一样分别飞入家家户户,两人一堆、三人一伙地站到每家门前。

每逢这个季节,我每天去学校时,都会遇上这些卖解毒药的女人。她们不仅外形很像,就连那种精力充沛的劲头儿也很相似。

---

① 日本古代的令制国之一,亦称越州,领域相当于现在的新潟县。

银傻瓜

"不管哪个地方,总有一两个傻瓜。"有人说。

走过破败的街道,我遇到一位生着黑胡须的卖糖果的人。他站在高高的石墙下边,吹着喇叭。这一带靠近火车站的后街,我从学校往返经常经过这里。那天,我刚走进桑园,踏上满是石头的的小路,就看到有个人拉着排子车飞快地从斜坡上跑下来。车上装满了猪大腿。后来,我听说那人叫"银傻瓜"。在当地,"银傻瓜"就是指那些只会默默干活的傻人。听说这个人自家的宅地被人强占了,也不闻不问,就知道傻干活。

祇园祭前夕

春蚕期一过,当地就要迎来准备祇园祭①的季节了。这个镇上,几乎没有不养蚕的人家,就连寺院的僧侣也把养蚕作为一年收入的主要来源。我家从来没养过蚕,听起来叫人觉得有些不可思议。昏暗的蚕棚,扑鼻的臭味,操心蚕眠蜕皮的情况,担心桑叶的长势,甚至有时还要彻夜干活……如果你想象不出这样的辛苦场景,你就无法理解随后而来的祇园祭为何那般热闹、快乐。

腰上别着杆秤、背上背着麻袋的人们,从诹访、松本等地涌向这座城镇,客栈里一时挤满了买蚕茧的人。每天,这伙人背着收来的蚕茧向自己寄宿的客栈走去,倒是给各条街道平添了不少活气。

断断续续下了二十来天的雨,到了七月十二日,天空终于放晴了。久雨初霁后的阳光格外明朗,连长时间隐没在雨雾中的缥缈的远山也露出了青紫色。这一天,镇上的大人小孩都会准备好漂亮的衣裳,兴奋地等待着第二天的到来。

我多多少少听到过一些关于镇上的团体明争暗斗的事,但是在这里我不想把这些肮脏事讲给你听,就把过节前接二连三发生的纷扰给你说说吧。有的让祭祀,有的不让祭祀,一时闹得满城风雨,但月初就开始着手制作的拱形稻草绳,到了第七天,终于还是挂到了各条街道的上空,吵吵嚷嚷中,甚至有的人家连家都搬走了,因为怕到时受不了神轿游行的闹腾。单从这些吵闹来看,你就能想象得到人们是多么期待这个节日的到来,尤其是那些商人们更加盼望这个节日越热闹越好,因为人们养蚕的收入,至少在这个时候是舍得花费的。

入夜,在神社举行"汤立"仪式。这天晚上,几条主要街道上的人们,纷纷打着灯笼向神社集中。我也走出家门,想去看看热闹。夜空中,繁星点点。在神社前,我遇到一个卖点心的人。听说他是一位谣曲名家,但是已经在

---

① 日本三大庆典之一,是夏季庆祝本国传统文化的祭典大会。

这乡间隐居很长时间了。

　　本町的大街上，红白灯笼映照着来往行人的面孔。灯影里，我看到鸽子店的I和纸店的K手牵手走过来。她俩都住在这附近，是两个活波开朗的女孩子。

十三日的祇园祭

十三日这天，连学校也停课了。关于这一天到底上不上课，一直有争论，校长推行放假的方针，干事先生则主张尽量不停课。不过，祇园祭这天停课是每年的惯例了。

附近的姑娘们很早就来了，她们三五成群地聚集在各个街口。街上到处都能看到当地的小商人，他们搬出酒桶，卸下门板铺上毯子，摆上吃的，自己则坐在临时用木板拼成的小凳上。平日面熟的菜店老板夫妇，占据着由本町到市町的拐弯处；面色青黑的汉子和肥胖的妻子，分别袒露着一只胳膊，忙着腌豆腐包、做紫菜饭卷。贫苦人家的孩子穿着新制的夏衣穿梭在人群中，像是在散发什么东西。大街小巷洋溢着节日的气氛。

午后，家里人被B姐妹邀请去她们家观看游街通过的神轿。B是来这里潜读清少纳言①的《枕草子》等书的，孩子们时常到她们家去玩。

从光岳寺传来的钟声不绝于耳，久久在城镇的上空回响。这一天，不论是谁都可以登上钟楼自由撞钟。下午三点左右，我顺着"组合"的房舍，爬上撒满夏日阳光的坡道，走到最高处拐向本町。家家户户都挂着青竹帘子。这种帘子与七月的祭日尤为相配。

形形色色看热闹的人从我面前经过，像是在我面前展开了一幅乡土风情画。就算是邻近的乡村，男女的衣着风格也不尽相同。有的男人腰间一圈又一圈地缠着紫色的毛织宽腰带；有的女人绾着特大的发髻，带着沉重的发饰；有的姑娘打着男用的洋伞；有的孩子勒着法兰绒棉围兜，后襟撩起掖在屁股上面；还有的小女孩又黑又胖的脚上套着白布袜子，穿着短和服。这些人满不在乎地走上七八里路甚至十五六里路来到这里，其中还有好奇地四处张望的西洋

---

① 清少纳言（约966—约1025）：日本平安时代著名的歌人、作家，中古三十六歌仙之一，曾任一条天皇皇后藤原定子身边的女官。她的随笔作品《枕草子》记叙她在宫廷里的所见所闻，为日本散文奠定了基础。

妇女，看样像是从轻井泽来的客人。街上的孩子们，一个个兴奋地在人群中跑来跑去。

不一会儿，有人从街道下方滚上来一只木臼，看热闹的人纷纷向两侧的房檐下逃去。

"嗨呦，嗨呦！"

伴随着整齐的号子声，沉重的神轿被抬过来了。在狭窄的街道中央，抬轿人不时把神轿停放在木臼上。血气方刚的一帮汉子抓住神轿四周，一边咕噜咕噜打转，一边振臂高呼。在一片欢呼声中，他们再次抬起神轿继续前行。整个城镇流淌着同一种韵律，也感染着看热闹的人们。回来的路上，我看到孩子们竟然也踏着同一步调行走着。

这一天，城镇经过一场喧闹之后，人们的心情无论如何也不会马上安定下来。下午六点左右，我又来到本町的街角观看。"嗨哟，嗨哟"的号子声已经沙哑，听起来成了"盖呦，盖呦"的嘶吼了。人们吐着酒气，抬着神轿快速地出没在各条街道上，五六十个看热闹的人尾随着狂呼乱叫，众多的巡警和祭祀干事小跑着紧随其后。晚饭时分，看热闹的人们四下散去了，神轿的阵势反而愈发强悍了。当神轿经过大商家门前时，围观的人们手心里都捏着一把汗。

猛然间，神轿游行变成了一种运动。来到某家门口，有的人首先挑起事端，有的人扬起双手加以制止。在多方势力的博弈下，神轿眼看着倾斜了。此时，有人从家里跑出来，飞奔到神轿旁欲推动神轿。混乱中有人被踩倒了，血流满面。"放下神轿，放下神轿！"巡警大喊着跑过来。经过激烈的争论，最终商定除了轿夫，其他人一律不能靠近。头戴白帽、身穿白衣的人守护在神轿周围。"好了，抬起来吧。"随着一声呼唤，神轿重新被抬起，向着仲町前行。看热闹的人群中，一个壮汉被撞倒，仰面朝天地躺在地上。

"快跑，孩子，孩子！"

一时乱作一团，大家齐声叫骂着。

"巡警够辛苦的呀!"

"还真是无辜受累啊,真难为他们啦。"

看热闹的人你一言我一语地议论着。

天黑以后,满街的灯笼亮起来。在美丽的夜景中,人们卷起帘子,铺上毛毡,竖起屏风,坐在店门口纳凉。

神轿由市町向新町方向行进。走上一段坡道,香火钱下雨般从天而降,女孩子们伸手去捡。后面跟着的是手提灯笼来回搜寻着什么的"青砥的子孙"①。有个五十岁上下的女人,从黑暗中走出来,忽儿摸摸石头,忽儿抓起一把泥土看看。看到这种场景,让人不由得感叹,这真是个欲壑难填的世界啊!

队伍行进到了市町桥。我们学校植物教师的家就在附近,我的至交好友——医生T君也住在这附近。桥上两侧的栏杆边,人影攒动,有的享受着凉风的吹拂,有的偷窥着别人的脸庞,有的扯着破锣嗓子在唱歌,还有被人拉住手的女人们说着无情的拒绝话。

晚上九点过后,马场后的灯笼依然明亮。"组合"的邻居们聚集在裁缝铺和当铺前,一边纳凉,一边议论着今年的祇园祭。这天夜里,看不见星星,萤火虫从黑暗的河上迷迷糊糊地飞过来,在街道上空盘旋飞舞,空中飘动着点点美丽的荧光。

---

① 来自于镰仓中期的武士青砥藤纲的典故。传说他有一次夜行,不小心将十文钱掉进了滑川中,于是派人花五十文钱买来松明点燃,下河打捞,最后竟然找到了。

节日之后

  第二天一早下起了清凉的夏雨，房子周围的柿树和李子树的绿叶上凝结的雨珠，顺着叶脉滚落下来。李子树的叶子经雨水打湿后更加明亮翠绿。

  本町的大街上一反前日的喧嚣，只剩下家家户户门前密集悬挂着的节日灯笼。商家门前，蓝色布帘下的竹帘静静地垂挂着，偶尔从里院传来往烟灰缸中磕打烟灰的声音。大街上也只看到打着伞走过的小女孩的身影。昨天用过的那只大木臼躺在街角，被雨水湿透了。

  听说十四日这天，家家都要做红豆饭、炖肉、炖菜，以庆祝节日。到了下午四点，天空还未转晴。一个男子戴着黑漆帽子，挎着古式长刀，就像从歌舞伎中走出来的人物一般。他同神官、祭祀干事、儿童一起，人人穿着浅黄色的武士礼服，在细雨中穿梭着，进行稻草绳的割取仪式。

中棚

  从我们教员室的窗户望出去，可以望见浅浅的山谷，那里经过开垦，种上了桑树。

  山谷的两侧是长满松林的悬崖，随着向千曲川方向沉落，山谷也越来越深。古城附近还有几道这样的山谷。我们在城门旁边挖开一片草地，建成了网球场，那里也是山谷的入口处之一。画家M君居住在小诸的时候，曾在这座山谷间写生。听学校的体操教师讲，很久很久以前，曾经发生过可怕的山崩，从浅间奔涌过来的洪水冲刷出了这样富有变化的地势。

  八月初，我横穿一道山谷去了中棚。我经常到那个地方去，因为那里不仅有矿泉，而且从家里步行过去，距离刚刚好，不远不近。

  中棚附近有许多肥沃的耕地。登上一处山崖，可以看到校长家那幢小巧的别墅，坐落在斜坡中央，再往下是温泉场飘扬的旗帜，还可以看见苹果园，千曲川就流经那片地方。

  下午一时过后，我沿着田间小道来到千曲川河畔，岩石缝间密密麻麻长着芦苇、蒿艾和矮小的柳树。在这里，我遇到了两位A君，还有W君，他们是从长野来的师范学校的学生，利用暑假到我家里来看书。岸上，许多少年踩着滚烫的沙子到河里游泳，其中也有我们学校的学生。

  天热以后，我经常带着自己的学生到这里游泳。与在隅田川里游泳相比，仅从湍急的水流来说，感觉就完全不一样。千曲川那清澈的碧水像油一般平静地流淌着，但是若到了水流湍急的地方，能让你看得眼晕。向上游望去，河水翻滚着雪白的浪花从幽暗的岩石间奔流下来，到了下游，又像箭一般奔涌而去，冲撞在五里渊的红色悬崖上，以惊人的气势跌落下来。这湍急的水流无法径直从一块岩石冲向另一处崖壁，因为在清澈的河水下面，隐藏着巨大的礁石。在这湍急的水流中，稍一不注意，就会被冲走，所以，必须在远离它的上方，找一处稍平缓的水域下水，然后顺势而下才能攀住岩石爬上岸。

千曲川与流经平原的利根川也不同，它的中心总是陡峭地倾向一侧的河岸。我们在露出河床的地方，在开放着千屈菜花的岩石阴凉下，度过了两个小时。有的人趴在热乎乎的沙子上晒太阳，有的人"扑通"一声跳进水中。连小姑娘也到这里游玩，她们挽起袖管，掖起裙角，赤脚踩在水中，欢快地跑来跑去。

岩石间闪现出三顶草帽，是师范学校的那几个小伙子。

"你们钓到鱼啦？"我问道。

"唉，别提了，反被鱼给钓了。"

"哎，你怎么样？"

"有五条上钩了，可又让它们溜走了。"

听了同伴的话，有人打趣说："咦，咦，还有两个小时呢，有的是时间慢慢找借口……"

我和他们一同回到了中棚温泉。泉水虽然很烫，但是泡在矿泉池中眺望着远近的风景，惬意极了。泡完温泉，大家饶有兴致地一边饮茶，一边天马行空地杂谈。清凉的风从苹果园、葡萄架那边吹过来，越发增强了我们谈话的兴致。

"上了年纪，是不是就不爱吃甜的东西了？"

一个人挑起了这样的话头，于是大家你一言我一语地聊起食欲的话题来。

"我曾经干过卖掉《十八史略》[①]去买点心吃的事儿。"

"点心好吃是好吃，可是价格太贵了。"

[①]《十八史略》为宋末元初曾先之所撰，采撷正史、《资治通鉴》等史书，是简明地叙述中国历史的初学者启蒙书。至明代大为畅行，更东传日本，并且在日本产生了长久的、特殊的影响。

"我都忍了两年多了……"

"厉害,厉害。两年,我可受不了,我决定每周吃上三次。"

"不过,到了第三年,我是无论如何也忍不住了。"

"前几天,不是有位老师还说吗?'你们好像经常去点心铺呢,我还从来没去过那种地方,下回带我一块去吧。'"

"是嘛?"

"老师还问,'你们喜欢吃点心,一次能吃多少呀?'我们回答一次能吃十文到二十文钱的。先生一听,感叹地说,'厉害,厉害,不过吃那么多会把胃吃坏的。'可不,听说有人回到学校后连晚饭都不能吃了。"

"是啊,什么人都有啊,竟然还有人拿胃药就着点心吃呢。"

三个人不管聊起什么来都是那样开心,说到兴头上,拍着手笑得前仰后合的。听着他们的谈话,我也忍不住笑起来。

又聊了一会儿,我们道别后,那三人吹着口哨向他们住的客栈走去。

从温泉出来沿着石墙爬上坡道,就可以看到校长家别墅的大门,名叫"水明楼"。这座建筑本来是先生的书斋,座落在士族的宅地上,后来搬迁到这儿。这是一栋幽雅的小楼,背山面水,景色优美。

校长是我在共立学校上学时的英语老师。记忆最深刻的是,当时他风华正茂,意气风发地给我们讲授欧文[①]的《瑞普·凡·温克尔》。如今,他已是个白发老翁,隐居此处,养养花,泡泡矿泉,颐养天年。先生曾经开玩笑地说,他自己就好比是那个瑞普·凡·温克尔。但是,先生的雄心并没有随着年

---

① 华盛顿·欧文(Washington Irving,1783—1859):19世纪美国最著名的作家,号称美国文学之父。《瑞普·凡·温克尔》是其集结本《见闻札记》中的一篇短篇小说。主人公瑞普有一天喝了一种奇妙的饮料,倒头便睡,一觉就是二十年,当他醒来后发现一切都变了样,他记忆中的那个时代早已变成了历史。作者通过瑞普那看似荒唐的遭遇反映了独立革命前后北美大陆上乡村的社会状况。同时也巧妙地暗示了这场革命成功以后,广大民众并没有在生活上得到丝毫改善,从而对现实进行了讽刺。作品还开创了美国文学反抗专制思想的个人这样一种典型形象。

龄的增长而消磨殆尽。每有客人来访,他讲起话来依然谈笑风生。

　　我每次到水明楼来,总喜欢参观一下先生整理得干干净争的书斋,而且还可以凭栏远眺,尽情地观赏千曲川的旖旎风光。千曲川对岸烟雾缭绕的地方就是大久保村,下面的吊桥就是回去必经的那座桥。每天早晨河对岸传来的鸡鸣和每晚晃动在农舍的灯影,总能引起我的无限遐思。

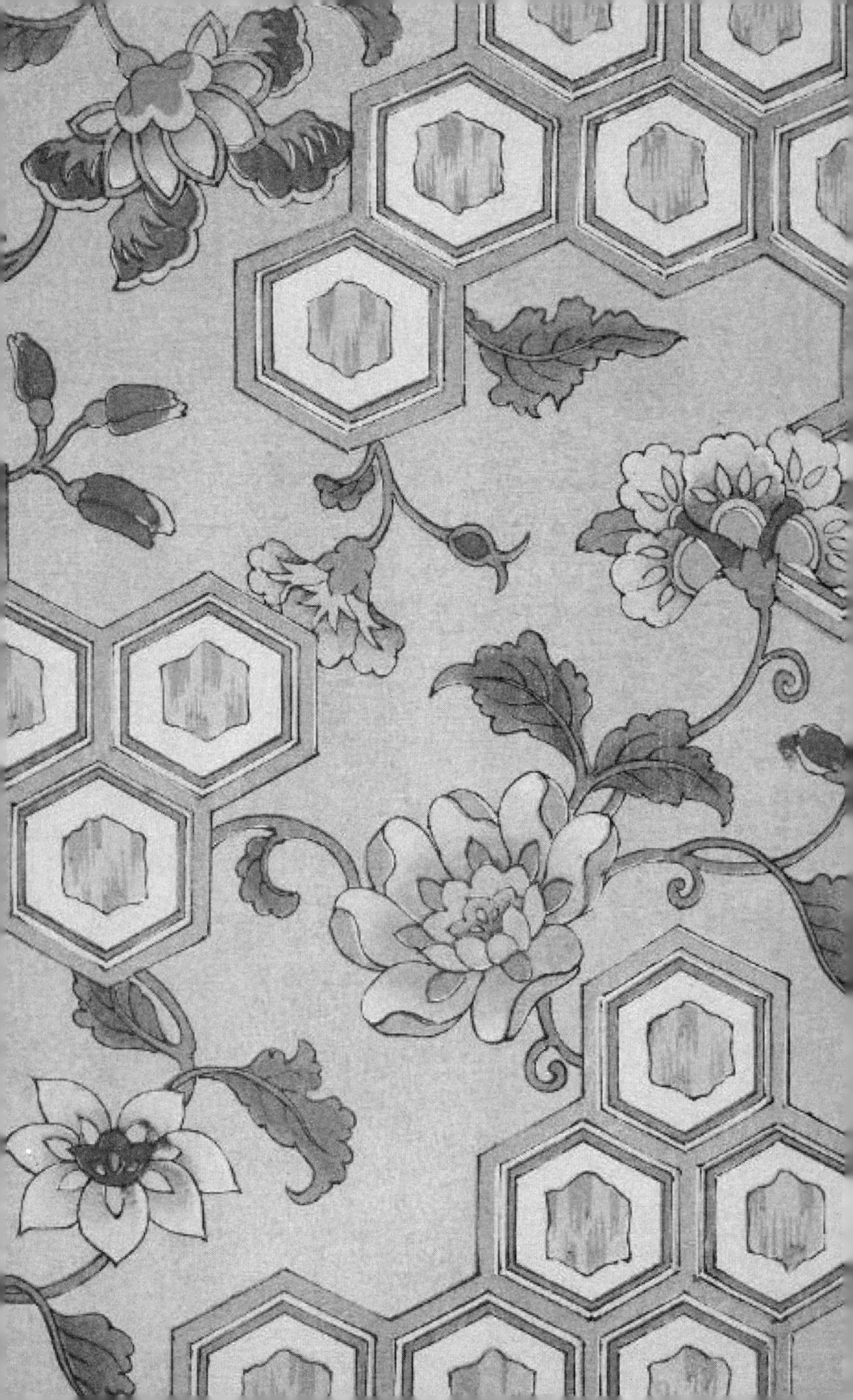

枹树荫

枹树荫。

那是在鹿岛神社的院内。放学后,我时常从那片树荫下走过。

一天,我越过铁路的道口,走上绿草如茵的小道。一棵古老的枹树下,拴着一头短角、眼神可爱的小牛犊。我站在一边,饶有兴致地看着它。小牛犊围着树一个劲儿转圈儿,本来垂在地上的长长的缰绳,被拉扯得胡乱地缠绕在树干上。最后,小牛犊被缠得紧紧的,直接动弹不得了。

对面的草丛里,一匹红马和一匹白马被拴在一起。

山间温泉

忽然下起了一阵夏末秋初常见的短时雨,不似盛夏傍晚的雷阵雨,也不像秋冬之交忽降忽止的阵雨,浇洒草木的声音比不上雷阵雨的急骤。雨后,很快就会有附近乡村的老婆婆来卖青头菌。整齐码在箱子里的青头菌,夹杂着树叶,有的呈赤褐色,有的透着青绿。

一个多月前,我去了一趟田泽温泉。哦,忘了给你说这事了。

虽然温泉到处都有,但是位于山中的温泉别有一番独特的情趣。上田町附近的别所温泉,确实给人们带来了种种便利,但是要想体味山间温泉特有的意境,还是要到远离城镇的田泽、灵泉寺等地。那里并非没有相应的温泉旅馆,但当地的人们去泡温泉时,大多还是喜欢不辞劳苦地自带大酱和大米,自己做饭吃。在这样的旅馆里,可以只租下一间房子,当然这样的房子里配备着锅灶,浴客们穿着木屐直接从院子里爬上楼梯就可以到达楼上的房间。当你置身于这样穿着鞋就可以随意上上下下的建筑物里,才能真正感受到深山温泉的自然气息。说到此,我想起鹿泽温泉(山之汤),那里更富山野情趣。

我登上开往上田的火车。火车穿行在一侧绿意盎然、一侧是红色悬崖峭壁的山岭之间。放眼望去,左侧就是奔腾汹涌的千曲川。我走过上田桥——一座漆成红色的铁桥,脚下是澎湃的千曲川,穿过位于上田附近平地上的几座村落,一路欣赏着田园风光,感受到浓浓的乡野气息。途中树荫遮阳,还有供人坐下小憩的简陋茶屋。

来到青木村,我看到了农民们辛勤劳作的场景。毒日当头,他们在田间除草,仅仅依靠背后插着的树叶带来些微的阴凉,而我们却撑着阳伞才肯出门。

我穿过青木村,沿着一条泛白浑浊的小河,慢慢爬上通往山谷深处的坡道。看到这泛白的河水,就知道温泉不远了。走着走着,就看到路边挂着的指示牌。

　　升屋温泉旅馆的视野极好,美丽的风景一览无余,楼上还能听到温泉潺潺的流水声。我在楼上遇到了我们校长夫人,她领着十四五个女孩子来到这里。这些女孩子也是我闲暇时间教授的学生。

　　在楼上,可以远眺浅间一带的连绵山峰。校长夫人说:"我还一直担心今天看不见浅间山呢……"

　　十九夜的月光静静照洒在山谷中,人们大多已经沉入梦境,但仍有一些浴客还在灯火通明的房间中热烈讨论着什么。

　　"个子不大,倒是挺野蛮的嘞!"

　　这像是爱抠死理的人说的话。

　　翌日清晨,朝阳照进晨雾笼罩的溪谷,朦胧中,近处的山岭若隐若现,家家户户上空袅袅上升的炊烟看上去比晨雾还要白。虽然看不到浅间山了,却可以看到山那边的上空中青灰色的光亮,也能看清沿着山脉攀升起的白云。一个叫阿国的小可爱随姐姐来到这里,在二楼上吹起了银笛玩具。

　　此处是位于保福寺山和地藏山之间的山谷,二十夜的月亮很晚才爬上了天空。耳畔回荡的流水声让人难以安眠,辗转反侧良久,我索性起来走出去感受山间温泉月夜下的另一番意境。凭栏静听,各种各样的虫鸣伴着流水声充斥着山谷的各个角落,还有从幽暗的山沟地带间或传来的各种动静,关门声、静夜的人语、狗吠声、农夫欢快的歌声……

　　第四天一早,天还未亮,我们就起床了,就着月光打理好行装,行走在愈来愈亮的山路上转往别处。

学校生活

一

暑假终于结束了，我又可以在学校里经常见到理学士、B君还有植物教师等人了。

秋季学期的第一天，我站在可以看到茂密的樱花树的教室窗前，给高年级学生讲述释迦牟尼的故事。

我选择的是《释迦谱》①这本书。此书像一部连续剧一样完整地叙述了王子的一生。我选取释迦父王、王子的青年朋友等章节讲给学生听。有一小节描写青年王子沉湎于忧愁之中，分别从东西南北四座城门走出来到树林里去。这些内容极大地引起了学生们的兴趣。王子出了第一座城门，遇到一个病人，这引起王子的深思，人必定会生病吗？出了第二座城门，见到一个老人和一个死者，王子又开始思索，人必定会老去最终走向死亡吗？本书就是这样简单通俗地讲出了王子遇到的人生疑问。王子最后走出城门时，遇到一个修行者，于是为了了解那个世界，他下定决心舍弃了一切随之远走了。

是不是很有戏剧性？少年们的脑子里是不是也会冒出一些稀奇的想法？我把这故事讲给学生听后，在座的学生七嘴八舌地讨论起来，有说要立志于搞实业的，有发誓要成为一名军人的……其实，我真正希望的是他们至少能激发一种，就像王子毅然舍弃一切，一辈子过着苦行僧生活那样的决心和意志。

我望着学生，不知他们会如何理解我话中的意思。学生们只是你看看我，我看看你，相视一笑，其中也有学生抱着头，一副若有所思的模样。

---

① 《释迦谱》分五卷，释僧佑于齐代编撰，为现存中国所撰佛传中最古的一种。作者把各种经传中所说释迦的史实，从上溯佛的氏族来源起，下至佛灭后的法化流布等相止，进行了详述。

二

　　树木一年竟然发三次芽,这是我从未注意到的。眼下正是九月新叶时期。

　　校舍的周围种了许多树。粗大的樱花树的果实成熟的时候,总会让我回忆起自己的青年时代。过了暑假回来一看,灰白的苹果树叶、泛红的樱花树叶、青绿的梧桐树叶,辉映着校舍的白墙,洒满阳光的区域和成片的绿荫交错重叠。校园中到处回响着学生们欢快的口哨声。自从网球场移到城门那里之后,学生们便在樱花树下玩起了摔跤游戏。

　　从学校归来的路上,我去探望B,他从入夏就一直在生病。穿过他家屋后,走下一段石阶就是苹果园,那里也映照着初秋的太阳。

乡村牧师

　　那位理学士非常喜爱牵牛花,每年都要种一些。有一天,从学校回来的路上,他给我讲了新弟子的故事。

　　说是弟子,其实是跟他学习栽种牵牛花的人。此人是住在镇上的一位牧师,一些孩子亲切地称他为"星期日学校的叔叔"。

　　有一次,这位叔叔正在传教的时候,突然下起雨来。那时,这位弟子刚拜师学种牵牛花不久,正是兴致最高的时候。即便是在传教中,一看下雨了,他的心早已飞向每日愉快劳作的花圃,惦记刚萌发的两片嫩芽,挂念被雨水浇淋的牵牛花盆,于是就草草结束了传教,冒着骤雨直奔牵牛花架跑去。

　　讲完这位新弟子的趣事,理学士笑着说:"你看,他活脱脱就是一个乡村牧师嘛。"这位老先生好像忘记了自己也是喜欢牵牛花的人,有一次他明明是来慰问失火的事,结果却逮着牵牛花的话题讲个没完。

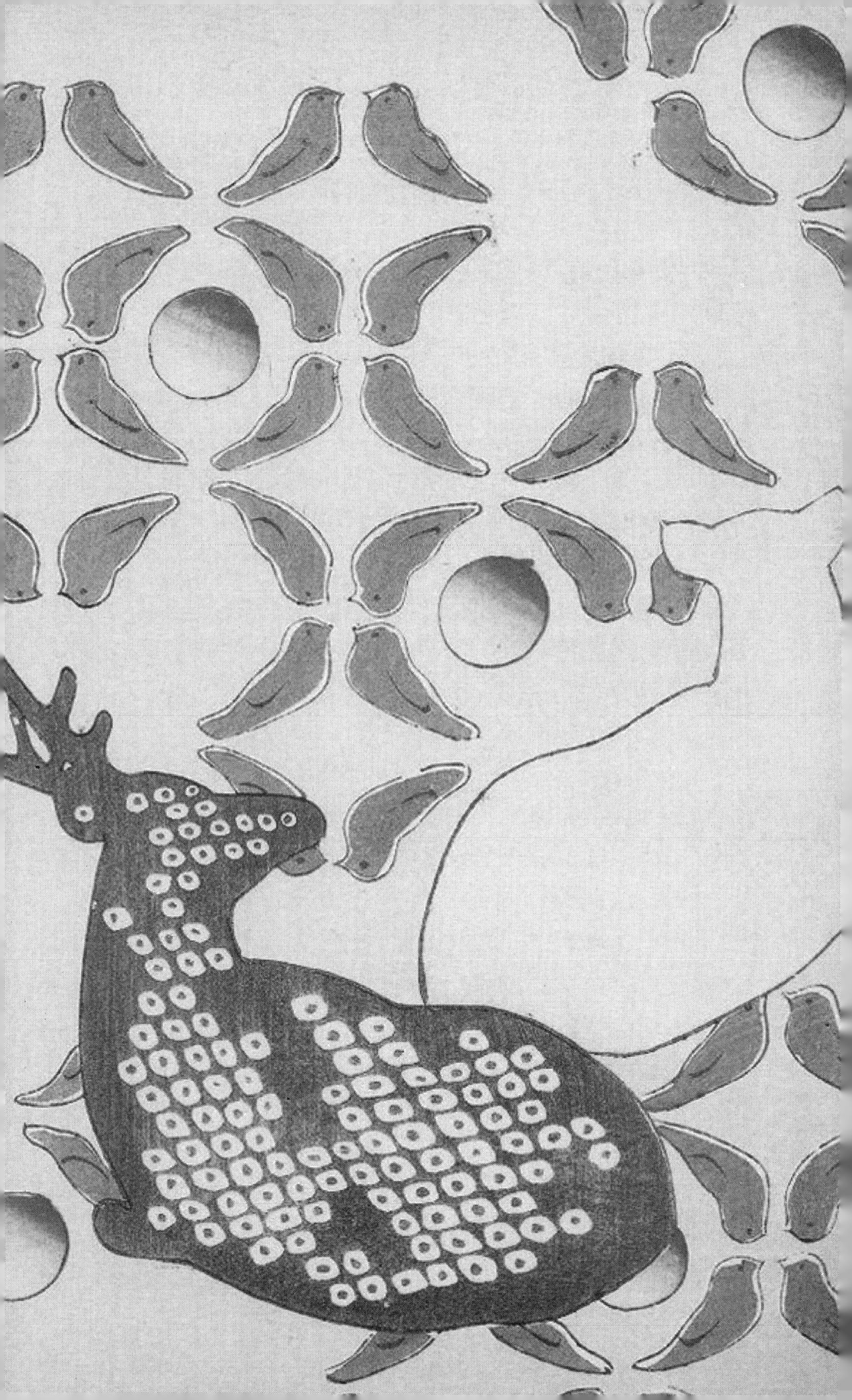

九月的田间

我沿着斜坡,来到可以望见赤坂(小诸的一部分)鳞次栉比的房舍的地方。

位于浅间山麓的这座小镇,刚刚从睡眠中醒来。炊烟在湿漉漉的空气里袅袅上升,远近的鸡鸣声此起彼伏。

开始成熟的稻田周围,豆子垂挂着饱满的绿荚。长得比较靠下的稻叶,有的已经发黄。九月过半了,稻田中什么样的稻穗都有,有的像芒草的穗子,有的还是通体青绿,有的垂着一根根红毛。其中,呈深棕色的是糯米,这一点我还是能分辨出来的。

朝阳照射着一道道峡谷。

田埂上青草的露水打湿了双脚,有点痒痒的。我在田埂上徘徊着,听到了蟋蟀的叫声。

这个季节,浅间山有时一天能喷发八次。

"啊,浅间又烧起来了!"当地人习惯这么说。每当这时,男男女女便停下手中的活,跑到屋外,仰头望着浅间山喷出的巨大烟团。也只有在这个时候,人们才会记起原来自己就住在火山脚下呀。祖祖辈辈生活在这里,只要不赶上火山喷发,在平日平静的生活中,人们总会忘记了这一点。

由于大量喷发,浅间山已经失去了原貌,人们普遍认为现在的牙齿山就是昔日火山口的遗迹。那些以为浅间山的形状总会有所奇特而来到此地的旅人,恐怕会失望了。不仅浅间山,望望远处的蓼科山脉,也没有什么奇特之处。不过,有趣的是大山给你的感觉。你昨天看到的山和今天看到的就不一样,几乎每天都在发生变化。

山中生活

  理学士居住的一带位于荒町后面，从这里可以看到醋坊K姑娘家高大的酱油库的窗户。从这一带的旁边穿行到荒町大街，可以看到街道两旁林立的商店，草席店、鲣节店、茶叶店、杂货铺……其中，有一家相当大的铁匠铺。高大幽暗的房屋内，一位结着古式发髻的老爷子，抡着大铁锤"叮叮当当"地敲打着。

  这位老派的老爷子就是我们学校的体操教师的父亲。

  在一个凉风习习、阳光灿烂的早晨，我带着两个学生，与体操教师一起，从铁匠铺的旁边穿过后门，直奔浅间山而去。

  虽说住在山区都可以称为山里人家，但是我们将要去的那个地方才算得上是真正的山里，那里才是真正居住在深山老林中的人们。

  我们走在山间小道上，两边是长满谷子、红豆和通常用来喂马的稗子的田地，最多的还是白花红茎的荞麦田。现在正是农作物成熟的时候，马上就要迎来秋收季节了。体操教师精通农活，指点着处处闪光的田野，热心地一一给我们介绍说，那边叶子比较大，呈紫红色的谷子是外来品种，这边垂着细长青黑豆荚的是耐寒红豆……他只要看一眼，马上就能区分出农作物的种类来。

  走着走着，来到一座长有五六棵松树的小山冈前，看到一尊男女合体的道祖神[①]石像。

  我们来到了一个叫寺洼的小山村，这里极为偏僻，只有五六户人家散落在山间。我还没有给你讲过黑斑山吧，这座山也与浅间山相连。对了，还记得我给你讲过的小诸城址上的天主台吗？站在那高高的石墙上放眼望去，可以看

---

  ① 道祖神是日本村庄的守护神，立在村边道旁，据说可防止恶魔瘟神进村。传说，男的是"八衢比古神"，女的是"八衢比卖神"，两个神都长得很丑，结果男的娶不到，女的嫁不出，但两个神结合后却生出了一个很吉祥的男孩。可能是这个缘故，道祖神还时常祭在孩子们玩耍的地方，成了儿童的守护神。

到远处山林覆盖的高高的倾斜地,看上去就像是山体上的一块黑斑。我们现在就攀行在这片远看如黑斑的斜坡上。当时,从那座天主台可以隐约望见黑斑山山脚下点点的白墙,就是眼前这座山村里的白墙。

一个老农背着盐袋佝偻着腰走在我们前面。体操教师喊道:

"这就要开始腌菜了?"

"是呀,现在开始腌的话,可以多得两成菜啊。"

处在恶劣气候条件下的山民,现在就不得不开始准备越冬的蔬菜了。

前天晚上下了雨,昨天又是个好晴天,想必长出了不少蘑菇吧。我和学生跟在体操教师后面走进松林,这片松林是体操教师家的家产。谁知,最终我们在松树下的枯枝败叶中,只采到了几棵丛生口蘑和牛额菇。随后,我们边拨着细竹的叶子边往前走,走进一个名叫"部分木"的地方。

这里已经是松林深处了。我们看到一家青年男女正在干活儿,他们砍下青翠的松枝,然后捆绑起来。女的是个二十岁上下的年轻媳妇,顶着一块肮脏的布手巾,没穿贴身衬衣,撩起衣裾下摆掖在腰间,系着围裙,穿着草鞋,一头散乱的红头发,一张晒得黑红的粗糙脸庞,这副形象叫人一下子分不出是男是女,简直就像是从米勒①的农民画中走出的人物。

还有三四个男孩子,像是这个女人的弟弟,个个挺着一张又黑又脏的脸,头发像乱蓬一般,却劲头十足地、开心地唱着童谣。

一位像是他们母亲的人从树林深处走出来。看到有陌生人走过来,他们停下手中的活儿,好奇地向我们这边张望着。

我们顺着这家人劳动的山丘继续向上爬,来到一块平缓的松林地带。一个农夫背着割下的青草顺着林间小道转回家,日光透过松林照在湿漉漉的草地

---

① 让·弗朗索瓦·米勒(Jean-François Millet,1814—1875):习惯被称作米勒,是19世纪法国杰出的以表现农民题材而著称的现实主义画家,法国巴比松派画家,以乡村风俗画中感人的人性闻名法国画坛。

上。眼前的这幅画面，忽然让人感觉到在深山林中游走的农夫，看上去就像一尾水中的游鱼。

一辆满载柴草的车子走过去，"咯噔咯噔"的车轮声回荡在寂静的山林间。

我们分开白竹和灌木丛，四处寻找蘑菇，可是当天收获甚少。用镰刀扒开地上的枯叶，偶尔可以看到不能食用的红蕈，还有腐烂的初蕈。走着，找着，最后累得连腿脚都不听使唤了，于是我们懊丧地拎起空空的腰笼往回走，走到开满南瓜花的田地里，发现了护山人的小屋。

护山人

护山人的小屋所在的地方叫尾石,就在黑斑山脚下。

我站在晾晒着胡枝子的正屋前边,看着马厩上贴着的三峰神社的防盗神符,望着阳光照耀下的土墙,真真切切有了一种远离尘世的感觉。

一只眼神犀利的红毛犬冲出来,戒备地盯着我们,不住地狂吠。看来这是护山人喂养的狗,它倒是挺忠于职守的。

看到主人走出来迎接我们,红毛狗好似放下了戒备,变得温顺起来,甚至肯让我们摸一下它的脑袋了。男主人是承担守山护林任务的护山人,胡子拉碴的,女主人肩上斜挂着束衣袖的带子,正在切南瓜。

四个孩子也闻声跑到院子里来。最大的十四五岁,是个头发黝黑的小姑娘,腰间扎着细腰带,脚穿草鞋,年小的孩子则羞怯地看着我们。院子里有一只长着鲜红冠子的白公鸡,同三只灰母鸡围着我们转来转去,不一会儿,又跑进后面的林子里去了。

小屋分成两部分,一半铺着榻榻米,说是客厅,实际上倒不如说就是平时睡觉的地方。全家人吃饭、喝茶、迎客都在炉子旁边的地板上,上面铺着薄席子,周边堆放着农具和餐具。烟熏火燎的黑乎乎的墙壁上没有任何装饰,只挂着彩色的石版、木版画式样的日历。就连这等粗糙的版画,也能给住在山里的人带来一抹亮色,难怪年终大甩卖时,附近村庄到城里买东西的人,都愿意买上这么一张版画。

我们没有脱鞋,围坐在炉边歇息。女主人端出腌蒜头和茶水招待我们。对于干渴的我们来说,在小屋喝的这杯清茶,如饮甘露般美味。主人说,来到这里,气候大不一样了,整个冬季,这炉子从不断火。

同行的学生到小屋后头转了转。主人给他们讲了很多,这里种的柿子不上涩啦,这里也能结出梅子来但味道很苦啦,只有桃子能适应这里的土质啦……

不久，到了吃午饭的时候。

我们在小屋内把蘑菇择干净，拿到院内栗子树下烤熟。主人拿来三张草席铺在树荫下，我们就在这里吃起午饭来。女主人又端来鸡、茄子露和煮南瓜招待我们，每样菜都装了满满一锅。我们每人盛了一碗，学生取出饭团和面包，体操教师也没有忘记拿出自己事先准备的好酒来。

吃饭时，女主人告诉我们，山里曾引种过苹果，但是因为地梨虫总是爬上去吸食花蜜，所以根本结不了果。红毛狗围着我们打着转儿，学生们把鸡骨头扔给它啃。

饭后，主人领着我们来到了黑色的田野里。据主人说，松林的对面有三千坪的桑园，还有大约是桑园面积三倍的、共计一万坪的田地，可是到了他这一代，家里人手少了，照顾不过来，有的田地就荒芜了。

男主人对我们的来访似乎感到特别高兴，不住口地向我们唠叨着，这可与他那满脸胡须的严肃模样一点也不相称。荞麦收了十包；试种的银杏、杉树和竹子大半枯萎了；播种了十三包栗子，可是遭遇了十四次山火，幸存下来的好不容易长到十米左右了，结的果也很多，但就是被火烧得没剩几棵了……

接下来，我们又去看了落叶松的苗圃。树苗像草一般柔软，在日光照射下闪着美丽的光泽。苗圃周围有许多地梨，黄熟的果实虽然隐藏在草丛中，但一眼就能让人看到。不过，对于我们来说，这种果子并不稀罕。

主人还起说山火的可怕，有的人被山火追着活活烧死了。他还告诉我们，从这里再往上八里远的地方，有一座烧炭小屋，现在那里正在烧制柞木炭。

尾石，这个护山人居住的地方，据说是高峰的一部分。从尾石到菱野温泉二十四五里路，可以每天去泡个温泉回来。一听到菱野，我就想起从前到家里来帮忙看孩子的那个姑娘，她家就住在菱野。

体操教师熟悉这一带的地形，领我们看了一些新奇的地方。这样的深山，我们平时很少能来到。只有一次，我和历史教员一起到过比这里更高的地方，在那里的小屋住过一宿，但是那地方刚刚开垦出来，树林也没有这里的幽深。

离开尾石之前，我们再次回头朝护山人的小屋望去，看到了夹杂着白桦的树林，看到了那条通向小屋的羊肠小道，看到了山岗上的树木，还看到了小屋的屋顶。

白桦的树干，不管在哪片树林里都很显眼。在那包围着山樱的枝叶中，已经混杂着美丽的黄叶了。

秋季的修学旅行

十月初，我和植物教师T君一起带领学生到千曲川上游去进行修学旅行。秋高气爽的好天气，让我们享受到旅途的愉快和放松。修学旅行的具体行程是，我们从八岳山脚下出发，下甲州，出甲府，游诹访，在那里同等待我们的理学士、水彩画家B君以及其他同事会合，然后一起从和田返回小诸。整个行程花费了一周时间。我们绕着蓼科、八岳山脉转了一大圈儿。

其中，从千曲川上游到野边山原的那一带，我曾去游玩过一趟，当时是同邻居裁缝铺老板一道去的。这次修学旅行又唤醒了我以前的记忆，我要给你讲讲旅行的感受。

甲州公路

从小诸来到岩村田町，便上了甲州公路。甲州公路一直向南延伸，穿过平坦、广阔的山谷。眼前铺开的是南佐久地区一派泛黄的秋景，山谷中分布着一块块田地，千曲川从中流过。

千曲川与犀川交汇之前的河面上几乎看不到船影，只有静静流淌着的河水。就凭我说的这一点，你大抵就能够想象出那条河的特点和光景了吧。

在此之前，我只给你描述过从佐久、小县的高坡上俯瞰千曲川流过谷底的情景。如今，我们不是在高处，而是行走在千曲川的流域内，感觉当然与上次截然不同了。穿出田臼、野泽等城镇，我们来到河水边。

我们沿着河岸溯流而上，来到马流这个地方，看到河流的气势骤然发生了变化。这一带盘踞着许多从上游冲下来的大石头，千曲川从这些可怕的巨石之间流过，与其说是一条大河，毋宁说是一条比较宽的溪流。岸边分布着供人休息的茶馆，其中有一家叫甲州屋。看到这个名字，就会让人想到甲州就在前方不远了。我们还看到了来来往往的甲州商人，他们是翻过山岭进入这里的。

在马流附近，学生T加入了我们的队伍。T家里是做神官的，住在距公路不远的幽邃的松原湖畔。T已经等待我们多时了。

我们途径的河岸上，生长着茂密的白杨、芦、枫、漆、枹等树木，河两岸分布着南牧、北牧、相木等村落，到处可以看到临水而建的小磨坊。放眼望去，八岳山脉赤红的大崩陷的痕迹非常显眼，还可以看到金峰、国师、甲武信、三国等山脉高高耸立的峰顶，还有一些不知名的山峦，重重叠叠，连绵不断。

太阳已经西斜了，我们渐渐感觉到来到了山谷深处。

我和T君两个不时停下脚步，凝望着河水向下游奔逝而去。从这个角度望去，夕阳在高低起伏的山峦间慢慢下沉，深秋的空气里，远远升起了烧炭的烟霭。

　　山谷的尽头是海口村。耳畔仿佛传来河水的声音。日暮之后，我们进入了海口村。

山村一夜

在山国的记事里，我曾这样写道：

中法战争后，我国陆军部购买了一些法国军队用过的军马，漂洋过海运到国内来，其中十三匹作为种马被运送到信州。雄健的阿尔及利亚马进入南久佐腹地，也是在这时候。如今大家口中的杂种马指的就是这种阿尔及利亚马。其后，源自美国的有名的浅间号种马也被引进至此。接下来当地进行了一系列的马匹改良，野边山原的马市逐年兴盛起来，甚至引起了某亲王的注意。亲王殿下本是陆军骑兵大佐，是个尽人皆知的爱马之士。他把自己宠爱的阿拉伯品种的弗拉利斯借给南久佐当做种马，当时并没有引起人们足够的关注，谁知当年就繁殖了三十四头小马驹，一时名声大振。亲王殿下喜不自禁，亲自来到野边山原巡视。

上次，我受裁缝铺老板之邀，在八岳山麓的村庄里住过一夜，当时恰逢殿下出行到此。

静谧的山村之夜，我站在乡村旅馆的二楼上，又一次看到了记忆中的景象：为躲避河水泛滥而移住到这座高原脚下的家家户户；为预防风雪灾害，就像木曾路等地常见的那样，木板屋顶上压着石头；山冈上山谷中连成串的灯火……

这里是产马地，家家都会喂上一两匹马，马是当地人的主要财产。这里的居民豪放、质朴，一个姑娘家可以独自骑着马放心大胆地走夜路。

洗澡桶直接安放在脏水坑上，从这就能想象到当地人的生活是多么艰辛，也说明这里的生活只能也必须一切从简，但尽管如此，每当我看到这些场景时依然会感到震惊。从这里再往千曲川上游走，有个叫八村的山村，那是信州最偏远、最荒凉的山村之一，贫穷到只有病人才能吃上几口白米饭。

听说我们来了，裁缝铺的一个亲戚打着灯笼到旅馆来看望我们。有个离开家乡到小诸，在校长家做了很长时间佣人的姑娘，家也是这里的。

听说这姑娘如今已经结婚生子了。我不由地联想起那些从这些山村走出去做女佣的姑娘们的一生。

你肯定没吃过"烧饼"，或许连名字都没有听说过。这是一种在热灰中烤熟的荞麦饼。穿着草鞋，烤着炉火，边吃饼边聊天，是这一带的炉旁趣事。

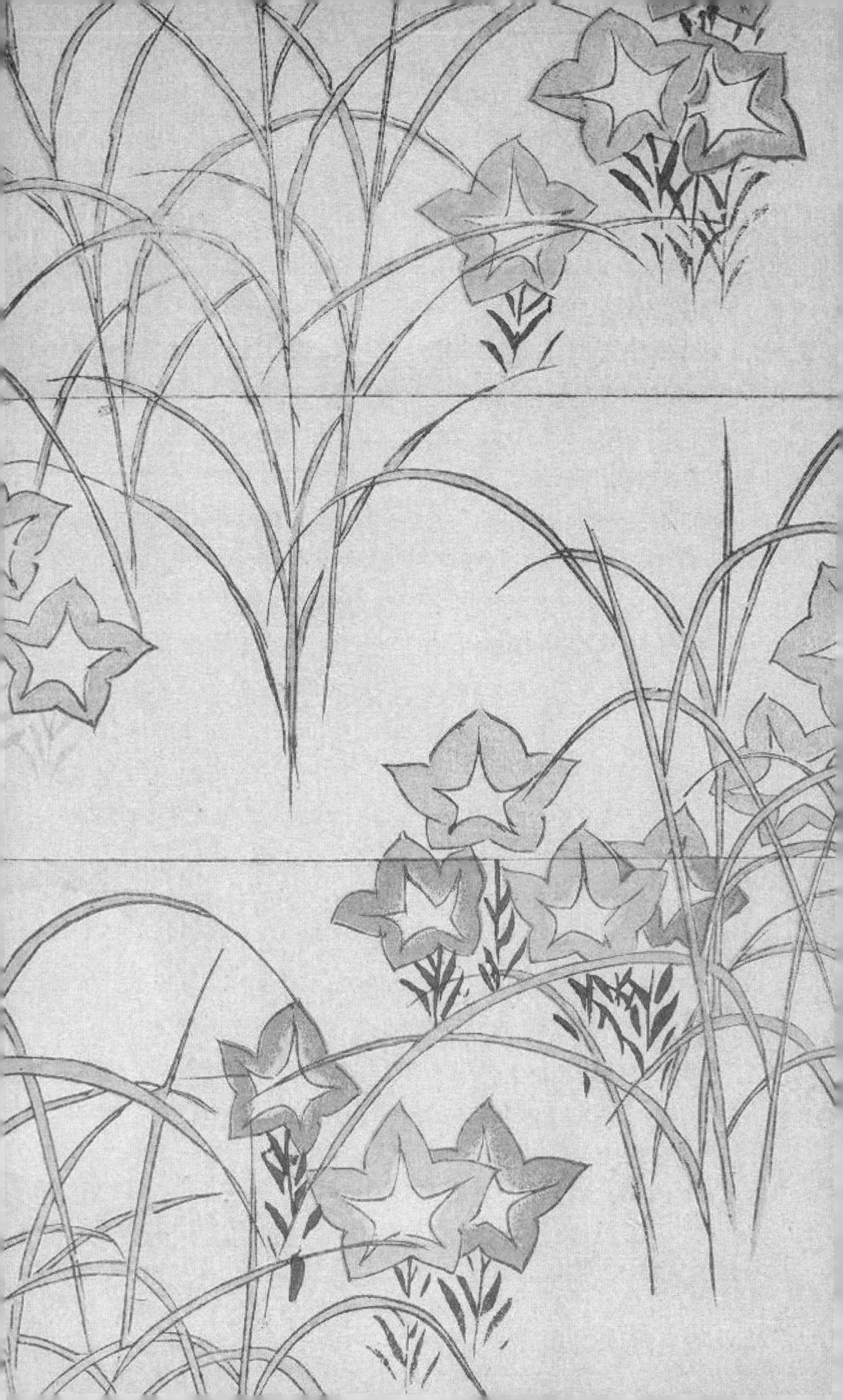

高原上

  翌日清晨，我们登上了野边山原。各种记忆纷至沓来：列队行走在这条通往高原的道路上的马群，弗拉利斯三十四匹马驹，两百四十头母马，加上公马共有三百多匹；马市周围临时搭起的房屋，紫色或白色的帷幕，散居各处的商人，四千多人的集市……这一切都争相浮现在脑海中。彼时，我和裁缝铺老板一起，游走在秋阳高照的高原上，此时，我眼前浮现的是那位随知事从长野来这里的高个子参事官。他像个绅士一样，轻轻摆动着白嫩柔滑的手臂，走路也很轻巧，然而，动作却十分敏捷。当时，我正在阅读托尔斯泰的《安娜·卡列宁娜》，我心目中的渥伦斯基与这位参事官重叠在一起，尤其是他取下肩上挎着的望远镜，远望八岳山方向的牧场的样子，就是我想象中的渥伦斯基的形象，虽然这样想或许有点失礼。

  与那时候的混杂相比，如今的高原太冷清了。已经到了下霜季节，杂草的叶子有的发黄，有的已经变成焦褐色，朝阳照在稀稀落落的白杨树上。我们四下望着周围的景色，脚踏着枯草向板桥村行进。这片高原方圆约二十公里，荒凉的原野上，有些地方种着荞麦。以耕地为生的人们在这些土地周围定居下来，形成小小的村落，板桥村就是我们登上高原后到达的第一个村落。

  从前，我曾经对这一带做过这样的描述：

  晨雾渐渐消散时的高原，看上去多么美啊！一开始只能看清山脚处的八岳山，慢慢地露出险峻的山脊，最后，露出了朝日映照下散发着红光的峰顶。日影跳动在起伏的山峦间，横跨甲州的连绵不断的山脉不知变换了多少次颜色，一会儿紫黄，一会儿灰黄。朝日跳出峰顶，一下子铺满了整条道路，一对夫妇行走在光影中。抬起头来，空中飘浮着棉花团似的云朵。哦，不知何时已经是万里晴空了。啊，多么美丽的清晨啊！

男山、金峰山、女山、甲武信岳……山山岭岭争相映入视线。远处就是千曲川的源头，隐隐约约可以看到岸上的村落。千曲川在朝阳的映照下，宛如一条玉带。

上文中提到的夫妇就是那部小说中的出场人物。有段时期我喜欢这样的文体。

上穿窄袖短口上衣，下穿细筒裤，脚穿草鞋，头裹毛巾的农民，成群结队地从这夫妇身旁走过，有肩上扛着锄头的男人，也有挑着粪桶，扭动着腰肢的男人，还有腰中掖着大人的烟袋跟在后头小跑着的孩子。恶劣的气候、丛生的杂草、荒芜的山野、贫瘠的土地，在这无情的自然环境中，人们又开始了秋季里辛苦劳作的一天。

地里已经有人在干活儿了。走近黑乎乎的"火山灰"田地旁，看到一个粗壮的汉子汗流浃背地专心致志地在翻土。他扬起大大的锄头，用力砸进土地里，身子往前倾斜着使劲翻起一大块土来。新翻出来的黑土裹着刺鼻的气息扑面而来，一时竟让人有点恍惚……离开板桥村，我们碰到一群游人。

如今，高原上一派秋色。放眼望去，树木林立，所有的树枝都向南伸长，由此可以想象到冬天的北风有多么猛烈。白桦树高高兀立在空中，残留的树叶也不多了，低矮的小叶杨掩映其中，远远望去就像盘踞在白桦树下一样。冷风肆虐着秋日的暖阳，枯草随风披靡，柏树的叶子在风里无助地翻卷着。

随处可见的光秃秃的巨石，在秋日的照射下发着冷光，令人心生肃杀寂寥之感。

这里，牛尾草耷拉着叶子，弘法菜还开着小花儿。

这里，燕子花的果实崩落在地下。

这里还是野鸟的栖居地。云雀在竹叶丛中筑巢，大概是衰老的缘故吧，叫声已失去了开春时节的轻快亮丽；鹌鹑被脚步声惊动，不时从草丛中飞起来，张开那不甚美观的短翅，看似要向空中腾飞，却又一下子掉进草丛中不见了踪影。

其他的树木都变黄渐枯了，但其中有的还残留着绿荫。残存的绿荫指引着旅人找到水源地，那里杂草丛生，树枝垂在泉水上，树根深深浸在泉水里，所以才得以保持绿意。

眼下，各个村落的农民都在忙于秋日的劳作，所以高原上牧马的人很少。只有住在八岳山脉南麓的山梨县的农民，因为缺乏冬季的饲草，才牵着马远远来到这里采割牧草……

这些都是从旧道上看到的景象，别具韵味。

以前，我选择从新道返回，途中经过高原中部。当时，曾遇到过返回山梨的男女，他们牵着满载饲草的马匹，一边走一边吃着自带的饭菜。我随口问了一下，才知道他们这一趟往返竟然要走一百二十多里路，途中还要割草，往往是一大早天还未亮就得离开家，途中连坐下来吃饭的空儿都没有，都是牵着马边走边吃。可以想见，他们这一路有多么辛苦。

我边向同行的T君讲述着这些见闻，边走上了旧道。自从离开三家村那个小村庄后，我们还没看到一户人家。

因为牧草很多，所以这座高原非常适合做牧场。眼前看到的马群是少，但远远望去，还是能够看到一些在起伏的丘陵间游荡的马群。

白桦树上靠近树干的叶子已经掉落了。枯叶衰草随风摇摆的沙沙声，尤其是懈树叶子发出的动静，时刻提醒着我们这是行走在风寒日灼的高原上。

马粪鹰盘旋在八岳的上空。一路上，我们要不时穿过褐色的枹树林，这常会让人产生一种错觉，仿佛我们背后远远地升起了灰色的乌云。高原上的羊肠小道旁，开放着紫色的花朵。问了问T君，他告诉我说那是松虫草。这一带是古战场遗迹，传说当年海口的城主和甲州的武士作战，就战死在了这个地方。

快到甲州境时，我们发现了一人多高的木梨，叶子已经落光了，枝头上只残留着小小的红果。踩着草丛过去摘下果子一尝，谁知还很涩。不过，这些小红果经霜打过后，就会变得入口即化，味道甜美。不久，我们来到可以望见八岳山侧面的地方，这一侧面正对着甲州方向。我们脚下是树木稀少的大斜坡和幽深的山谷。

"富士！"

学生们相互惊叫起来。我们从那里顺着陡峭的坡道向甲州走去。

落叶

一

　　每年十月二十日，可以看到初霜。在城里生活的你，冬天，只有去满是杂木或平坦耕地的武藏野，才能看到薄薄的、令人惊喜的微霜，所以我真想让你亲眼看一看这高山上的霜景。

　　这里的桑园经三四场霜打之后，你就看吧，桑叶会骤然缩成卷儿，像烧焦了似的，田里的土块也会碎成土渣……看上去很是吓人。彰显冬天残酷威力的，不是别的，正是这霜。看到这般景象，你反而会感到代表冬天的雪还算是温和的，厚厚的积雪反倒给人一种平和的感觉。

　　十月末的一个早晨，我走出自家的后门，惊奇地看到被深秋的雨水染红的柿子树叶飘向地面。柿树的树叶，肉质肥厚，即使经霜打过，也不变色，不卷曲，但是当朝日升起，霜花渐融的时候，已经变脆的叶片会不堪重负而脱落下来。我站在那儿，茫然地望着眼前的景象，心想，这天早晨一定是下了一场惊人的严霜吧。

二

　　进入十一月，寒气骤然加剧。天长节①清晨，起来一看，入眼一片白茫茫，桑园、菜地、家家户户的屋顶上都落满了霜。后门口的柿子树叶，几乎掉光了，连路都被落叶埋了起来。没有一丝风，所以叶子是一片、两片，静静地往下坠落。麻雀在屋顶上欢叫，叫声听上去比平时亮丽多了。

　　天空阴沉沉的，因为有雾，视野内灰蒙蒙一片。我真想到厨房的炉火旁烤一烤冻僵的双手，穿着布袜子的脚趾也感到冷冰冰的，这一切让我深切地感受到可怕的冬天就要来到了。住在这座山上的人们，从十一月到来年的三月，

---

①　天皇的诞生日，没有固定的日子，时代不同天长节的日期也会不同。

要熬过五个月漫长的冬季,必须提前做好过冬的准备。

三

  冷冽的北风刮起来了。

  已到了十一月中旬。一天早晨,我被一种类似涨潮的响声惊醒,清醒过来后才发现原来是呼啸的风声。一阵风刚平息下来,忽而又刮起一阵狂风,吹得门窗"咯咯"作响,尤其是朝南的窗户,被刮落的树叶敲打着窗纸,"噼噼啪啪"地响个不停。千曲川的流水声,听起来比平时更清晰了,好像就在耳边。

  拉开拉门,树叶打着旋儿冲到屋里来。倒是一个白云飘飘的晴朗天,可是风很大。屋后小河边的杨柳,在猛烈的北风中乱舞着枝条,干枯的桑树枝头上,霜打过的茶褐色的残叶随风摇摆。

  这天,我到学校去,来回都经过车站前的道路,看到来来往往的路人都变了装束。男的戴着丝棉帽或裹着法兰绒头巾,女的则裹着头巾,两手抄在衣袖里,个个冻得流着鼻水,红着眼圈甚至淌着眼泪,面色苍白,唯有两颊、耳朵和鼻尖红通通的。人人缩着脖子弓着腰,瑟瑟发抖地走着,顺风的人疾步前行,逆风的人则仿佛负着重载一般费力地往前挪着步子。

  土地、岩石、路人的肤色,在我的眼里变得一片灰暗,就连阳光也成灰黄的了。寒风在山野间气势汹汹地冲撞、呼号着。所有的树木都被吹得枝条弯曲,树干晃动,柳树、竹子之类的更是被吹得枝叶狂舞,残留在树梢的柿子都被刮掉了,梅、李、樱、榉、银杏等树木上残存的霜叶,一日之间悉数落尽,满地的落叶随着风势翻滚着、飞舞着,连绵的山峦也突然变得清晰而萧瑟了。

炉边欢聊

我给你讲过了这山上的冬天有多么可怕,但是,我还想让你明白一点,那就是这漫长而寒冷的冬季又是信浓山区最有情趣、最快乐的时期。

接下里我想给你说说我的身体状况。我刚刚来到这山区的时候,一时难以适应这儿的气候,动不动就感冒,时常苦恼地想,难道以后一直都要这样下去吗?实际上,正如人们所说的那样,人体器官是根据生活的需求相应地发展变化的,我的身体也慢慢适应了这儿的生活环境。面对恶劣的气候环境,我的抵抗力越来越强,与在东京时相比,我的皮肤变得粗糙结实了,我的肺也能经得住极其冰冷的山间空气的刺激了。不仅如此,每当我在山间游走,听到寒风呼啸穿过常绿柞木林的风声,看到盖满白霜的葱笼时,总会感到一种刺激性的快感。如果不是生活在这里的人,是绝对体会不到这种感觉的。

就连生长在这里的草木,也与生长在温带气候中同类物种有着明显的不同。大多数常绿树木到了这里,绿色会变得发乌,形象地告诉你这儿的气候有多么恶劣。如果你看了武藏野①的绿色之后,再来看看这里石山坡上茂密的赤松林,你一定会惊诧于两种绿色的差别之大。

一天早晨,我顶着大雾向学校走去,能见度也就百米左右。一路上,我碰到了下地劳作的农民,看到了孤零零地站在值班房旁边的铁路工人,还有在湿漉漉的雾气中推着货车前行的男人们。而且,我知道,正如我自家感受到的那样,在这寒冷的早晨,尽管双手冻得红肿,但大家根本不畏惧这样的气候。

"怎么样?再多穿一件吧。"

说着,大家在原地跺起脚来,好像这样能获得热量一样。

一会儿,我遇到了学校的同事。晨雾慢慢消散,四周变得清晰起来,可

---

① 武藏野是日本关东地方中部的城市,位于东京都中部,大部分在武藏野台地上,东南部为低湿地。

以看得见浅间山的山脚了，还有快速移动的云块，云层间透露出蔚蓝的天空。西方的雾气也消散了，朝阳一下子照射下来。待浅间山完全清晰地显露在眼前时，我突然发现山体已是冬季的景象了，山顶上已有积雪，像是顶着一头白发。

　　就这样，冬天来到了。这也意味着，在恶劣的气候中辛苦劳作了大半年的农民，迎来了一年中最快乐的休息时光。在信州的代表物——被炉上，摆上茶盘、腌菜、烟灰缸，再来上几杯酒，人们围坐在周围边吃边喝边聊，这就是炉边欢聊。

小阳春

  天气反反复复。在温暖的平原地带感觉不是太明显，但在这里却能明显感受到天气的反复无常。本想着又是一个大冷天，结果却忽然暖和得不像话，可是接下来又会比原来更冷。说起来，即使是在这山上，也不会一下子进入严冬。秋末冬初的这种暖和天，是这个地方最令人难以忘怀的，也是最舒服的时光之一。单从"小阳春"这个俗称，就可以感受到当地人欢乐的心情。我想把你的思绪拉回到十一月上旬，让你想象一下在冬日的暖阳下，农民在农田里劳作的情景。

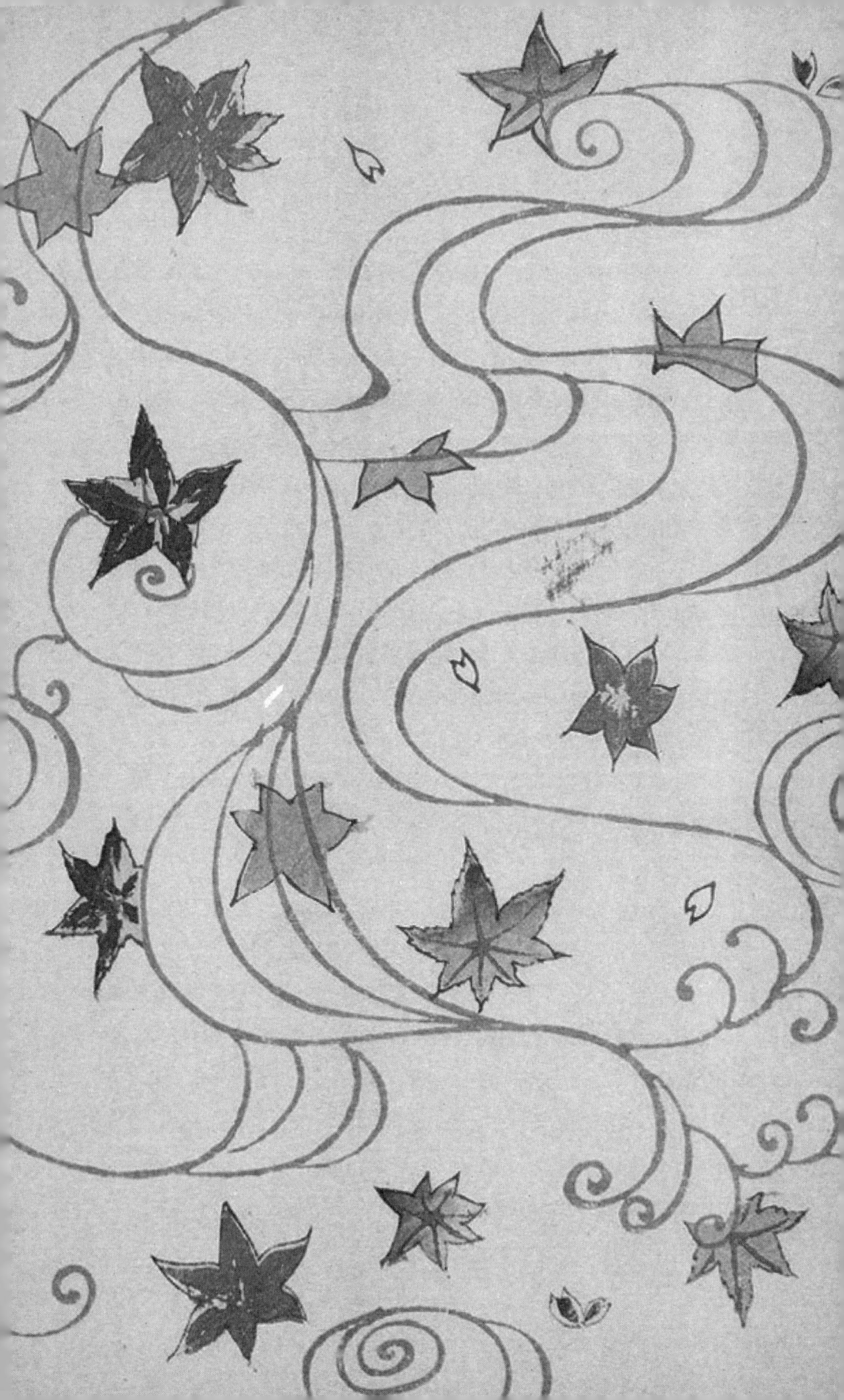

小阳春时节的山冈

一个风和日丽的温暖冬日,我走出家门,明晃晃的大太阳照的人有点眼晕,无法肆意地欣赏周围的风光,于是走到树荫下,结果又感觉有点冷。在树荫下觉得冷,想念阳光的温暖,在太阳下觉得目眩,又想念树荫的阴凉,带给你这种冷暖交混感觉的就是小阳春时节。

在这样的时节里,找一个午后,我来到位于小诸城后的赤坂的田地里。这一带是带有坡度的丘陵地带,每块田地之间以石垣隔开。我背靠在枯草堤上,眺望着前方。

下手早的人家已经收割完毕了,附近的稻田里堆着高高的谷堆,旁边摆放着已经脱了穗的稻草杆。稻田里有两个结着圆髻的女人和一个男人在干活,那男人看样子像是个雇工,一身佃农打扮,戴着鸭舌帽,穿着青色的窄袖上衣,他一边甜言蜜语地奉承着两个女人一边编稻草包。这一片稻田里,除了这一家,再看不到其他干活的人了。

一个戴着一顶破旧的圆帽子、手里提着一棵黄菊花的男人,从旁边的田埂上走过。

"来,抽支烟吧。"

听到这声邀请,戴圆帽子的男人便停下脚步走了过来,和那个雇工背靠着石垣吸起烟来。两个女人一边干活一边拉着家常。

"阿金,眼怎么样了?……那就好……嗯,是呀是呀"耳边飘来女人的说话声。我正想象着这些成天在外劳作的农民的生活,本没有刻意地去听她们聊天,无意中听到了这些。回头一看,另一条田埂上放着斗笠、木屐、饭盒等物件,男人们吐出的烟雾在日光中泛着青光。

"我走了,你安心干活吧。"

戴圆帽子的那人说着离开了。

那个雇工拿起锄头开始翻地。两个女人不停地忙活着，一会儿筛稻米，一会儿捋稻穗，可那个雇工却好像不怎么上心干活，干不了一会，就停下来支着锄头呆呆地站在那儿，茫然地看向这边。

太阳普照着山冈，黑乎乎的田地、形状各异的石垣、干枯的桑树枝、田埂上的青草、稻田里晾晒的新稻杆，还有远处树林的树梢，无一不沐浴在温暖的小阳春的阳光下。

又有两个辛勤劳作的男人进入我的视线，一个在附近的田地里将锄头扬起砸下，砸下扬起，正在奋力地翻土，另一个是个高大精瘦的年轻人，透过高高石垣上的褐色的枯草丛，能看到他的上半身，他正在打稻米。他弯下腰时，便看不见他的人影了，但是还能远远地看见忽上忽下的棒槌，还能远远地听到类似打砧的棒槌声。

那天，我一直在赤坂后边的田地里晃荡到下午三点多。

期间，我还走进稻田旁边的柿树和杂木林中，成群的麻雀在头顶聒噪着。收获过的田地里，新长出的青青麦苗已有两寸高。

我的身后突然响起木屐声，却又戛然而止，接着响起一个孩子的喊叫声，他朝着我对面的石垣大声喊着什么。顺着他的声音望去，隔着褐色的桑田，我看到母子两人正在忙着收割。这孩子是在通知他们茶水泡好了。很少有人能像信州人这样爱喝茶。那孩子喊完都跑回去了，可是那母子俩还丝毫没有停下来的迹象，好像一分一秒都不舍得耽搁，母亲仍在专心地捋着稻穗，儿子依然一下一下地打着稻米。虽然隔得有点远，但他们的动作我看得很清楚，母亲顶着头巾，身子一倾一撤，儿子脱得身上只剩下一件衬衣，背对着我在干活。

听那孩子一喊"茶水泡好了"，我也觉得嗓子眼有点干了。

盘算着回家喝上一壶热乎乎的浓茶，我踏上了来时的路。西斜的太阳由白转黄，照得远近的景物也发生了改变。几十只麻雀飞聚到山冈对面，眨眼间，又一哄而散。

073

农民的生活

你一定注意到我对农民的生活是多么感兴趣吧。在前面的讲述中，我不止一次提到了我花费了好多时间去农民家拜访、与农民闲谈、看他们劳作的情景。对此，我乐此不疲，而且想要更多更深地了解他们。表面看来，坦率、质朴、简单，一天中的大半天在野外劳作，这就是他们的生活。然而，我越接近他们，越觉得他们过着不为人知的、复杂的生活。他们穿着相同的服装，扛着一样的农具，从事着同样的耕作，如果用颜色来形容他们的生活，可以说是极为朴素的灰色，但是我却无法进一步细分出到底有几种灰色。我在教学之余，自己也扛起锄头，开垦出一小片土地，种植一点蔬菜，但我依然未能进入他们的内心世界。

即便如此，喜欢农民的我，还是寻找一切机会接近他们，始终以此为乐。

有一天，我坐在被霜打枯的红茅草的田埂上，屁股底下垫着稻草包的圆盖子，两腿伸向田间。旁边有几个干活的佃农，一个是学校的勤杂工阿辰，一个是阿辰的父亲，还有一个是他弟弟，他们正在麦田里开垄沟，一会儿一歇，一会儿一歇，不时地走过来与我聊天。雨、风、阳光、鸟、虫、杂草、土壤、气候，没有这些农民就一无所获，可是同时又要与这些抗争才能获得好收成。我们聊到了这一带老百姓苦于对付的各种杂草，水泽泻、野茉莉、夜蔓、山牛蒡、蔓草、艾蒿、蛇莓、通草、天王草……多得记也记不住。阿辰从田里取来一个土块给我看，里面隐藏着黑头发丝儿样的细草根，他告诉我说这是"飘飘草"。他们还能从那些杂草中辨认出各种药草来。

"你要问这叫什么稻，大多数老百姓还真回答不上来，水稻的种类实在是太多了。"

阿辰的父亲非常健谈，从母穗和公穗讲起，说到浅间山脚下是沙地，产不出好稻米，又扯到小鸟飞到麦田啄麦粒、虫子把稻谷都吃光了的话题。他还讲到"播种难关"，就是说如果不仔细考虑清楚地势等因素，即便用同样的麦种，收成也会有很大的差别。小诸这个地方多刮东西风，因此要顺南北走向培田垄，这样庄稼长出来后日照充足，又不必担心风吹得麦穗互相碰撞以至于磨掉麦粒。像这样，当地的农民们为种好庄稼做着不懈的努力。

"不过，要是把这说给上州人听，他们肯定很震惊，不相信就凭这就能多收麦子。"

老人说着开心地笑了。

"我家老头子知道很多庄户事，你们俩好好聊吧。"

阿辰说罢，戴上旧草帽，又到地里干活去了。阿辰的弟弟将细筒裤的裤腿一直卷到膝盖之上，赤着脚，与哥哥一起翻地。兄弟俩不时拔下插在腰间的镰刀，把粘在锄头上的泥土刮下来，接着再弯下腰奋力地翻土。

"看，浅间山又烧起来了！"

突然，大家不约而同地喊起来。

我嗅着被翻起的泥土的香气，听着微弱的虫鸣，听这位老人给我讲他的人生经历。他今年六十三岁了，还一直坚持下地干活，十四岁开始喜欢上了针灸和占卜，三十岁以后，拉了十年的人力车，他是小诸的第一代车夫。他还说到了曾经和他住在一起的那对夫妇的故事。通了铁道后，他们的饭碗被打破了，于是就慢慢地穷困潦倒了。

"我们这小老百姓，没多大能耐，只能干些力气活……"

老人家自嘲似的说道。

这时，一位白头发、高个子、体格健壮的老农民，和另一位与他年龄相仿的老人，从我们身旁打着招呼走过去，两人手里都提着一把沾满泥土的大锄头。对面的田埂上，一个挑着粪桶的小伙子风风火火地走着。

收获

　　一天，我又从光岳寺旁边穿过，向小诸东边的山冈上走去。

　　此时，大约是下午四点。我所站立的位置视野开阔，往下看去，我犹如站在一个巨浪的浪头，浪底处露出小诸城的一部分。我的周围是连绵不断的耕地，有的已收割完毕，有的还未收割。田地间，有两户人家正在忙着收割。

　　赶在降雪之前及早收割完，庄稼人就是这么心急，什么事都是赶早不赶晚。我的眼前，头发斑白的父亲和十四五岁的孩子，正在交替抡起长槌打稻。随着一声声"咚，咚"的响声，扬起一股股白色的尘雾。母亲顶着头巾，戴着手背套，正忙着把稻穗捋在面前的簸箕里。旁边有一个脸庞晒得黝黑的女子，弓着腰把父子二人打出来的稻粒捧到筛子上。还有一个肩挂红色的衣袖带子，脚穿藏蓝色短布袜的女子，将装着稻粒的簸箕顶在头上，迎着风一下一下地抖动着，每抖动一次，就飞起一股混合着秕子和尘土的黄烟。

　　因为现在天短了，大家连话也顾不上说，争分夺秒地在尘土飞扬中忙碌着。山冈对面，隔着稻田和桑园，我看到一对夫妇戴着斗笠在干活儿，最显眼的是那位妻子，她高高举着装着稻粒的簸箕，迎风忙碌着。风吹在身上，感觉到一阵阵凉意。我眼前这家的男人把原本搭在稻堆上的无袖布褂子穿上了，母亲也抖了抖外衣上的尘土，穿在了身上。我也不由得打了几个寒颤，于是把掖在腰间的衣服下摆放了下来，一边隔着衣服搓着膝盖，一边看着他们劳动。

　　一个头裹布巾的男人，扛着锄头，沿着山冈边往家走。一个女人手里拎着两把镰刀，背上背着吃奶孩子，经过我身边时，嘴里招呼道："走了，回家了。"

　　眼前这对父子打稻的"咚，咚"声响得更急密集起来，伴随着轻轻的"嗨""呦"号子声。不一会，父亲拖出软塌塌的装稻米的草包。有一个女子伸了个懒腰，呆呆地看着眼前飞扬的尘土。地里堆起了金黄的稻山。

暮色将临，小诸城和对面的山谷笼罩在白色的暮霭中，对面山冈上闪出匆匆往家赶的身影。

我想着再坚持一会儿，结果发现那位父亲已经捆扎好稻草包，背起来准备回家了。此时，只剩下三个女人还在干活儿。暮色渐浓，地里没有劳动的人影了，对面田间那对夫妇的身影也看不分明了。

光岳寺的暮钟响起，浅间山逐渐模糊起来，被夕阳映成紫色的山峦不知何时已变成了昏暗的铅灰色，暗紫色的天空中只能看见白色的烟雾。突然间感到田野亮了一下，耳边再次传来悠扬的钟声。一个孩子背着绿油油的青菜从我身边走过，有一个从背后看不出男女的身影急匆匆地转过山冈，还有一个穿着外衣却连带子也没系的邋遢女人，敞着怀像动物一样跑过去。

南边天空中，出现一颗星星，发出青色的光芒，离它不远还有一颗，两颗星星在暗紫色的暮空中微微闪烁。扭头向西边天空一看，山顶发散出黄色的光芒，又忽而变成焦褐色，落日最后的余晖投射在田野上。干活儿的三个女人的头巾、弯着的腰，反射着落日的暖光，连男孩子的鼻尖也被照亮了。稻田里已是一片灰色，整个田野笼罩在灰暗中，八幡森林蓊郁的榉树梢也消隐在昏暗的焦褐色中了。

城镇那边亮起星星点点的灯火，一直闪亮到山冈边的山脚下。

那位父亲返回来又扛起一包稻米走了。三个女人和男孩子加紧干着活儿。

"天黑了，不加紧干完不行啊。"灰暗中传来母亲安抚孩子的话语。

"拿扫帚来，扫扫……"

听到母亲一连声的吩咐，孩子急火火地在地里转着圈儿寻找着。

母亲把打好的稻谷扫成堆儿，又集中到草席上。女人们转向这边，可是已看不真切她们的脸庞了，只看到她们头上的布手巾和面孔融入四周的灰暗中。

从灰暗的稻田里晃动的身影,可以判断出对面田地里的那对夫妇还在劳作着。

悠远的汽笛声回响在空中,寒风的冷冽气息愈发地侵人。

"等一下,等一下。"

灰暗中再次传来母亲的声音。闻声看过去,男孩子和姐姐模样的女子正在一起打稻。那边山路上的人影也变得模模糊糊的了,有的人说着"先走了",急匆匆地超过了旁边的同路人。渐渐地,眼前这三个女人劳作的身影也看不清了,只剩下她们头上的布巾还残存着些微亮色,上下挥动的木槌已经完全融入了黑暗中。

"把稻杆堆起来。"

黑暗中又响起了吩咐声。

我离开山冈的时候,那三个女人还在继续干着。我回头一瞧,只能看到她们的暗影在田间晃动着。四周完全黑了下来。

巡礼之歌

背着吃奶的婴儿到各地巡礼的女人，站在我家门前。

寒冷的空中聚集着初冬时节的白云，猛一看像是冰块，我觉得像是无数冰线的集合体，线端银白、清冷、透明，像针尖一般尖利。空中一旦出现这种形状的云，就意味着一天要比一天冷了。

穿着破旧的布袜子，打着灰色的绑腿，一副风尘仆仆的样子，眼前的乞食者让我想起刚到这山上时的自己。她摇着铃铛，哀婉地唱着巡礼歌。我和家人静静地听她唱完，把五厘钱塞到她手中，随口问道：

"你是哪里人？"

"伊势[①]。"

"这么远啊。"

"我们都是这样四处流浪的。"

"你这是从哪儿过来的？"

"从越后到长野，到处转悠着就到了这里了。往后，天冷了，准备去暖和的地方了。"

我吩咐家人给这女人拿来一些柿子。她展开包袱把柿子裹好，同我们说着"谢谢，谢谢"瑟缩着身子离开了。

与夏季相比，太阳低了许多。每当走出家门，望着初冬的落日时，我总会想起"浮云似故丘"这句古诗来。眼前枯黄的树梢，看上去比远方的蓼科山峰还要高。透过近处错落的屋顶空隙，可以看到夕阳正向森林中沉落下去。

[①] 伊势位于日本本州中部，属三重县。

小饭馆

  我外出时，常常顺便到一家小饭馆去烤火暖和一下。这家小饭馆位于鹿岛神社旁边，招牌上写着"份饭、休息、豆腐"。

  我走出家门，向那家小饭馆走去，一路上遇到不少熟人。靠近马场后的街道上，有一家裁缝铺，老板领着男女徒弟坐在洒满阳光的窗前，正在赶制和服，不时抬起头来欣赏一下窗外石菖蒲和万年青的绿意。再往前走，是一对夫妇开的点心铺，店头摆放着蛋糕和羊羹。还有那位留着长发的算卦先生，他经常去千曲川撒网捕鱼。走出马场后，走上如今只剩下三个门洞的老城门的大马路，就看到一家挂着深蓝门帘的染坊。从这里向右朝鹿岛神社方向走，就能看到那个靠按摩度日的光头盲人。还有一家鸟店，老板是一个慈祥的老者，知更鸟、琉璃鸟以及其他叫不上名字的小鸟在笼中叽叽喳喳地鸣啭。再往前便是那家既卖份儿饭又卖豆腐的小饭馆了。

  他们家做豆腐，所以经常能看到老板娘挑着担子沿街叫卖的身影，她不讲究穿着打扮，只知道拼命干活，热得汗流浃背时，就随手抬起衣袖胡乱擦擦脸上的汗水。一早一晚，只要街上一响起高亢的吆喝声，大家就知道豆腐坊的老板娘来了。我家也常买她家的油炸豆腐片、炸豆腐块什么的。她家的孩子长大了，近来经常代替母亲出街，卖的品种也多了起来，新增了煮豆腐丝、凉拌豆腐等。

  在他们家也能吃到面条，不过只是煮的干面条。我常在那儿吃面。据我所知，有一户农家每周有一顿晚餐要吃点好的，那就是吃面条。不言而喻，最好吃的就是荞麦面了，请客时，喝完酒再来上一碗荞麦面，才算得上是正儿八经的宴请。还有一种"煮面"，就是手擀面中加上青菜一块煮，家家户户通常以此为主食。我走进饭馆，在架着大锅的炉边坐下来，炉火烧得正旺，锅中冒出的热气熏得有点睁不开眼，朦胧中看到一双双沾满泥土的双脚围拢过来。人们端走一碗自己爱吃的热面条,呼呼噜噜喝下借机暖和暖和身子。

"来块刚出锅的热豆腐怎么样?"

老板娘说着,在大海碗里盛上热豆腐送过来。老板腰间掖着毛巾走过来,自豪地告诉我,他家孩子在儿童摔跤比赛中得了冠军。

这里是下层劳动者、马车夫以及附近的贫苦农民喝酒的地方。昏暗的屋子,满是黑灰的墙壁,脏兮兮的面孔,面对这些,我越来越习以为常。我坐在炉火边烤着冻僵的身子,一边听着拴在门外的马匹的嘶鸣,一边安然地听着周围粗野的谈话和笑声。慢慢混熟后,店主人说要更换招牌,央求我给他写一块。

松林深处

惠比须节①的第二天,历史教师W君邀请我到山间旅行。W君毕业于东京的学校,年轻、有朝气、书生气十足,所以和他一同跋涉在山水间,倒是不会无趣。

他家住在离小诸不远的与良町。我们临出门时,他家人提醒我们说:"带上米,到那边好煮着吃,再带上些柿子吧。"

我们把大米装进行囊,扛着毛毯,穿着细筒裤,把衣服下摆撩起掖在腰间,就这样一身不伦不类的打扮,一手拄着洋伞,一手提着牛肉出发了。

出发比约定时间晚了一小时,离开八幡森林时大约是午后四点半。趁着天还没黑,我们沿着山冈上的小路,往浅间方向行进。行走到一座松林时,夕月在空中闪着银白色的光亮,暮色迫近了,夕阳已经隐没在西边的山峦后。我们急急火火地赶路,不时回头看看。

寂静的松林中蜿蜒着一条羊肠小道,拨开两旁的树枝向上走,看到浅间山脉一派暗紫色,脚下是厚厚的松叶,悉数吸收了我们的脚步声,残光从松枝间投射下来,西边天空中残留着些许黄色,松林中听不到一声鸟鸣。

我们穿过这片松林,又进入另一座松林。这时,西边的天空已经完全暗了下来。月光从茂密的树丛间投射下来,林中弥漫着轻烟一样的暮霭,一根根细长的树干在这灰色的雾霭中清晰可见,而远方则一片昏暗,树木隐现在黑暗中,周围万籁俱寂,让人心生寂寥之感。

半轮宵月挂在天边,月光如水。脚下的道路完全掩映在松荫下,十分幽暗,但是铺满了松叶的一道黑线延伸在眼前,还是比较容易分辨出来的。这里,远离人烟,小诸城已被隔绝在山林的那边。我们不时驻足下来,侧耳倾听

---

① 惠比须神,日本传说中的财神,七福神之一。作为商业、渔业、海上的守护神,以及招好运的神被崇拜。

不知哪里发出的极其幽微的响声，窥探着四周深不可及的幽暗。W君迎着暗淡的光芒在我前面走着，即使回过头来，也看不清他的脸。我们继续往森林深处走去，周围的一切都笼罩在夜色里，在清淡的月光下，只能看见雾霭中模糊不清的轮廓。找个时机，我们在草地上坐下来，卸下肩头的行李，伸出腿歇歇脚。因为肠胃的不适，出发后还没吃过一点东西，当时我已经疲惫不堪了，因此，一说休息，我便一下子瘫倒在地上。休息了一阵子，我又努力地支撑着洋伞站起来，继续前行。

穿过几座松林，我们来到一个开阔的地方。月光忽而明朗忽而暗淡，两人的身影斜映在地面上。我们发现一个黑乎乎的庞然大物，那是七广石。

"已经走得很远了，太累了，一步也不想走了。"

"我也走过夜路，可没觉得这么累过。"

"在这休息一会儿吧。"

"真累呢，啊……啊……"

我们这样聊着，正想鼓起劲来继续前进，不成想，疲惫的脚趾碰到石头上，一阵钻心的疼，于是又咕咚一声倒在地上。这里是浅间半山腰的大斜坡地带，周围是广漠的荒原。回头望去，我们穿行过来的松林看上去就像是浓密的黑云，四下里随处可见的是夜色下巨石的黑影。淡淡的月光照亮了山脊线，天空中，只看到三颗星星闪烁着蓝晶晶的光芒，到处漂浮着灰白色的云团。

深山灯影

当看到格窗中映出的红红的灯影时,心中的那种喜悦真是难以言表。我们终于来到了清水的山间小屋。

看样子,小屋的主人还在月光下拾掇着什么。我们走进小屋,洗了洗疲劳的双脚,连绑腿也没有解,就在炉边躺下了。W君身上裹着毛毯,和主人聊天。

"本家的婶婶叫竹嫂明天下山去洗萝卜。另外,K姑娘的彩礼送来了,婶婶也想叫竹嫂去看看,彩礼可真不少呢。"

他口中的"竹嫂"就是主人的妻子,"本家的婶婶"就是临来时提醒我们多带些米的那位。W君和这些人关系都很近,说起话来也很亲近。

我们把带来的礼物一一拿了出来:盛米的行囊,报纸包裹的牛肉,还有一个和服衬领。

"肉里放些葱吧?"主人走进来说。

"好呀,放点葱好吃。"W君笑着回应道。

"对了,还有芋头呢,再放些芋头吧。"

主人说着,走出屋外,拿了些芋头和葱来。然后,他一屁股坐到炉旁,拿起火筷子挑开冒着浓烟的杂木,炉火一下子旺了起来,他又添了一根柞树枝。炉火愈烧愈旺,照得大伙的脸庞红通通的。

主人还很年轻,去年四月搬来这里,五月娶了媳妇。火光映着他的脸,闪耀着健康的光泽,眼睛不大却透露出正直和勤劳的品性。他说起话来张着大嘴、摇晃着脑袋,笑起来连舌头都能看见,笑得虽然有些粗鲁,但是很率真,一点不让人反感,真是个有意思的青年,有点自来熟的性格。女主人也是个有名的勤劳人儿,红红的脸庞,浓密的黑发,身材微胖,举手投足间还保有姑娘家的风姿。真是天造地设的一对儿。

屋内点着一盏昏暗的油灯，只照亮了炉子周围。院子的角落里安了一口锅灶，那里升腾起了烟雾，传来做饭的各种动静。女主人一边咔嚓咔嚓切葱，一边给我们讲述在这山里生活的感受。

"虽然我从小也是在清苦的环境里长大的，但来到这山上才算是真正体会到了生活的艰辛和冷清，好不容易才适应过来。"

我们的来访让主人很高兴，打开了话匣子，一边不停地给我们说着今年大葱的收成等话题，一边夫妻两个共同忙活着为我们做晚饭。炉子上本来架着大锅，正煮着当马料的马铃薯，此时换成了做饭的小锅。妻子把芋头放进锅中，丈夫接着在上面加了盖子。他们默契的配合让我想起了"只要嫁给自己喜欢的男人，哪怕过苦日子也心甘情愿"的俗理儿，眼前就是这种生活的真实写照啊。

小猫闻到肉香，把鼻子伸向包牛肉的报纸，被主人呵斥走了。不一会儿，它又从我们背后绕过来，毫不顾忌地跳上W君的膝头。"混账家伙"主人又笑骂了一句，小猫蹲到炉边，怕冷似的缩着身子，眯起眼睛呆呆地望着火苗。

"我最讨厌猫了，可是一个本家硬要给我，就把它带来了。"

主人说到这，又笑着给我们讲起了黑色的野鼠经常到小屋来捣乱的山野生活。

"烟有点呛人，开点门吧？"

W君站起来，把拉门拉开一条缝，站在那里向屋外望了一会儿。

"啊，今夜的月亮真好，清澈明亮。"

他感叹着重新回到座位上。此时，锅里泛起白泡，冒出了热气。

"呀，开锅了。"

"把肉放进去。"

"先放哪一块呢？等等，看看芋头熟了没有……"

主人用贝匙捞起一块芋头，放在锅盖上，又铲成几小块。芋头已经煮得差不多，可以加肉了。于是，他打开报纸，剥开竹皮儿，用筷子夹起混杂着些许油脂的鲜红牛肉放进锅里。

"真香啊，要是每天都能收到这样的礼物就好了。"主人开玩笑地对W君说。

女主人从碗橱里拿出饭盘和碗筷，从锅里盛出米饭。

"怎么样，你们很少围在炉边吃饭吧？"

女主人爽快地说着，招呼我们吃饭。我们就在炉火边吃起晚饭来，此时肚子实在是饿了。

"牛肉来喽。"女主人像个女招待似的喊着，端上来了牛肉。

"竹嫂，你数着数哈，我要吃好多好多。"W君开玩笑地说，"嗯，好吃，这葱真香。哎呀，烫，烫……"

"天冷，吃肉最好了。"主人说着也吃起来。

我一连喝了三碗肉汤，酒足饭饱。我俩撑得解开腰带，松了松西服裤子。

"来，再来一碗。到山上来的人，没有一个说这里的饭不好吃的。"

女主人说着，迅速拿起了W君面前的饭碗，W君连忙伸手去夺，却还是晚了一步。女主人又满满盛上一碗。

W君无可奈何地笑着说："哎呀，哎呀，真怕了你了。"

"哎？被整了？"主人大笑起来。

"那点饭，没问题。"

"不行，已经吃了很多了，实在吃不下了。"W君叹了口气，"那么，再吃了这碗？不行了，实在是吃多了。嗯，嗯，真好吃。"

我们在欢快的笑声中结束了晚餐。

"你也吃饭吧。"

丈夫体贴地对妻子说道，妻子这才开始吃起饭来。被关进柜子中的小猫，贪馋地"喵喵"叫着。到底是山里，难得能看上报纸，主人展开包牛肉的报纸阅读起来。W君可能是吃得太饱了，裹着毛毯，仰面朝天地倒下了。

夫妇两个轮番讲起了烧炭和猎兔的故事。过了一会儿，妻子收拾起饭盘，又把大锅架在炉子上，锅里是马的饮料和麦糠。她又给我们讲起了某天晚上的可怕记忆，那天夜里，丈夫不在家，山里刮起了大风，把新盖的房子吹倒了。原本是想着如果这间小屋倒了，就把马牵到那里去的，谁知新房子却被吹倒了。丈夫很少出门，偏偏那天住在了本家家里。

新盖的房屋就在这小屋附近。主人把我们领过去，晚上就住在那里了。这屋子可能刚刚修建好，还没有安门，门口临时竖着一道隔扇。月光透过门缝照进来。我们裹着毛毯，熄了灯，因为这一天太累了，没有再聊天直接睡了。

山上的早餐

翌日早晨三点,睡在同一座房子内的建筑工人就起床了,昨天很晚还听到他们在聊天。在野鸡的鸣叫声中,我们也早早起来了。

我们来到一个高处,俯瞰远近重重叠叠的山峦。谷底还是一片幽暗,远方的八岳山被灰色包裹着,山峰上空朝霞暧曃,渐渐地,山脊发亮了,红色的云层慢慢转成淡黄色,昨晚上看上去一片漆黑的落叶松林也清晰起来。

我们跟主人一道在小屋周围的卷心菜地、葱地、菊花园转了转。从上面晾晒着萝卜的箱子里,钻出来两只家鸭,高兴地拍打着翅膀,捡拾洒落在地上的谷粒,缩着脖子,摇着黄色的扁嘴,一摇一摆地晃悠着。

主人又领我们来到马棚前,红马伸出脖子,打了几个响鼻。这匹马膘肥体壮,眼神温和,因为现在是冬天,所以毛长得很长。主人在麦糠里掺上煮好的芋头和葱,又加上碎秸杆拌匀,盛在大桶里,挂在马棚的钩子上。马儿撒娇般地露出想吃的神情来。

"转一圈儿!"

马儿好像听懂了主人的话,果真就在马棚里转了一圈儿。

"再来一圈儿!"

主人又推了推马头命令道。完成主人要求的动作后,这可怜的小家伙才被允许吃食,它一头扎进桶中,大口大口吃起来。主人说,这匹马一口气儿能喝一斗五升水,我们听了大吃一惊。

山上的云朵渐渐变成了白色,谷底也明亮起来。光线所及之处,一派灰色。

妻子过来通知说早饭已经做好了。在这难得一来的地方,我们开始了山上的早餐。主人在吃完的饭碗里倒上开水涮了涮,又倒进汤碗里,喝得一滴不剩,然后又从食盒内取出饭巾,自己把碗筷擦干净,收好。

我们和主人再次走出小屋，远眺朝日映照下的山峦和山下的风景。主人掏出望远镜，一一指点着：那边是涩泽，前边的洼地是灵泉寺所在的山沟。八岳、蓼科山麓、御牧原……尽收眼底。

落向深谷底部的层层断崖间，分布着桔梗、山边、横取、多计志、八重原等村落，白色的墙壁隐约可见，远处的千曲川闪着银白的光亮。

一进入十二月，野鸡就从山上飞到田里，有时冷不丁地从人的脚边突然飞起，兔子也会来啃吃雪中的麦苗。对我们来说，主人讲的这些事儿实在是新奇。

雪国的圣诞节

圣诞节的当晚和第二天，我是在长野度过的，起因是我接到长野气象站一个技师的邀请信，遂决定去见见这位陌生人。我从小诸坐上火车，透过车窗，一路欣赏着田中、上田、坂木等地的风景，来到了长野。这次旅行的目的之一就是想看看这里的气象站，我实现了这个愿望。

雪国的圣诞节，雪国的气象站，光听我这么一说，就会引得你浮想联翩吧。不过，在给你介绍这些之前，我想先向你讲讲这里的山野被大雪覆盖的景象。

每年十一月二十日前后会降下初雪。一天早晨，我在小诸的家里一睁开眼，竟然发现下起大雪来了。盐一般的细雪悄无声息地降落着、聚积着，是这个地方下雪时的特点。或许是周围的景物变得一片纯白的缘故吧，映在视线里总觉得带有些许青色。路上的行人，木屐齿上沾满了积雪，一步一甩地艰难走着，简直堪比走夜路的辛苦了。一群群头裹红头巾、脚穿草鞋的小学生，商家屋檐下无精打采的鸡群，车站里满载货物的车上覆盖的积雪……看到这些，就知道雪仍在不停地下着，下着。怀古园的松枝上挂着积雪，每每崩落下来，边弥漫起一股白色的雪雾。谷底的竹林也被积雪压弯了腰，像倒伏的草丛一样。

驶往岩村田的马车冒雪出发了。马车夫吹响了喇叭。披着薄草席的马背已经完全湿透了，雪水顺着蓬乱的马鬃一滴滴坠落。车轮在雪路上沙沙地滚动着。道路完全被白雪覆盖，因行人的踩踏，道路中间曲曲折折地蜿蜒着一条发红的泥泞路面。家家户户出来扫雪的人混杂交织在一起。这是只有在这地方才能看到的雪中景象。

薄薄的雾霭笼罩着雪后的城镇。一天黄昏，我看到雪停了，便走出了家门，几粒冰冷的东西沙啦沙啦地掉进领口。难道是又下雪了？我下意识地摸摸头发，才发现看上去是雾，实际上还是细小的雪粒。已经打扫过两次的路面，又泛白了。入夜，时时听到屋外响起吧嗒吧嗒磕打木屐上的积雪的响声，以为有客人来访，结果却发现只是过路的人。

大地积雪，在雪光的映照下，黑暗之中也可以辨认出道路来。街上行人的提灯照着夜雪，形成光怪陆离的灯影，像是一幅美丽的风景画。

这就是这个山区落雪第一天的景致。你想象一下积雪尚未全部消融之前的情形吧，尤其是寒冷的背阴处、庭院里、北侧的屋顶上，总是残雪还未化净又添新雪，积了又积，冰冻起来，一直延续到开春。

但是，仅凭这些，还是难以把我在雪国的感受充分传达给你。雪后的第二天，屋顶上的积雪足有一尺多厚，屋檐下垂挂着细长的冰凌，院子里的苹果树枝也被积雪压弯了，就连鸡鸣听上去也不如平日清亮，感觉就像一切都被蒙在什么东西下面一样。下雪后，北面的窗纸也一定比平日明亮许多。太阳透过灰色的云层照射下来，积雪反射着阳光，雪光闪耀，令人目眩。屋檐下的冰凌开始融化，单调的滴水声从早到晚不间断，让人感到无聊、冷清、寂寞。

我来到小诸城后的田地里看了看，刚刚露头的麦苗盖上了厚厚的雪被，山冈层层叠叠，就像一道道翻滚的雪浪。充当地界的低矮的石垣上，露出大大小小的石头，还能看到低垂着的枯黄草叶。远方的森林，干枯的树梢，错落的民宅，眼前的一切看上去都呈现出柔和的深灰色。这种铅灰色，或者说是带有紫头的深灰色，可以说就是接下来的漫长冬季的基本色调，这种朦胧的深沉色调，将心情拽向那难以名状的毫无生机和希望的世界。

第三天，我又去了鹤泽的山谷。阳光很强，雪光也更加刺眼，让人无法睁开眼睛看清东西。经过那晃眼的地带，我深切感受到了日光和雪光的强烈。那里的地势缓缓地逐步向谷底倾斜，远远看上去田地或桑园并没有什么高低差别。层层下沉的地表侧面，被焦褐色的枯草丛掩盖，有些地方裸露着红黑的泥土。波浪般的红土地上是干枯的桑园，高低起伏的白雪反射着太阳的光辉，发出耀眼的光芒。越过这道巨大的波浪，可以看到蓼科山脉，远处的日本阿尔卑斯山脉也隐约可见。就在那天，我还听到了千曲川波澜壮阔的流水声。

就这样，雪还未化净又下一场，刚露出泥土本色的路面又被积雪掩盖。进入十二月，阳光渐远渐弱，一旦遇上连阴天，周围便成了一个半冰冻的世界。高高的山峦被大雪覆盖，很少有露出全貌来的时候。架在小诸车站上的引水管里的水溢出来，被冻成了粗大的冰柱。即便小诸不下雪，当你看到从越后开过来的火车车顶一片白时，就知道那边下雪了。临近冬至，看上去不像是云，倒像是水蒸气一样的东西，如细丝般密集地漂浮在寒冷的空中，尤其在日落之后，这种萧瑟的冬日景象更加触动我的心。慢慢地，檐下的冰凌越来越长，有的长及尺余，从茅草屋顶上流下的黄浊的雪水，冻结在上面，看上去犹如一把把褐色的长剑。庭院里的雪积了又积，不久便高过了回廊。雪堆里露出石楠花，叶子在寒风中毫无生气地耷拉着，唯有那顽强的大花蕾坚韧地挺立在枝头。在寒气逼人的夜晚，我也不得不瑟瑟发抖地缩成一团，就像钻到土地下冬眠的虫子一般……

冒着这样的严寒和冰冷的空气，我想象着同未识的人们相见的喜悦，在圣诞节这天晚间进入了长野。到了那位气象站技师家里一看，才发现他原来是个年轻人。我们围着被炉谈气象学，谈文学，聊得很是投机。我们还谈到了拉斯金[①]在《现代画家》一书中关于云的研究。拉斯金先是把云分成三层，又进一步把云细分成九层，这标志着当今人们对云形的研究取得了很大进展。主人正说到这里，一位女宾来访了。

技师给我介绍说，这位年轻的妇女是牧师的夫人，与他是亲密的朋友。这位夫人笑起来很是爽朗。听说当天晚上要唱的圣诞祝歌，就是出自技师之手。不久，庆祝圣诞的时刻就要到了，我们结伴走出了技师的家门。

[①] 约翰·拉斯金（John Ruskin, 1819—1900）：他不仅是英国作家、艺术家、艺术评论家，还是哲学家、教师和业余的地质学家。1843年，他因《现代画家》一书而成名，加上以后的写作共计三十九卷，使他成为维多利亚时代艺术趣味的代言人。

我被领到一座像是教堂的建筑物前边，这里恰巧位于斜坡路的中间位置。一路上，我们经过几条残留着积雪的灰暗的街道，我和技师不时在冰冻的道路上停下脚步，倾听后面女人们飞扬的笑声。那开朗快活的笑声，回响在萧瑟的寒冬中，增强了雪国圣诞夜的节日气氛。后来我还听说，那位年轻的牧师夫人在来的路上滑倒摔了两跤。

红红的灯火从教堂的窗户透射出来，我和聚集在那里的众多孩子，共同度过了快乐的乡村圣诞夜。

长野气象站

第二天早晨，我在技师热情的陪伴下，登上了长野气象站所在的山冈。

一路上，技师不时回过头跟我聊着。他说，记得一部小说描写了榛名山早晨火红的飞云，那是因为云被风吹到低空，在太阳的照射下才显出红色来。不愧是技师，讲起什么来都是有理有据。

气象站的建筑虽小，但景致很好。听说这里只不过是每天给东京气象台提供气象报告而已，气象设备却一应俱全。我这还是第一次接触到这些设备，感觉很是新奇，另外，这里的工作人员每天只是埋头于制作云图和气温表，他们的生活也引起了我的兴趣。

我随着技师登上狭窄的楼梯，来到观测台，从那里可以看到长野城的一部分。对面是连绵的山峦，笼罩着冬日的雾霭，在那虚无缥缈间能看到其背后明丽剔透的风光。

在测风力的机器旁，技师告诉我，在这信浓山区观察暴风雨前的云，不像在广阔的海岸那样能轻易看清它的全貌，究其原因还是因为山太高了，由于气压的作用，云被撕成了碎片。

"冬天云量很大，不过太单调了，要说云的丰富多彩的变化，还得看夏季，但是夏日的云量又比冬天少。要想体味云的妙趣，我觉得还是春夏季节最好……"

技师一边说着，一边仰望着漂浮在我们头顶上的几块云朵，突然指着一块云朵问道：

"你看那块云像什么？"

为了放松旅途中的心情，我本想着写一些关于云的日记，可是被这位行家一问，一时竟不知如何作答了。

铁道草

　　我所说的铁道就是沿着中山道①、北国公路②修建起来的铁路。这条铁路对千曲川沿岸产生了令人震撼的巨大影响,它甚至打破并仍在继续改变着这里农民的平静生活。

　　铁路也给自然界带来革命性的变革。举一个例子可以证明这一事实,这里有一种叫铁道草的杂草,据说就是随着铁道的开建入侵到此地的。如今,山野、田地……到处蔓延着这种生命力极强的杂草,它不断使土地荒芜,使原有的草种灭迹。

---

　　① 中仙道是日本德川幕府时期的五大陆上交通要道之一,自江户日本桥(东京都中央区日本桥)直抵京都三条大桥(京都府京都市东山区三条通),沿途设有七十个宿驿,供将军上京拜谒天皇,正规的名称是"中山道"。

　　② 北国公路是中仙道的一条分支,从追分宿(现在的长野县北佐久郡轻井泽町追分)分开,经善光寺通往越后国高田。

屠牛

一

听说上田镇郊外有家宰牛场，可是一直没找到机会去看看。正巧碰到一个从上田来卖牛肉的男人，他说愿意领我去一趟。

这天是元旦，新年了，竟然着急着火地去看宰牛，未免有点离谱。可我难抑心中的游兴，一大早便出了家门，直奔上田而去。

小诸车站里候车的旅客很少，车站的工作人员围在一起玩纸牌。车行至田中，又上来一些旅客。这乡间小站比平日更加冷清，透过车窗，我看到女孩子们正在打板羽球。

虽说是初春时节，但阳光很弱，淡黄清冷的朝阳无力地从车窗照射进来。窗外，寂寞挺立的枯树、不见人影的田野、残留着积雪的幽静山谷、石垣间的桑园、栎树褐色的枯叶一闪而过。车厢内，旅客屈指可数，角落里还有一个铁道员工，他戴着旧帽子，身上裹着旧外套，一身十二月寒冬的标准打扮，坐在一块红毛毯上无聊地打着盹儿。在火车上无趣度过一天的人们，实在令人同情。（听说只有越后人才耐得住这山间单调的车上生活。）

终于到了上田镇。与小诸的稳重不同，上田以灵活著称。其实，地域风格的形成，与当地的地理环境有很大关系。小诸人在沙土地的斜面上筑起石垣，苦苦经营着自己的生活，不能不养成简朴的生活习惯。严寒的气候和荒瘠的土地，自然造就了人们吃苦耐劳的特性。贫瘠的沙土地无法像上州那样出产丰富的蔬菜，小诸人只能天天啃着坚硬的腌萝卜，早晚喝着酱汤，不辞辛苦地劳作着。小诸的那些老爷们，不管节日不节日的，都穿着十年前流行的带有家徽的礼服，他们不觉得有什么不好意思，反而以穿着这种质地粗糙、做工简陋的服装为荣。可是，我却觉得小诸的简朴风已经沦为一种形式主义了。我听说，有一个年轻的谋反者，脱下来时穿着的质地柔软的衣服，换上粗棉布衣服后才进入小诸。总之，小诸人表面看起来一无所有，实际未必生活不富足；表面上看上去很冷漠，实际内心很重视热情的待人之道。我想，大概这就是生活上陷入形式主义的根源所在吧。来到上田一看，先不说城镇规模的大小，也不说实际的殷富程度，反正这里不像小诸那般沉闷、郑重。小诸的商人常带有一副你爱买不买的冷淡表情，因此，好东西也只能卖个便宜价钱。而在上田，大多时候看不到这般漫不经心的从容。上田的地理位置决定了人们必须不断地关注着周围，以维持古老城镇的繁荣。看看这里各个商店的装潢就明白了，无一不是为了吸引顾客而费尽心思。上田零售的盐、鲣鱼干、棉麻织物等商品中，据说不少是由小诸供货的。

  我在心中不由得把山上的城镇做了比较。这一天是新的一年初次宰杀的日子，我来到了经营屠牛场的肉店，开头提到的那位背着肉筐来小诸卖牛肉的男子已经在那里等着我了。我也见到了肉店老板，他寡言少语，但言语稳重，关于牛的知识非常丰富。

  肉店的年轻伙计拉着空车咯噔咯噔地走在郊外的道路上。我们跟在后头，渡过一条小河，来到太郎山脚下。一座崭新的建筑物前，围守着四五只目光凶恶的大狗，这里就是宰牛场。

  进入黑漆大门，看到十多个屠夫，为首的是个五十多岁的男人，谈吐十分老练，肥硕的脸庞上堆满笑容，热情地给肉店老板拜年。检查室和接待室的门口摆放着门松，院子里的拴柱上拴着一头红色母牛和两头黑牛。

  院子中央放着一个大箱子，里面关着一头猪。隔着一道低矮的黑漆板墙，过去就是宰杀场所。

二

  穿着黑色外套、戴着鸭舌帽的兽医走了进来，人们互相说着拜年话。那帮屠夫穿着白罩衫，光脚穿着草鞋，一副瑟瑟发抖的模样。他们分头做起准备工作来，有一个蹲在院子里磨锋利的厚刃尖刀。肉店老板把挂在墙壁上的大板斧取下来给我看，猛一看很像劈柴的斧头，但是头上突出来一个五六寸长的尖细铁管，木柄上还残留着干涸的牛血，这就是宰杀牛的工具。肉店老板平静地告诉我，以前使用的是粗钉子形状的工具，但这种管状的更结实，攻击力更强。

南方品种的黑公牛，已经被拉倒院子中央，鼻子里吐着白气。这时，拴着的其他两头牛突然骚动起来，一个屠夫来到红色母牛身旁，按着牛头，嘴里"吁，吁"地吆喝着，制止它的骚动。旁边的杂种公牛摇着头，绕着拴柱转了一圈儿，不住地想挣扎逃跑。看起来，它们是在本能地做着最后的抵抗。

那头被置于死地的南方公牛，这时反倒安静下来，眼里闪着紫色的泪光。在大家的围观中，兽医围着牛转来转去，抓抓牛皮，按按咽喉，敲敲牛角，最后掀起尾巴看了看。

检查完毕，屠夫们便围拢过来，大声地吆喝着，呵斥着，把赖在原地不动的公牛强行拉向宰杀场。宰杀场里铺着木板，看上去就像澡堂里宽敞的冲洗间。找准公牛分神的时机，一个屠夫将细麻绳抛到牛的前后腿之间，用力一拉，于是牛失去重心，巨大的身躯边横倒在地上。接着，另一个屠夫用那只大板斧上尖利的铁管，瞄准牛的前额，猛然一击。这一下几乎把牛的头盖骨击碎，公牛翻着白眼，四肢在地上吧嗒吧嗒地抽搐着，鼻子里吐着白气，发出几声幽微的呻吟，眼看就要断气了。

屠夫们围在尚有几丝气息的公牛身边，有的拽尾巴，有的拉麻绳，有的抡起磨好的尖刀刺向咽喉处，其他人则跳到牛身上，也不管褐色的肚子还是脊背了，一个劲儿猛踢猛踩，红黑的牛血从刺穿的喉咙处汩汩地流出来，还有一个屠夫拿起一根棍子深深插进击碎的牛额骨之间，不停搅动着。奄奄一息的公牛痛苦地挣扎着，呻吟着，抽动着四肢，等到血流尽了也就完全气绝了。

大黑牛的前后腿分别被捆绑在宰杀场的柱子上，以躺卧的姿势横陈在我们眼前。一个屠夫纵向划开公牛褐色的肚皮，手法娴熟地从腿部开始剥皮，另一个屠夫抡起大板斧，朝牛头打了两三下，又白又尖的牛角"啪啦"掉在地上。不一会儿，这头南方公牛的包裹着洁白油脂的内脏便从黑牛皮里露了出来。

这时，那条红色母牛又被拉到宰杀场这边来了。

三

继红色母牛之后，黑色杂种公牛也在一瞬间倒下了。宽敞的宰杀场里横倒着三头牛。忽然，板墙外传来猪的嚎叫声。走出去一看，那只肥胖、短腿的白猪，拼命地在院子里逃窜着，发出可怜又可笑的叫声。连孩子们都被吸引过来了，追的追，逃的逃。看准时机，肉店老板迅速扔出一根细麻绳来，几个人压在猪身上，把猪腿绑了起来。最终，这头猪也被拉倒宰杀场去了。

"牛还好，但猪太能叫唤了，倒没什么危险，就是闹腾得厉害。"

我跟着肉店老板再次进入宰杀场。那头猪被五个人按在地上，抽动着鼻子，可怜地哀嚎着。杀猪与宰牛不同，不需要使用大板斧。屠夫挥动着厚刃尖刀，猛然刺向猪的喉咙。我被屠夫这突然的动作吓了一跳，定睛一看，猪嚎叫得更凄厉了，还真是和冷静的牛大不一样。从刺伤的猪喉咙处流出殷红的猪血来，在白色猪皮的映衬下，那猪血愈发显得鲜红了。三个屠夫在猪身上猛踩一阵，不一会儿，猪就断了气。

那个上了年纪的屠夫头儿，在宰杀场里四处走动着，指挥下手干活，手中的尖刀沾满了鲜红的牛血和猪血。最初宰杀的那头南方牛，已经被三个人剥光了毛皮。站在稍远处看过去，刚剥下的牛皮还冒着热乎气。另一边，一个男子挥动扫帚正在扫除地板上的血迹，还有一个人蹲在地上磨刀。清冷的阳光从装饰着稻草绳的檐下照射进来，照在粗大的柱子上，照在倒地的牛身上，也照在穿着白罩衫的屠夫们的肩头上。

一个屠夫用尖刀划开剥皮后的南方牛的白色肚皮，包裹着淡黄色腹膜的内脏噗嗤噗嗤地溢出来。屠夫们各司其职，有的把牛蹄子从关节中剔出来，扔到土间；有的把尖刀插入牛体内分割牛肉。混合着血腥气的牛油不断流出来，淌满了宰杀场。

四

　　我观看了红色母牛被分解的过程。用锯子锯开腰骨，骨与骨之间插入木棍，拴上后腿，倒挂在滑轮上，三个屠夫合力拉动绳索。
　　"拉吧！"
　　"哎，不行，尾巴还没割掉呢。"
　　屠夫头儿亲自动手割掉了牛尾巴。
　　有的人喊着："好了，快拉！"
　　有的人应道："好嘞！"
　　母牛被高高地倒挂在柱子之间，然后沿着背脊线被锯成两半，嘎吱嘎吱，就像在锯冰块一样。
　　"锯不动啊！"
　　"是锯不快，还是你手没劲？"
　　屠夫头儿在边上看着，开玩笑地说道。
　　警察进来了，孩子们探头探脑地窥视着宰杀场，那几只大狗也呆呆地往这边看着。警察逢人便说"新年好"，向着生着炉火的小板房走去。兽医在乱糟糟的宰杀场里转了一圈儿，说道："喂，过年了，好歹穿得干干净净的。"
　　穿着破旧白罩衫的屠夫们看了看兽医，漫不经心地回答。
　　"好嘞！"
　　"衣服脏得像泡在酱油里煮出来的，那怎么行啊！"
　　南方牛已经被分割成四大块，每一块都连着一条牛腿吊挂在宰杀场靠里面的地方。屠夫头儿拿来白铁皮箱子,"啪啪啪啪"在每条牛腿上盖上又圆又大的黑印章。

就这样,一头牛神奇地慢慢变成了我们常见的牛肉了。刚才还嚎叫着的猪也已经看不出原形,变成了一块块红色的猪肉。南方牛的沾满牛血的头盖骨,当时被扔在屋角里,此时,一个屠夫正在用海绵沾水擦洗着上面的血迹。那些剔去肉的大骨头,就像劈木柴一般,用大板斧砍成了四块。屠夫头儿洗干净沾满血污的两手,掏出腰中的烟袋儿,一边抽烟一边看着大伙儿干活。

"把这些收拾到一边去。"

兽医吩咐屠夫们把那些大包袱一般的内脏收拾起来。那边的柱子下还堆着红色母牛的尾巴、毛皮和两只牛角。

肉店的小伙计咯噔咯噔地将厢式货车拉进院子里来,车厢里铺着席子。小伙计把牛骨扔了进去。

"十贯六百,八贯两百。"

宰杀场中响起报告重量的声音。两个屠夫抬着一杆大秤,正在称南方牛、杂种牛和红色母牛的肉块重量。肉店老板拿出账本,一一记了下来。

宰杀场里弥漫着牛肉、牛油和牛血的气味儿。屠夫们走到角落里放置的水桶旁,把脚伸进去冲洗沾上的牛血。母牛肉已经被装入车子运出去了。

"三贯八百。"

这是最后报出来的一条猪腿的重量。听肉店老板讲,牛身上几乎没有不可用的东西,头盖骨可以当肥料卖,内脏和牛角就归屠夫们所有了。我和老板边走边聊,一会儿就走出了屠牛场的大门。干枯的桑园里传来嬉闹的狗吠声,满载牛肉和猪肉的货车的车轮声也比来时更响了。

千曲川沿岸

根据我以前的讲述，你应该能想象得出浅间山脉和蓼科山脉之间夹持的那条幽深的大峡谷的景象。我曾经将你的思绪引领到浅间山麓，从那里远眺千曲川；也曾经引领你的思绪攀升到千曲川上游地区，欣赏那里的山峦和村落风光。只要一有空暇，我便去千曲川沿岸巡游，并以此为乐。我曾经从岩村田穿行到香坂，越过内山山顶下到上州；也曾经沿着千曲川的支流依田川，从和田山顶走到诹访；还曾经从灵泉寺的温泉出发，越过梅木山头到了别所温泉。我也给你讲述过田泽温泉。可以说，你和我一同领略了千曲川上游主要地区的风光。接下来，就跟着我一起去千曲川下游，也就是越后一带去转转吧。

一月十三日，我坐上了从轻井泽越过冰雪高原来到小诸的火车。你想象一下火车通过碓冰隧道——碓冰山巅的关口的时候，所看到的巨大的冰柱林立的情景，再想象一下等同于寒带气候的轻井泽，附近的落叶松林里，一种俗称"NAGO"的冰花包裹着松枝的冰封美景。

火车启动离开小诸的时候，我清楚地看到月台上的工作人员口中呼出的寒气。透过车窗望出去，水田、菜地、桑园都被大雪覆盖着，深蓝色的千曲川从谷底流过。有村落的地方，屋顶也是白的，映衬着灰暗的土墙，担着粪桶到麦田去的农民在冰冷的空气中瑟瑟发抖。火车经过田中站的时候，远望浅间、黑斑、乌帽子一带的山脉，灰蒙蒙一片，只有连绵的山脊线与天空的交界处，朦胧地露出一点白色来。Unseen Whiteness（看不见的白色）用这句英语来形容当前这深邃的天空是最恰当不过的了。窗外是一望无垠的麦田，垄沟里堆满了雪，远远看去犹如一道道蜿蜒起伏的白色平行线，偶有一些干枯的杂木孤独地站立在雪野中。

这就是雪国的阴郁气息。火车驶过犀川，因了犀川的汇入，千曲川更加显露出大河的气势。那天，犀川附近广阔的稻田，岸上低矮的杨柳，白色土质的断崖，柿树遍布的村落，全都掩盖在积雪下。映入视线的不只是白色，还带着点紫灰。远处的山峦隐没在阴暗的天空中，只能看清模模糊糊的轮廓。不时闪过的幽暗的森林和低空飞舞觅食的乌鸦群，打破了眼前单调的银白世界。前方，灰色的雪云压头，让我心生一种慢慢进入微暗的雪国底层的感觉。当离开一处车站时，又下起了雪。

　　这次旅行，不光我一个人，还有两位伙伴随我一起从小诸出发。这俩姑娘都是我的邻居，一个是I，一个是K。她俩刚从小诸小学毕业，这次是去饭山的师范学校听课。她们小小年纪，没有家人陪伴，独自到一个陌生的地方去，可是拿出了不小的勇气。离开时，隔着车窗，望着自家的方向哭红了眼睛，可到底还是小姑娘，一会儿就嬉闹起来，用胳膊肘儿你捅捅我，我捣捣你，露出小黄牙快活地笑着，或者从背后搂着同伴，借此排遣车中的无趣，真是一对天真、可爱，让人看见就想笑的小家伙。她们的欢笑也感染了我，心情也不由得快活起来。I是我房东家的女儿。

　　我们在丰野下了火车。这一带是连绵的耕地，附近还有一片有名的小布施栗子的栗树林。那天，西阿、白根一带的山山脉也隐隐约约看不清楚。我们踏着雪路走着，拐到一个两旁种植着梨树和柿子树的斜坡路上，登上高处，从那里可以俯瞰整个水内平原。上一次站到这个位置的时候，还是秋天，当时正值水稻丰收的季节，眼前是一片金色的海洋，对面千曲川的河水闪着银光向前流淌着，远处美丽的榉树林，从黄绿色头发般的树梢，直到黑黝黝的树干，那一棵棵挺拔的英姿，让我记忆犹新。回忆着当时的情景，我们在雪地里一直走到蟹泽，到了那里才看见千曲川上的行船。

河船

　　下下停停的雪，不久变成了雨夹雪。我们听着这淅淅沥沥的雨雪声，等待着开往饭山的便船。男人带着丝棉帽子，穿着高筒草鞋，女人穿着背部像龟甲一样的蓝布衫，即便在自己家中也包着头巾，这就是这一带引人注目的穿着打扮。出了茶馆，来到河岸边放眼望去，远处上高井的山脉、营平的高原、高社山以及其他山脉隐约可见，对岸的芦苇干枯了，河中心隆起的沙洲顶上也覆盖着一层白雪。暗淡的千曲川，从一眼望不到头的银白世界，油一般缓缓流淌过来，不禁让人怀疑这和小诸附近撞击断崖激起千堆雪的千曲川是同一条河吗？这里的千曲川，颇具大河的气势。上游必须架起高高的吊桥，而来到这里就可以在河面上架设浮桥了。

　　这时，乘客聚拢过来。我们顺着积雪的河崖下到码头。河船的船舱低矮，人们膝盖抵着膝盖挤坐在一起。听着船前行的橹声，船老大在甲板上的走动声、谈话声，令人觉得悠闲自在。从窗户向外望去，似雪非雪、似雨非雨的东西降落在水面上，波光粼粼。

　　就这样离开了蟹泽。到了上今井，有两三位旅客站在岸上等船。船老大从水里蹚过去，把乘客背了过来。船底滑离了沙滩，又响起了橹声。橹声在千曲川宁静的水面上回荡着，听上去有点像牛的叫声，这是河船前进的明示。听着听着，我就觉得你想象着它听上去像什么，那么就越听越像，你觉得它是在叫着I的名字，果然是越听越觉得像，你觉得它是在叫着K的名字，同样还是觉得像。天真的小姑娘欣喜地做着这个倾听的游戏。两岸是一片白色的世界，村落、杂木林、树林、河岸上穿着防雪服的行人一一向后退去。上次我行走在河岸上时，正值豆子和稻谷成熟的时节，豆荚和谷穗垂挂在路边。对了，当时我站在河岸上往下看，从秋日下闪闪发光的杂木林的霜叶间看到水边一排低矮的柳树，看上去就像是一群羊。现在，河船正从这排柳树下穿过，临水的枯枝，擦着船的顶篷，随着河船的前行，发出噼噼啪啪的响声。

　　船舱里相当暖和，同样是在雪国，与高原地带比起来，气温差别竟然如此大，但积雪还是挺深的。午后，天放晴了，在阳光的照射下，水中现出对岸山峦的紫灰色的倒影。我打开窗户，倾听着私语般的水波声，凝视着船舷边的流水。这条船漆成了白色，露出两条红色的船筋。

　　河船临近一座浮桥，并顺利地钻了过去。

　　背依黑岩山、面朝广阔的千曲川河滩的城镇展现在我们眼前。渐渐听到了雪中的鸡鸣，看到了袅袅上升的炊烟，那里就是古老的饭山城了。

雪海

　　一个晚上能积四尺厚的雪，这就是今后越后地区的雪情。来到饭山一看，整个城镇完全埋在积雪下面了，或者说饭山城是从雪堆里挖出来的也许更为恰当。

　　带给我这种挖出来的强烈感觉的，是街道上高高堆起来的那道雪山。家家户户把从屋顶上清扫下来的大量积雪堆在一起，不知不觉间已经高过屋檐了，就像在马路中央筑起了一道白色的墙壁。每家屋檐下搭起了长长的防雪檐，方便办事的人进出，不过这样一来，屋内的昏暗是可想而知的，如果再用高高的苇帘把房屋围起来的话，屋里就更加昏暗了。我把两个小姑娘留下，独自一人来到了大街上。雪光闪烁，哦，已到了掌灯时分了。我抬头遥望天际，灰暗的天空透着红色，就像远方的火光映红了天边一般，那是落日的反射。

　　只有在这里才能看得到雪烟。弥漫的雪烟，就像在人的头顶上扣上了一层东西，令人心情阴郁。我觉得当地人具有很深的宗教信仰并不是偶然的，足以证明这一点的就是这座城镇里竟然有二十几所寺院。虽然同在信州，来到这里我却觉得像是到了佛教渊源深厚的京都地区，单从语言上来说，就和高原地带有很大的差异。

　　我在这座雪城一直游逛到天黑。雪橇代替货车，由马拉着在雪地上滑行，这让人感觉十分新奇。路人皆是一身防雪防寒的装扮，戴着香蒲叶编织而成的斗笠，鼻梁上架着墨镜，打着香蒲绑腿，套着鞋套，裹着斗篷或披肩。

　　又下了雨夹雪。我来到千曲川岸边，这里是河船抵达的码头，一座长长的浮桥曲折通向对岸，积雪的桥面上有一道路人踏出的黑褐色的印记。桥上几乎没有行人，偶尔看到一个脚穿雪鞋的男子。高社、风原、中之泽以及信越边境上其他巍峨的群山，只能隐隐约约地看出轮廓线，远处的村落静默在雪中，千曲川悄无声息地流淌着。

我咯吱咯吱地踩着积雪，踏上浮桥，才发现桥下的流水箭一般地向前奔逝着。站在桥上向河滩看去，一片雪海，没错，就是一片白色的海。这种白，不是肤浅的白，而是寂寥无底的白，是一种看着看着就让人浑身战栗的白。

爱的象征

据说，饭山人把手帕作为爱的象征，断绝关系时就撕破手帕。因此，附近这一带的女子都很爱惜手帕，非常忌讳丢失手帕。

这应该类似于吉利不吉利之类的迷信说辞，然而却是一种纯美的风俗。

到山上去

"水内在古代可能就是一片沼泽地,其证据就是饭山一带的城镇都是建在砂石地上的。挖开土看看,一目了然。"

听了当地的各种传说后,第二天,我撇下同行的姑娘离开了饭山。渡过浮桥,站在对岸回头望了望饭山城,然后乘雪橇滑行进入积雪覆盖的桑园中。这雪橇由人力车改造而成,拆掉了人力车的轮子,换上茸屋顶用的那种坚硬木条,有前车把和后舵,两个人合作,一个在前面拉一个在后面推。雪橇过于低矮,如果抬高车把,乘客就会变成屁股着地摔倒的那种姿态。尽管如此,这坐上去非常不舒服的雪橇倒是给我的旅途平添了些许乐趣。我像个孩子般兴奋,带着新鲜好奇的心情坐在雪橇上,耳边响起车夫粗重的呼吸声。雪橇在冰封的雪地上疾行,感觉自己就像是和雪橇连在一起被抛进桑园中一样。

"嗨——吆——,嗨——吆!"的号子声,雪橇在雪地上的滑动声,车夫咯吱咯吱的踏雪声,各种声音一同钻进耳朵中,让人倍感刺激和兴奋。乘船来时看到的河岸上的雪景,此时在我眼前静静地翻转闪过。

我在中野附近下了雪橇。走在积雪道路上时,脚下还是挺暖和的,待走到混合着黄泥的冰渣路上时,脚底冰凉,脚趾都冻僵了。在热情好客的饭山旅馆,我要了一副鞋套,套在了草鞋前头。

一月十四日,村村都会进行"祈年"的祭祀活动。把米粉团成蚕茧的形状,粘在一种叫做"水草"的红树枝上,供奉到神龛上,祈祷来年蚕事顺遂,预祝蚕茧丰收。

往回返时,阳光刺得人睁不开眼睛,雪光的反射也愈发强烈。那天,我看到千曲川河水也变浑浊了,成了黄绿色。

我再次回到丰野,登上了返程的火车,越靠近小诸越觉得寒气逼人,但是我却感到自己摆脱了雪国的灰暗阴郁,来到了明朗的晴空下,心情也快活起来。

山中人

一

上次我从饭山返回时，走的是新道（就在乘雪橇走的那条道的对面），经过静间平，当时那里是一片宁静的金黄色的稻田，我们还坐在村口的茶馆里休息过。当时，有人问我是不是去善光寺的和尚，猛然被这样问到，不禁哑然失笑。同行的画家B君穿着外国进口的西装，口袋里插着写生本，但他也戏称是和尚，一时弄得茶馆的老板娘不知该信还是不该信了。我越笑，老板娘越把我们当成了和尚。她半羡慕半开玩笑地说什么即便和尚的真实生活和世俗人没什么区别，但也得看各人的造化，不是谁想当谁就能成为和尚的。这位老板娘的话，揭示了饭山到长野这一带的"和尚"生活的一个侧面。

我在给你介绍饭山之行时，曾提到过那里的人笃信佛教，那座山间小城镇就有二十几所寺院，到了那种一切维持旧貌的地方，感觉像是到了京都。我有种隐隐的担心，这种历史的沉蕴，在这急剧变化的时代潮流中，究竟能保存到何时而不遭毁弃呢？总之，白雪皑皑的漫长冬季的气候特点，再加上当地的地势，形成并加深了人们的宗教信仰，这是毋庸置疑的事实，这也是我在千曲川下游地区游历时感触最深的一点。

在长野，我参拜了雄伟的善光寺，观看了寺院里举行的繁琐复杂的祭祀仪式，还在风景优美的往生寺里转了转，但我不清楚什么样的人住在这里。在饭山，我去拜访了一位心性高洁的老僧，与他相伴的老妇人也非常令人敬佩。他们管理着那座古老的寺院，虽然年纪大了但仍然不辞辛苦地操劳着。我去时，正赶上寺院为施主做法事，我看到一些人把佛像装进盒子里又仔细包好，请走了。这样一件小事让人感受到自古以来的传统风俗。

你听说过在印度进行的佛迹探查的事儿吗？这位老僧的儿子，就是参加这个活动的僧侣之一，还有一个学士也加入了他们的队伍，他是老僧的女婿。

那位学士当时正在英国留学，拖着病体到印度，与大家一起探查了印度内地以及锡兰阿育王的遗迹，可不幸的是，他在返回英国的途中病逝了。饭山寺里保存着许多纪念这位学士的明信片，尤其是关于在热带地区探查时遭遇的各种艰辛的记述，深深吸引了我。因为老僧的儿子服兵役去了，那次我没有见到他。总之，从这古老庄重的寺院中，居然走出了这样的新人物。同时也让人联想起，在这样的人物背后，有着多少老僧夫妇这样的父母和岳父母，几十年如一日地笃行着宗教事业。

饭山宗教气息浓厚，虽说人们也为管理二十几座寺院而苦恼，但它的旧貌一直得以保存，并不是偶然的。我从老僧那里听说，在饭山的历任城主中，有一位年纪轻轻就脱离了政治生活，穿上僧侣服，一生致力于佛教的传道。我还听说，白隐、惠瑞以及其他有名的佛教大师，都与这里结下了深厚的历史渊源。

这样的事，在高原地区几乎没有。首先没有这样的风俗习惯，没有这样的历史背景，也没有像老僧这样高擎法灯的传道者。我也拜访过小诸一带的几位僧侣，他们和普通人并没有什么两样。养蚕时节来到时，寺院的本堂一侧也会搭起蚕棚。僧侣们同样也不得不为度过漫长的冬天而劳作。

二

这个地区引以为豪的事情是普及学问。能够容纳很多儿童的大校舍分布在山间，这在其他地区是难以看到的。这种建筑有时也被当作公共礼堂使用。小诸也花费了大量的城镇建设费，建起了毫不逊色于其他城镇的大校舍，高高的玻璃窗在城头上闪闪发光。

在这样的学习氛围下成长起来的年轻人，很多都想成为一名优秀的教育家，也就不足为奇了。那些崇尚学问的年轻人，如果因种种家庭的羁绊而无法远走他乡，很多就考虑在家乡以教书为生，所以每年报考长野师范学校的人数，都远远超过该校的招生人数。在我们学校，有很多一二年级的学生就已经开始为此做准备了。

这个山间地区非常尊师重教。与其他地方相比，就连小学教师的薪酬也比较高，从社会地位上来说，也比较受重视，这是大城市的教育工作者们所无法比拟的，连新闻记者都被尊称为"先生"。从长野地区聘请新闻记者来做报告，在这里并不是什么稀罕事。总之，你只要有一技之长，人们就想着从你那里汲取新知识。小诸一带，也经常举办欢迎会，迎接名流学者的到来，宛如过去的关卡一样仔细审查，决不允许有名士们过小诸而不停的事情发生。

因此，我来到这里后听到了各种各样的大家们的故事。已故的大思想家、教育家福泽谕吉[1]也曾到过这里，留下了不少旅行见闻，这是我后来听我们校长说的。听说，有位来自朝鲜的流亡者也常在这里驻足；四处游历的书法家们如果遇到了什么困难落魄来到此地，当地人便会资助他旅费。总之，不管是军人、新闻记者，还是教育家、美术家，这里都一概欢迎。

但是，另一方面，这种热忱的，不论什么都一概接受的倾向，又形成了一种沉闷压抑的氛围。硬要明说的话，那就是地域的墨守陈规的机械性，因为这样的局限性，即使是气质完全不同的人，说话做事却是同一个调子。

我发现佐久一带的人，生活态度尤其消极，既有对什么都满不在乎的人，也有凡事都爱较真儿的人。

有人常问，为什么信州人那么爱抠死理儿呢？我认为跟那里的人容易冲动有关。有的人遇到一点小事就沉不住气，激动得浑身哆嗦，就像槲树的树叶在北风中哗哗作响一样。说到这儿，我想起刚来小诸的时候，镇上的热血青年商讨成立青年会，大家在光岳寺的大厅聚会时，发生了激烈的争论。我们学校

---

[1] 福泽谕吉（1835—1901）：日本近代著名的启蒙思想家、明治时期杰出的教育家、日本著名私立大学庆应义塾大学的创立者。他毕生从事著述和教育活动，对传播西方资本主义文明，对日本资本主义的发展起了巨大的推动作用，因而被日本称为"日本近代教育之父"、"明治时期教育的伟大功臣"。

的I老师等人，与那些年轻人吵得不可开交，一直吵到天黑。大家疲惫不堪，规则章程什么的倒是定了出来，结果最后还是不了了之了。

另外一方面，有些人又具有极为平和的心态，我们学校的植物老师T君就是这样的人。他是个真正的学者，性格十分沉稳。不管在什么场合，我从未看到T君变过脸色。他来自离小诸不远的西原村。我只要见到T君，就比见到学校里的任何人都感到心安。

三

这里的警察和铁路员工，大都是外地人。维护小镇和平的警察署长，基本上都是外地人。巡警中也有本地人，他们沉稳从容的脚步声听上去让人倍感亲切。

铁路员工，在车站周围建立起另外一个独立的世界。可以说除了忍耐力极强的越后人，再没人能够忍受这山上的铁路生活了。我从家住前门大街、爱说话的按摩师那里，听到了现任站长的故事。他从新桥转到直江津，干了五年列车员，然后当了七年副站长，现在成了站长。世间竟然还有这样的人，在同一座山上，过了那么多年与世隔绝的生活。

接下来，按摩师又给我讲了以前的一个站长的故事

"他本来是越后酿酒厂的仓库管理员，后来不知怎的突然发迹了，成了这里的站长。有一次，他指着葡萄酒瓶上的标签，问电信技术员，'你认识这些英文吗？要是能读出来，我请你喝一升葡萄酒。'技术员知道这位站长没多大学问，就故意说，'我不认识，你读给我听听吧，我请你喝白酒，喝葡萄酒也行。'站长一听，当场就翻脸了，'嗯？是吗？你连这都不认识，哪能胜任得了铁路工作？'那个技术员本来就想着如果受了批评就借口说因为喝酒脑子迷糊了，于是红着脸走到站长面前道歉，'对不起，刚才太失礼了。这上面的英文非常简单，请大家听好了，这标签上写的是……'一字一句迅速读了出

来。站长听了说道,'哦,是吗?是写的这些吗?原来你这么厉害啊,我从没想到你有这么大学问呢。'……"

经过这番口角,站长和那个技术员关系越来越差,不久,站长觉得实在没啥意思,就离开了小诸。

铁路旁站着一位扳道工,那就是在这山上寂寞度日的外来者的缩影。连续工作两天可以休息一天。工作时间那么长,他不觉得辛苦吗?我到学校的往返途中,经过怀古园附近的铁道交叉口时,经常看到扳道工孤零零地站在值守点的身影。

柳田茂十郎

　　说起上一代的柳田茂十郎，他是佐久地方的商人，总是被人当作典范挂在嘴边。他将佐久人的特点发挥到了极致。

　　这位名扬天下的商人，因一时商业上的决策失误，曾落魄到去卖豆腐。毅然决然地走到那一步，或许只有茂十郎才能做到。据说他在小诸开豆腐坊时，没有人同情他，没有人去买他的豆腐。茂十郎家里本来是开酒坊的，他觉得造酒只会压钱，成不了大生意，于是转而卖茶。他是个严格遵守时间的人，只要超过预定时间，哪怕一点儿，他也会断然而归。他把店面交给几个孩子经营，在世时一丝不苟地收取租金，临终时又把这些分给了孩子们。我还听说有个女人惊奇地给别人讲述这样的事，哪怕你只去过茂十郎家一次，在他死后也会得到一份遗产。每次碰到我们校长，他总会讲起这位故人的传说。有一次讲到茂十郎去赴宴，竟然当着满座的客人说不能白白浪费这次喝酒的机会，校长说着还惟妙惟肖地学起他手把酒壶的样子来。

　　"酒，能喝多少就得喝多少。"

　　不管遇到什么事，茂十郎总是这般风格。

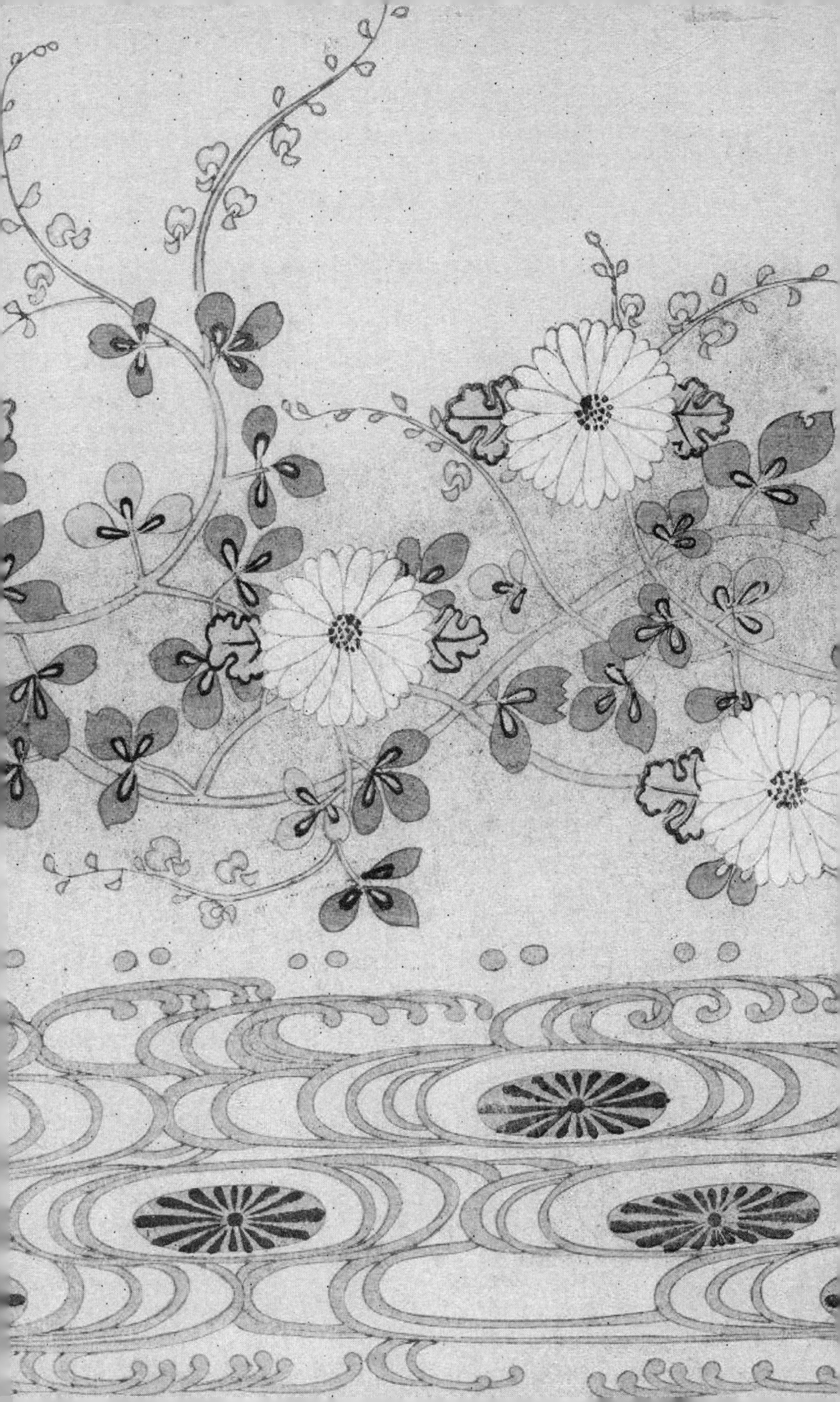

佃农之家

约好了去拜访学校勤杂工阿辰的家，因为他说今天是交年租的日子，让我去见识一下。

走下小诸新町的斜坡，便是浅浅的山谷，渡过一条小河，磨坊小屋的对面就是阿辰的家。院子里铺着席子，稻谷堆积如山，阿辰兄弟俩正在忙着干活。

在阿辰父亲热情的招呼下，我走进这位佃农昏暗的家。屋里放着一个像是草编的脚炉样的东西，说是猫窝，让我觉得很是稀罕。老农将我带去的小礼品，放在壁龛前的神龛上，摇了摇铃铛，然后在被炉旁坐下，陪我聊起来。一位五十岁左右、表情淡漠的瘦弱妇女，也在被炉旁坐着，一声没吭。阿辰的小女儿依偎在她身旁，自顾自地沉浸在玩耍中。听说，那位寡言少语的妇女和那个扎着细腰带蹲在灶前的姑娘，都住在这个家里。我没有过多地关注她们，只是听着阿辰父亲说话。

这位健谈、幽默的老农向我讲述了上州和信州农民的不同之处，各种农具的用途，还有地主和佃农的关系等等。据他讲，新町一带的佃农之间有一个小小的罢工同盟，时常搞些抗议活动。佃农为何与对地主有矛盾呢？老人给我做了说明，这一带每一百坪田地叫作"一升莳"，"一冢"算三百坪，可是地主收租时，强行把佃户缴纳的三百坪的地租只给算成是两百八十坪的，所以佃户不得不再多交稻谷，这样一来，佃户与地主平分收获的协议就成了一纸空谈了，因此，佃农们怨声载道。于是，没有文化的佃农就私下里耍些小伎俩对付地主。比如，在米袋里掺上石子以增加重量，或者向米袋里喷水，使稻谷更加鲜亮，还有的在抽穗时期疏于管理，任稻杆疯长……这些抵触做法弄得地主颇伤脑筋。这样一来，最终导致了"三月四月吃光光"的恶果。不过，这时节也差不多该收麦子了。

"俺那时候，要是东家来了，总要买上一升酒，虽然什么吃的也没有，至少也得拿出咸菜陪东家喝上一杯。今年这些事都交给阿辰了，我还不知他做何打算呢……俺那时候，可是一直都是这么过来的。"老农笑着对我说。

这时候，屋外传来阿辰的声音，"快去请东家，请他早点过来"。

一束阳光猛然从门口照射进来，本来幽暗的南窗也变得明亮起来。"啊，太阳出来了，刚才看着还像要下雪的样子呢。这下好啦。"又是阿辰的声音。

系着细腰带的姑娘沏了茶，给我们端了过来。坐在被炉旁的那个沉默不语的女人，突然站起身来到厨房去了。

老人小声对我说："我孤身一人，平时也没什么人来往。有人劝说我年纪这么大了，干脆把她留下来，起码有个照应，于是我就让她在这儿住下了。可儿子对此不满呢，埋怨我不跟他商量就收留了这么一个女人。"

"你是叫她给你做饭吗？"我问。

"你看，你看，你也是这么想的吧，旁人都这么认为，但实际上我不让她做饭。你想，要是让她做饭，那还得了，粮食不得都被败坏光了……我也不傻，留着心眼呢。可是，旁人都不信，真是让我莫口难辨啊。"

老人边拍着炉板边不停地说着，竭力地想让我信服他说的话，这时我这才注意到炉板上铺的是一块洋伞的棉缎伞面，已经很破旧了。这位老人如今的生活乐趣就是相面算命，为附近的农民占卜祸福，或者根据"六三咒文"[①]判别病源，为人祈福消病。他是附近有名的"万事通"，竟然还知道国语词典《言海》[②]，着实让我感到震惊。

[①] 日本民间的一种迷信，认为人的病症会体现在头、肩、腹部、腿脚等固定的九个地方，用虚岁除以九，根据得数来判断身体哪个部位出了病痛，再根据咒语来消除病痛。
[②] 日本语言学家大槻文彦编撰的国语词典。首次尝试模仿了西方人辞典的编撰风格，以收集日常的普通用语为主，并融入了许多近代社会文明的新词汇，为开发民众智慧、提高国民文化水准起到了积极的作用。

"唉，我不愿说起过去那些不体面的事情啊。年轻时我做过车夫，每天赚八元，实实在在的八元钱啊！不过，那时候花钱大手大脚，挣的钱像流水一样败坏光了，年轻嘛，好面子好冲动。我这辈子，大凡人能干的事，我都尝试过了，就是没尝过赌博和坐牢的滋味——嗯，只有这两件事没有体验过。"

老农正说笑着，一个五十岁上下男人走了过来，头戴黄丝棉帽，身穿素淡的和服外褂。

"这位就是我们东家。"阿辰说。

地主进了屋，在被炉边坐下来，边取暖边等着阿辰交地租。我走到院子里，正好看到一个姑娘从磨坊小屋那边渡过小桥走过来，进了院子把量米用的木枡朝谷堆上一扔。阿辰开始准备年租了。这时，五岁的小女儿跑过来，揪住阿辰的衣袖不放，小脑袋上下一点一点地边哭边说着什么，听不清她到底说的啥。阿辰慈爱地哄着她。

"不哭，不哭，妈妈马上就来啦。"

"手冷……"

"什么？手冷？爸爸领你去被炉那里暖暖。"

阿辰握住女儿冻僵的小手，把她领回屋里。

狭窄的院子正对山谷，干枯的柿子树挺立在院中，对面的水车捆绑上了防冻的稻草，导水筒口的滴水冻结成了冰柱，细细的谷川上面好像也结了一层冰，昏黄清冷的日光，透过干枯的柿树枝，照射着堆着稻谷的庭院。年老的地主从屋里走出来，丝绸帽下露出一圈儿白发。他怕冷似的袖起了双手，紧缩着身子保持着身上的热乎气儿，靠在南窗外面的横木上，看着阿辰兄弟俩准备年租。

"您看这稻谷的成色怎么样？"

听到阿辰这样说，地主走过去伸出没干过粗话的细皮嫩肉的手，抄起一把稻谷看了看，然后又将一粒稻谷放入口中。

"有秕子呢。"

"那是麻雀啄的，不是秕子。不信，装上一袋称称看。"

地主撒落掌心的稻谷，又袖起了双手。

阿辰吩咐弟弟用簸箕舀起稻谷，倒进圆木枡内。地主弓着腰，用刮板仔细抹平了谷面，不舍得让稻谷高出木枡口。

"你来装，嘴里得念叨着，要有个交年租的样啊。"阿辰对弟弟说，"来，喊起来！"

"一斗来，两斗来……"弟弟听话地高声喊起来。

六只米袋一字儿排开，每只米袋装了六斗三升稻谷。阿辰拿来圆盖子封上米袋，背靠着米袋和地主争论起来。地主听了阿辰的话，眯缝着眼睛，默不作声地思考着什么。机灵的弟弟跑到桥对面，不一会儿，提着包裹着酒壶的包袱，双颊红扑扑的，笑嘻嘻地回来了。

"收年租呢，恭喜恭喜。"磨坊老板走了过来。

为了不打扰他们干活儿，我走到堆放、编织稻杆的小屋里，垫着米袋的草盖子坐下来，看着院子里的光景。阿辰脚蹬着米袋子，绑了三道草绳。弟弟过来帮忙，可是动不动就把干透了的草绳拽断了。

"捆米袋的草绳老是断掉，说明功夫还不到家呀。"磨坊老板打趣地说道。

"称称看看。"

"多重？哇，真够劲儿，十八贯八百……"

"哎呀，我的天哪！"

"十八贯八百！多好的稻谷啊！"

"还有米袋子的重量呢。"

"我知道含着米袋子的重量，可是那才占多大点呀。"

"我的要是也能有十八贯就好啦。"

"里边九成都是实打实的纯稻粒呢。"

人们七嘴八舌地议论着。磨坊老板和地主谈论着米价问题,过了一会儿,他抬起穿着木屐的双脚,跨过米袋子,回去了。

"怎么样?凭你这体格,两袋子没问题吧?"

听地主这么一说,阿辰的弟弟嬉闹着跃跃欲试,一只胳膊夹起一个米袋,用力提了起来,脸涨得通红。

"走,进屋喝杯茶吧。"

阿辰邀请我和地主进屋。地主摘掉丝绵帽,走进屋里。我跟在他身后,也进屋去暖和暖和冻僵的身子。

"一共六袋,每袋交二斗五升?"阿辰问。

坐在被炉旁的阿辰父亲,边解着地主面前包裹着酒壶的包袱,边反驳阿辰的问话。

"何止二斗五升,是四斗五升啊。"

"四斗……"地主欲言又止地说道。

"啊,不是四斗五升,是四斗七升,没错……"老人又说道。

"四斗七升?"地主看了看老农的脸。

"哦,四斗七升啊。"阿辰丢下这句话,向院子里走去。

我们围坐在被炉旁,老农拿起已经年数不短的炉板放在被子上。不一会儿,端上来了下酒菜,大碗里盛着蒟蒻炖油炸豆腐,小碟子里盛着辣椒。老农用破布擦了一下杯子,把酒倒进壶中。

"这是冷酒,不是烫酒。欢迎东家光临寒舍。"

老人用轻快的语调调侃着。地主把烟管插进炉板底下的缝隙中,喝了口酒,看了看老人的脸,说道:

"这会儿要是你家老太婆在,那该多好。"

地主的脸上第一次浮现出微笑。

"老太婆走后，今年这是第二十五个年头了。"老农回应说。

"差不多就行了，接回来吧。"

"唉，这我可得给你说道说道。老太婆一共生了七个孩子，可是都死了，现在的阿辰还是领养的呢。老太婆趁我出门时，把家里的东西全搬弄走了。这是男女之间的事，我可以不计较，可是她老偷东西，我可不能由着她。如今要是把她接回来，人家虽然嘴上说那老头还挺善良呢，可保不准心里想还不是图她那点积攒。这很让人讨厌。老太婆回来，要是再干些偷鸡摸狗的事，我还是不能容她。唉，谁知道她回来会怎么样呢。你说的这事吧，我还真算过，那卦上说会出小偷，你说可怕不可怕。"

这位老人不愧被大家称作是"万事通"，谈吐确实不一般。地主和老农两个人，又开始议论起厨房那边的那对母女来。

"那是她的女儿？"

"嗯，是她的孩子。我觉得那孩子怪可怜的，就一起留下了。没成想倒成了世人说三道四的话题……我今年六十七了，这把年纪，留下这样的女人，旁人没少说闲话，想想就窝心啊。"

"不管到了多大岁数，可心情还是一样的啊。"

在这个难得一来的佃农家里，我有幸听到乡间百姓的杂谈，度过了难忘的时光。品尝了蒟蒻炖豆腐后，过了一会儿，我离开了老人的家。

路边杂草

　　走在通往学校的路上，周遭全都封盖在白雪之下，阳光照在石垣上，我猛然发现石垣间钻出迎接春天到来的杂草，莫名感到一阵惊喜。在白雪皑皑的严冬中瑟缩太久，哪怕看到路旁冒出的杂草也会觉得亲切。

　　穿过朝南或朝西的桑园，经常能看到堇草冒出地面，绿叶边缘泛着紫色，这种草因其形似车轮又俗称"车花"。在生长着堇草的土堤的积雪间，必定蔓生着青青的繁缕。学校的勤杂工曾告诉我，这种繁缕草通常被用作喂养小鸡的饲料。此外，还能看到垂挂着匙状叶子的"鬼绑腿"，以及叶片肥厚，像是穿了臃肿冬装的"火车草"等。在干枯的艾蒿和其他杂草丛中，又细又矮的新出杂草点缀着点点绿意，当然也有的处于半黄半枯状态。从我们学校到士族旧址一带缺水，所以到处都是引水管，涓涓细水流经学校门前。走到那里一看，青绿的小草丛生，比其他地方更显得生机盎然。

　　我也想让你考虑一下这个问题，这些杂草在怎样的世界里才能露出脸儿，有的甚至会长出极其微小的花蕾来呢？从一月二十七日开始，过了三十一日，直到二月六日，达到了严寒的顶峰，就连已经在山上住惯了的我，也被这恶劣的气候震住了，状况不断，一天感到手指冻僵了，再一天竟然感冒发烧了。北侧屋顶上和院子里的积雪冰冻了，连日来没有一丝融化的迹象……我看见一座破旧的老屋，土中的水分冰冻成冰柱从托梁下边拱起，结果连屋门都关不上了。朝北的屋檐下边，垂挂着两三尺长的冰凌。穿上厚厚的冬装走到屋外，不一会儿，呼出的热气就在外套的领子上凝结成一层白霜。在这样冰封的世界里，唯有屋顶上飞舞的麻雀和雪地中转着圈儿觅食的狗显出些许生机。

　　说到花草，我曾把福寿草栽在小盆里，置于壁龛上。当花蕾转黄时，寒冷也加剧了，花儿在稍微暖和的天气中枝叶挺立，一旦哪天气温一低就蔫了。最令人称奇的是南天竹，买几枝插在花瓶里，瓶里的水都结冰了，可南天竹却依然枝叶青青，垂挂着红彤彤的果实，鲜润如初。

你肯定没有见过牛奶冰冻的样子吧，泛着淡淡的绿色，牛奶的香气完全消失了。在这里，鸡蛋也会结冰，打开来你会看到蛋白和蛋黄凝结在一起，成了咔嚓咔嚓的冰渣。厨房水池边的水结成了冰，连葱根和茶叶渣也都结冰了。微弱的阳光照进窗户，用菜刀或别的什么将水池边的冰块用力敲碎，这情景在暖和的地方是看不到的。提桶里的水过了一夜，第二天早上起来一看，结了半桶厚的冰，只好把水桶拿到太阳下晒晒，敲掉冰层，才能继续使用。腌萝卜和咸菜也都冻了，咬上去嘎吱作响，就像在咬冰块一样，有时不得不放进热水中烫烫再吃。再看看那些佣人吧，双手又黑又粗糙，皲裂的地方鲜血直流，外出汲水时必须裹上头巾，戴好手套才行。早晨起来用抹布擦拭地板，水痕很快冻成一道白迹，这样说一点也不夸张。夜深人静，挑灯读书时，耳边不时传来各个屋子的廊柱冻裂的声响，会让你不由得感到更加寒冷彻骨了……

大雪来袭之前，反倒是暖和的。雪花悄悄飘洒的夜晚，和雨夜的寂寥不同，反倒别有一番静谧的情趣。温暖的雪夜，让你不禁遐想，这么暖和莫非梅花也会盛开了吧？可是一旦积雪后，便会冷得让人难以忍受。走到积雪的田地里一看，简直就是一片白茫茫的冰原。到了这个时节，千曲川表面也会结上一层冰，侧耳静听，会听到冰层下边汩汩的流水声。

学生之死

　　我们学校的学生，青年O死了。在和同事一起去O家的路上，我突然忆起曾经参加过的一个学生的葬礼，那还是我二十五岁时，在仙台的学校做教师的那一年发生的事。我的脑海中闪过许多英年早逝者的画面。

　　O的家位于小诸的赤坂街。途中遇到同事老理学士，经过一处旧士族的宅邸门前时，我又想起了曾经在这里住过的水彩画家M君。这是一座古风幽雅的院落，M君在此租住了一年。M君住在小诸的这一年，非常勤勉，创作了许多有关松林的早晨以及其他题材的风景画。那时，我常到这座旧宅来打扰他，看他在一带的写生画，与他谈论米勒的绘画，度过了一段难忘的时光。

沿着小河，下了斜坡，我们又碰到了结伴前来的同事T君和W君。说起O的死因，据说，O天黑之后到哥哥的裁缝铺去帮助裱糊格子门，感到周身发冷，他也没在意，还洗了澡，结果越发不适，随后很快躺倒在床上。热度从肺部直达心脏，三名医生会诊后，从心脏取出了四盒积水。卧床四十余天，最终还是死去了，年仅十八岁。健谈的理学士以及其他同事们，聊起了有关O的许多话题。听他们说，O十岁起就开始照料生病的母亲，早晨自己做饭，帮助母亲梳头，然后再去上学，即便是在病中，还叫人把床放置在随时能听见母亲身影的地方。

一月三十一日，在O的家里举行了简朴的葬礼。上午十点左右，亲戚、镇上的人们、老师还有同学们赶来吊唁。O是基督教徒，所以棺材上蒙着黑布，摆放着蓝色的十字架，上面装饰着牡丹绢花，教友们站在棺材前唱起了赞美歌。接下来，先祈祷，再介绍履历，最后朗读《圣经》，内容是《哥林多后书》[①]第五章中的一节。我们学校的校长致悼词，他讲道，人终有一死，希望我们带着兄弟般的情谊送别O。听到这些话，O年迈的母亲捧着《圣经》泣不成声。

我和学生们一起去了士族领地内的墓地。O长眠在长满松树的僻静小山上。下葬时再次唱起了赞美歌。附近的松树下，远处的石塔旁，O的同学们或坐或立，静静地注视着墓地。

[①] 《哥林多后书》是《圣经》新约的一卷书，本卷书共十三章，记载了使徒保罗写给哥林多教会的书信。《哥林多后书》虽然是一本抒发个人情绪的书信，但信中却含有许多重要的真理和榜样，不但在神学上具有相当的价值，且给主的仆人们和一切基督徒留下了事奉主并行事为人的基本原则。

暖雨

进入二月，开始下起暖雨来了。

天空阴沉沉的，乌云压头，午后终于下起了雨，让人猛然感到一股复苏的暖意。这样的暖雨，不接连下上几场的话，是难以安抚我们心中那种难以言喻的对春天的渴望之情。

烟雨蒙蒙，眼前闪过打着伞的路人，还有浑身湿漉漉的马匹，就连屋檐下原本单调枯燥的滴水声听上去也让人感到愉悦。

一直瑟缩着的身子也舒展开来，心中升腾起一种难以名状的喜悦和舒畅。暖雨落在院子里不再洁白的积雪上，扑簌有声；外面道路上的残雪融化在雨水中，露出了暗灰色的路面；田野开始从冬眠中慢慢苏醒，露出混杂着砂石的土层；枯黄的竹林、干枯的柿子树、李树，以及视野中的其他树木，无论是树干还是树枝，都被雨水濡湿了，颜色更加深幽，一棵棵皆是一副睡眼惺忪、蓬头垢面的形象。

流水潺潺，鸟雀鸣啭，让人的心情也不由得明快起来。这雨下得尽兴，连桑树根也被滋润透了。冰消雪融，道路泥泞，冬天即将远去，心急的柳树按捺不住喜悦，已经悄悄伸长了枝条迎接春的到来，傍晚时南方的天空，被这些伸展的枝丫，分割成了昏黄的色块。

入夜，我听着屋檐下清寂的雨滴声，慢慢感受到了春的气息。

当地杂谈

每当与学生一起散步时，总能听到当地的各种事情。一个学生给我讲了北山狼的故事。这种北山狼的脚印比家犬的还大，因为它以野兔和鸟类为食，所以粪便里都是毛和骨头。这种狼粪经过雨水冲淋之后，当地的老百姓拿它做退烧的药。这些听上去，就像童话世界里的故事。

我也听说过一些不道德的事。有人偷鸡，把诱饵穿在钓钩上，投放在鸡群中，像钓鱼一样钩住鸡的喉咙拖走。还有人偷狗，用黑砂糖把人家的狗引诱出来，杀了煮着吃，把狗皮剥下来做成垫子。

顺便给你讲一下当地的一个风俗。我经常看到这里家家户户的神龛上摆着没有眼睛的不倒翁。上田有个八日堂，逢到赶庙会的日子，就会有专卖不倒翁的市场，就像东京的"酉市"①那般热闹。如果祈求的愿望实现了，就给不倒翁加上眼睛，收藏起来。我曾在海口村一个条件简陋的温泉旅馆住过一夜，那里竟然也供奉着不倒翁。

这里是养蚕地区，所以每年都会举办"蚕祭"。到了那一天，人们用米粉做成蚕茧的形状，放在竹叶上祈祷蚕茧丰收。

二月八日的"道祖神节"，倒不如说是孩子们的节日。按照当地的叫法，不叫"道祖神"，而是说成"道陆神"，传说那站在路旁的道祖神非常喜欢孩子。到了这一天，孩子们把驮着糕饼的稻草马牵到道祖神面前来。这是一个古老纯朴的风俗，这一天也是孩子们最快乐的日子。

---

① 酉市是每年十一月份的酉日，在全国各地的大鸟神社举办的祭礼，缘起日本武尊亲临大鸟神社祈愿大战取胜而还愿的传说，其中尤以东京的鹫神社和大阪的大鸟神社举办的酉市最为有名。

道歉

　　我们学校的校长，借着在小诸小学的讲堂演讲的机会，抨击了医生们的不学无术。我没有在现场听校长的演讲，后来，从理学士那里听说这件事引起了很大的麻烦。校长阅历丰富，退隐此地致力于青年教育，对城镇的建设献计献策，说话极具分量，听说守山一带的桃园就是凭着校长的出谋划策开发起来的。总之，校长是一个精力旺盛、体格健壮、古道热肠的人，正因为是这样的性格，所以即便在演讲的正式场合，说到不平事时，毫不顾忌地将矛头对准了那些不思进取的医师们身上。谨慎的理学士对此有所担心，于是就跑到我这里来商量对策。

　　一天晚上，冈源饭馆派人送来警察署长的一封信，邀请我前去一叙。我听闻这位署长先生有意调解此事，上了饭馆二楼一看，果不其然，小诸医师会的成员们也都在座。当时，他们要求我代表校长，对上次的失言道歉。于是，我就说自己并没有亲耳听到校长的演说，难以断定该不该道歉，而且，即使要道歉，也应该由校长本人来赔礼，所以我准备先听听校长的意见再做决定。看到这种针锋相对的局面，署长突然站起身来，说是为了镇上的和平，向大家鞠躬致谢。这样一来，医师们马上正襟危坐起来，一无所知的我本不打算让步，但又不能不顾及署长的一番厚意，于是不得不鞠躬道歉。下楼的时候，我深切地感受到一名乡村教师也不是好当的。

　　第二天，我到中棚的校长家去，笑着告诉他，我已经被迫代他赔礼了。结果，校长有些嫌弃地说，根本用不着向那帮人道歉。唉，我真是干了一件出力不落好的蠢事。

春的使者

　　每下一场雨，温暖便增加了几分。从二月下旬到三月初，樱花树和梅树上陆续长出了花蕾，背阴的积雪渐渐融化了，灰色的地面也露出黄色来。喜降春雨后，湿漉漉的梅枝泛着新红，草屋顶上长时间埋在积雪下的青苔也骤然返青了。和煦的春风吹拂着，天空的颜色也愈来愈蓝，那像羊群一般形状各异的白中带黄的云团，宛若春的使者，乘着微风飘来。

　　我面向西南，遥望着散发着春光的天空，观察着那些飘移的云团。一块云团出现了，渐渐地向四周扩散开来，变长，变通透，慢慢地向南飘散，随后消失不见了。这时，在同一位置，又生成了第二朵云团，一样地慢慢飘散逝去。柔和的乳白色的天空中，高高地漂浮着稍带灰影的白云，美不胜收。

星空

　　这时节,晚上十二点左右,月亮才能爬上天空。傍晚,南方天空中出现了一颗闪着青光的星星,东方天空中也挂着一颗闪着红光的星星,天上只有这两颗星星。我真想让你看看这山上的星空。

早春第一花

"热至秋分，冷至春分"，这是当地人常说的俗语。听到"春分"这个词儿，心里轻松许多，五个多月漫长的冬天终于就要过去了。一直没有落叶的槲树，还有带着坚实硕大的蓓蕾熬过风雪的石楠花，成为即将远去的这个冬天的纪念。

在学校，透过教室的窗户，看到樱花树的树枝和枝干泛着红红的光泽；回到家，院子里的苹果树和柿树，映在土墙上的光影变幻莫测，那无限的情趣让人百看不厌。气温升高了，羽化的飞虫早已在屋檐下集结成群。以前，我曾向你介绍过这里的杂草，现在你就看吧，三月的石垣间，争相冒出了鼬瓣花、小豆草、艾蒿、蛇草、人参草、鸡儿肠、大荠菜、小荠菜等各种各样的杂草，数也数不过来。三月二十六日这天，我发现石垣上的荠菜开出了小小的白花，还有一种叫不上名字的带紫斑的草花，这可是我在山上发现的早春第一花呢。

山上的春天

　　储存的蔬菜吃光了，就连葱和马铃薯也不多了，可是离新鲜蔬菜上市尚有一段时间，所以这段时间，每天早晨只能喝些裙带菜酱汤。雨后初晴，朝阳中，青烟沿着家家户户的土墙爬升，让人欣喜地感受到天气就要暖和起来了，但食物的匮乏又令人哀叹。想着吃那种满是油腥气的冻豆腐吧，结果一看到那挂在墙上的黄色豆腐块儿，就一点食欲也没有了。这时节，最爱看到卖年糕的女人踩踏着小雪后的泥泞道路走来的身影，最喜欢听到她那"卖草饼咯——"的叫卖声。

　　三月末四月初的时候，我到你居住的城市去了一趟。回到山上时，痛感两地气候的相差之大。在东京时，正值樱花时节，乘火车经过上州一带看到梅花盛开，等到翻越碓冰山口，轻井泽却还是一派冬天的景象。山上的春天姗姗来迟，所以当武藏野史前遗迹的春光透过车窗映入我这双还停留在残冬景象的眼睛时，不由得感叹，"啊，下起了轻柔的细雨呢！"小诸虽然地势高，但并不像轻井泽那么冷，火车驶到这里，可以看到干枯的田野里奋力生长的新麦，枯黄的旧叶和青绿的新叶交混在一起，远远望去煞是好看。

　　不过，从四月十五日起，我们就能尽情欣赏繁花似锦的世界了。先是憋足了劲儿的梅花一起怒放，紧接着是樱花，接下来就到了李、杏、茱萸的花期，放眼望去，我们犹如处在花的海洋中。打开厨房的窗户，花香扑鼻，走进庭院中，花香四溢。我带领学生们来到怀古园，山上这短促却浓郁的春光陶醉了我们的心房……

后记

　　这些散文搁置了很长时间都没有公开发表。除此之外，我在信浓山区写的文章还有不少，但自以为没有什么可以值得示人的，所以从中只选取了适合青年人阅读的数篇，重新做了修正，从明治末到大正初年，每月连载于当时由西村渚山君编辑、博文馆出版的《中学世界》上。《情系千曲川》也是当时定下的题目。大正元年冬，由佐久良书房辑成一卷出版，这是最早结集而成的小册子。

　　实际上，从我初到小诸像个饥渴的旅者贪婪地眺望着山峦的那个早晨开始，从残留着白雪的远山——浅间山、高低起伏的山脊线、幽深的山谷、古代崩陷的遗迹、山顶上飘浮的烟云披着霞光进入我视线的那一刻开始，我就感觉到我不再是从前的自己了，我觉得心底深处有一种别样的东西在勃发。

　　这些虽然是我后来回顾自己时的感受，但当时我的的确确感受到了一种按捺不住的新的渴望。当我的第四本诗集①出版的时候，我决心学着更加正确地看待事物，这种内心产生的要求十分强烈，为此，我沉默了将近三年的时间。并非刻意，却不知何时开始每天都会在笔记本上写下一些见闻和感受，就像完成每天的任务一样。和我前后脚来到小诸的水彩画家三宅克己君，在袋町安置了新家，住了一年左右的时间，闲暇时间也到小诸义塾来给学生上课。他住在小诸的这段时间里，灵感迸发，画技大长，我记得他在白马会举办的展览会上展出的《早晨》等作品，画的就是怀古园附近的松林。我曾向他借来画家用的三脚架，有时带到野外去，培养自己感受时时变化着的大自然的兴致。可以说，我的这些随笔都是出自浅间山麓的高原、火山喷发、砂砾和烈风中。

---

　　① 1899年，岛崎藤村去小诸义塾任教，转向散文的创作，其创作手法由浪漫主义转为现实主义。1901年，出版了第四部也是最后一部诗集《落梅集》，收入的大都是作者在小诸创作的抒情诗。诗的内容由最初的浪漫热烈逐步变得冷静现实，许多诗在感情和用词上都借鉴了汉诗，富有一种流丽典雅的风韵。

在此，我想讲述一点过去的事。我从仙台返回东京的时候，我们原来的《文学界》[①]以及同仁们的工作，已经宣告结束。持续了五年多的工作，到了今天反而意外地得到人们的认可，甚至被冠以年轻浪漫主义的名称。如今再回顾一下那个时代，感觉这样的结果并非偶然，还是有一定原因的吧。不管怎么说，当时我们刚刚迈出第一步，还缺乏经验，尤其是现在，每当追想起当时的情景来，甚至浑身直冒冷汗。我们的弱点在于缺乏历史的精神，如果不缺少这样的精神，在对本国古典的追求上，在对西欧文艺复兴的追求上，或许还能够更加深入。正如平田秃木君所评价的那样，上田敏君是《文学界》培育起来的唯一的学者。可是，凭着上田君的学者态度，也未能使我国独立的希腊研究在历史上占有一席之地，实在令人惋惜。通向文艺复兴的道路，就是通向希腊的道路，当然，像上田君这样的学者，肯定也会认识到这一点。然而，他却没有在这条道路上继续走下去，而是转向了近代象征诗的介绍和翻译。

写这些随笔期间，收到了东京的冈野知十君寄来的俳谐杂志《半面》，创刊号上刊登了斋藤绿雨的文章，其中提到了我：

如今，他隐居在北佐久郡，可是作为一名山里人，他有点过于白嫩了。

绿雨君就是这样一个人，既不甘甜，也不辛辣，这样的语言风格，在当时无出其右者。遗憾的是，对于远离东京同仁的我来说，这大概是最后听到的绿雨君的声音。在文学上，我虽然没有直接向他学习过什么，但从阅历丰富的绿雨君身上，受到不少启发，也是他经常向我通报鸥外、思轩、露伴、红叶以及其他诸家的消息。在他去世后，马场孤蝶君追忆起以往与其交往的旧事，说

[①]《文学界》被称作近代日本浪漫主义文学的大本营，创刊于明治二十六年（1893年），最初的发起人是日本浪漫主义诗人北村透谷，创刊人有岛崎藤村、平田秃木、户川秋骨、星野天知等。

绿雨君虽然离开了，但还经常被人记起，从这点来看，可见他就不是一个寻常之人。对此，我颇有同感。

在小诸听到红叶山人去世的消息，难以忘记当时心中的震惊。我一年只有一次机会走访东京的友人，所以很少听到诸位先辈的消息。想必，像鸥外渔史这样笔耕不辍的大家，当时也在透过书斋观潮楼的窗户，静静地、深深关注着文学的动向吧。他一边留心着柳浪、天外、风叶等作者的新作，同时又关心着文坛新人的成长。明治文学终于迎来变革，每个人都在为迎接一个新时代做准备，这是发生在明治三十年代的事情。

妄想摧毁旧事物只能是白费力气，只要自己能够有所改变，那么就等于打破了旧事物，这就是自仙台以来我个人的信条。为迎接即将到来的时代做准备，对于我来说，无非就是改变自身。带着这样的信念生活、思考，慢慢发现一个广阔的世界逐渐在我面前打开。一个处于偏远山区、行动不自由的乡村教师，要想弄到好的书刊是不容易的，但经过长期的留心搜集，我拥有了一些心仪的书籍。我每天沉浸在知识的海洋中，每天都有新的收获。我被达尔文的《物种的起源》《人与动物的表情》等书中展现的自然研究精神所打动，也被心理学家萨雷的儿童研究所吸引。也是从那时候起，我的书架也在不知不觉发生着变化，不仅排列着近代的诗作，还有英译的欧洲大陆小说和戏曲之类不断地出现在上面。托尔斯泰的《哥萨克》《安娜·卡列宁娜》，陀思妥耶夫斯基的《罪与罚》《西伯利亚记》，福楼拜的《包法利夫人》，还有易卜生的《约翰·卡布里耶尔·博克曼》等等，这些都是我喜欢阅读的书籍。我最初接触到的托尔斯泰的作品，并不是小说，而是一本英译的名为《劳动》的小册子，记得那是我从明治学院毕业的第二年，在岩本善治夫妇的藏书中发现了它。虽然只是一书之缘，我却感到如遇故友一般亲切，于是阅读了他的很多小说，被其生动精准的描写深深吸引，以至于当我到千曲川上游的高原地带旅行时，脑海中浮现的是托尔斯泰作品中各式各样的人物形象，想象的是我从未去过的高加索高原的景象。当时，我从横滨的凯利书店购买一些外文书籍，寄过来的书中有一本英译的巴尔扎克的《土》，这本书给我留下深刻的印象。而且，不可思议的是，当我对这些外国近代文学产生兴趣之后，又反过来促使我重新品读本国经典的传统著作，正是在那个时候，我发现语言风格清新明快的散文集《枕草子》①有许多值得学习的地方。

  今天，回顾明治二十年代，对于我来说，就是回顾自己的青年时代。鸥外渔史凭《舞女》一作登上文坛，是在明治二十年代初，他在《新著百种》上发表《信使》大概是在明治二十四年。随着时间的流逝，难以清晰地传达当时的情景和气氛了，许多人心中的记忆也常常前后颠倒、印象模糊了，但有一点是明确的，那就是真正的明治文学始于明治二十年代。今日保存下来的明治文学的一半业绩，都是在那十年间奋笔创作的作家们辛勤耕耘的结果，这一点充分证明了明治二十年代是一个作家们齐头并进、朝气蓬勃的时代。这种局面的形成有多方面的原因，但我认为其中的一个重要因素是，当时许多人都在思考如何建立一个新日本，当时的社会现实强烈呼唤能够开创新气象的创作者。长谷川二叶亭的《浮云》之所以能那样唤起我们心中的新鲜感，正是因为顺应了当时的时代要求，在当时，像那样鲜明地反映现实、批评社会的作品实属罕见。另一方面，鸥外渔史接连翻译了莱辛的《俘虏》、安徒生的《即兴诗人》以及其他名著，提高了当时的文学水平，极大地影响了众多作家，他的《泡沫记》说是青春小说吧，未免又有些老成，但字里行间充溢着明治二十年代的浪漫主义气息。

  如果说明治二十年代文学获得了迅猛发展，那么，在进步之中我们也应看到它的不足，那就是失去了最初的纯粹性和新鲜感，这是由各种各样的原因造成的。

---

 ①《枕草子》是日本平安时期女作家清少纳言的随笔集，主要是对日常生活的观察和随想，取材范围极广。断片式的寥寥数语，文字清淡而有意趣。《枕草子》与同时代的另一部日本文学经典《源氏物语》，被喻为日本平安时代文学的双璧。

不管怎么说，当时文学进程中提倡的言文一致运动，其根基还不是十分坚固，这是不争的事实。就连红叶山人这样的作家，也在雅俗折中的文体和言文一致之间徘徊。总之，当时旧的文学观念和语言运用严重束缚了作家们的手脚，阻碍着语言的感情色彩及其背后隐含的内心世界的自然表达。这种状态是不可能持续下去的，文学的发展要求自由而富于变化的文体，作家们也感到再用旧有的语言和表现方法无论如何也走不下去了。我知道，就连斋藤绿雨君这么头脑聪慧的人，也在这一点上吃尽了苦头。我认为，正是因为他受旧的书面语言的拖累过重，才导致《油地狱》《捉迷藏》等作品没有充分体现出他作为作家的天赋和特色。

此后，鸥外渔史在《新小说》上发表了一篇风格异于以往的短篇小说《错染》。读了这篇小说，我感到渔史这样的作家也迎来了一个文学创作的转折点。正如《错染》这个简单明了的题目所表现的那样，渔史早已不再坚持《信使》和《泡沫记》中所表现出的那种高调了。那时候，透谷君和一叶女士短暂的文学生涯已经过去，柳浪也已早逝，蜗牛庵主（幸田露伴）写出了《新羽衣的故事》，红叶山人完成了《金色夜叉》，进入了成熟的创作期。在明治三十年鸥外渔史发表《错染》的时候，再来回顾一下明治二十年代初期的文坛，的确有隔世之感。十年的岁月，对于明治文学家们来说，并不算短。

二十年代末到三十年代初，是明治文学家一生中最富激情的时代，也是绿雨君与鸥外渔史、幸田露伴等作家们频繁互动的时期，同时也是诸位先辈关心新进作家的成长，对他们的作品组织评论会的时代。

明治文学早期的开拓者们，在接受欧洲文学方面，大多能深得其要领，同时又保持了本国文学的特色。这一方面是缘于德川时代的文学思想依然影响深重，另一方面是缘于他们自小培养起来的汉学素养。当时，在大多数文学家们依然着眼于十八世纪的英国文学时，鸥外渔史赴德国深造，亲身感知了德国十九世纪的文学氛围并满载而归，成为文坛上一颗耀眼的新星。说到此，想起当时的言文一致运动，如果说连鸥外都对本国萌发的言文一致思想跃跃欲试的话，那么就不能不提到山田美妙和长谷川二叶亭，他们俩比任何人都更早地觉悟到了这一点。

我认为，明治的新文学和言文一致的急速发展是不可分割的，想想各位前辈走过的成功之路，坚持言文一致便是最好的捷径。我们的创作，摆脱了旧文学、原有表达方式的束缚，一步步实现了今天的言文一致，这绝非像后来想象的那般轻而易举。首先是从文学上的尝试开始，然后推及整个社会，从报纸社论到科学著作，再到私人通信和小学生的写作，可想而知，经过了一个多么漫长的岁月。总之，德川时代出现的俳谐[①]、净琉璃[②]等文学形式，那些作者们自由运用俗言俚语，为文学表达世界带来一股清流。另外，还有一些国学研究家重新探究《万叶集》[③]《古事记》[④]，将那些隐藏在晦涩难懂的古文世界下的美好展现在人们面前。我以为，正是这两大事业的实现，以及明治年代的文学先驱们在言文一致的开创和发展方面付出的努力，为近代文学的蓬勃发展奠定了坚实的基础。我在创作这组文章时，也潜心致力于言文一致的尝试，这并非是突然的心血来潮。

至今，我在这山上已经生活了七个年头。其间，我在马场后的寒舍恭迎过小山内薫君、有岛生马君、青木繁君、田山花袋君和柳田国男君的到访，那也是我此生难以忘却的记忆。我经常与小诸义塾的鲛岛理学士、水彩画家丸山

[①] 带滑稽趣味的和歌。

[②] 净琉璃是一种在三味弦伴奏下的说唱曲艺。净瑠璃原指曲调，后来又指它的脚本，也可做剧种的名称。

[③] 《万叶集》是日本最早的诗歌总集，相当于中国的《诗经》，全书共二十卷，收和歌（包括长歌和短歌等体裁）共四千五百余首，既有署名的作品，也有无名氏的作品。一般认为《万叶集》经多年、多人编选传承，约在8世纪后半叶由大伴家持完成，其后又经数人校正审定才成今传版本。

[④] 《古事记》是日本第一部文学作品，包含了日本古代神话、传说、歌谣、历史故事等，全书用汉字写成，语序上虽以汉语的主谓宾语法为主，但日语的语法结构也时而出现，体现了日本早期变体汉文的一些特征。

晚霞君等同事，结伴带领学生们到千曲川的上游和下游旅行。这组随笔，不管从哪种意义上来说，都是对令人难忘的小诸生活的纪念。

牡丹

のびやかに小枝より花をゑがく

第二部分 杂记

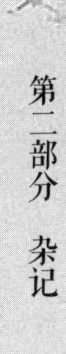

伊豆之旅

火车抵达大仁，通往修善寺的马车已经在这里等待着游客的到来。一出车站，我们四人便被马车夫给缠住了，但我们并没有被说动。因为那天一早就开始乘坐火车，眼下实在不想再坐什么车了，而且，这是旅行的第一站，刚踏上伊豆土地的新鲜感让我们想要倾其囊中所有来慢慢享受旅行的过程。K君、A君、M君已经先行迈开了步子。我看见一家挂着香烟招牌的小店，进去买了两包"敷岛"，然后追了上去。

"肚子饿了。"

K君看到我笑着说。刚走到大仁镇口，马车夫又追了上来，最终我们还是坚持步行。

"哎呀，步行着反倒更暖和呢！"大家虽然嘴上这么说，其实心里已经在后悔刚才没有乘坐马车了。天气实在太冷，冻得我们觉得也许要下雪了。我的眼睛不住地流泪，一遇到冷风的刺激，必是如此。不久，我们眼前出现了一座巨大的建筑，看上去和这里的山谷很不相称，这就是修善寺了。街道上，几乎家家都关门闭户的，出来走动的人也很少。我们哆嗦着身子，心想总算到了温泉旅馆了，赶紧找个舒服的池子泡个澡，暖和暖和冻僵的身子。不过，当务之急还是先烤烤火暖和一下。

许多客人是到温泉来疗养的。我们对一开始安排的房间不满意，又搬到账房顶上二楼的一间屋子，然后叫女招待端上来生满旺火的火盆。大家终于围着火盆坐了下来，可不知怎么的，我总觉得有点心神不定的。

泡温泉之前，走进来一位女招待，问我们晚饭吃什么。"需要酒吗？"她临走时又添了一句。

"好呀，给我们来壶烫酒。"K君回答，"大姐，得给我们上好酒哦。"

我们的身子虽然冰凉，但温泉水很热。泉水从谷底的石缝中汩汩冒出来，我们把整个身体浸入水中，只留头部在外，每个人都肆意地伸展着手脚，互相对望着，回味着寒冷旅途上发生的事情。

那天，涌现在我们脑海里的净是从早晨开始遇见的形形色色的人。擦肩而过的身影、人的呼吸、头发的气味儿……一想起火车上的情景，总感觉到不管我们走到哪里，城市的气息一直如影随形。我们走过干枯的桑园、穿过萌发出新绿的麦田来到了这里，却发现围聚在宽大的浴池边的人群还是我们在东京和横滨一带碰到的那些人。众多的浴客出出进进，其中有些来温泉疗养的女人，根本没把周围的男人当男人看待，泰然自若地袒胸露乳。氤氲的热气中，她们那萎缩下垂的乳房朦胧可见。身处这样的环境中，我们丝毫没有来到了完全陌生的人群中的感觉。

泡完澡，回到凌乱的房间，地上散落着我们脱下的西服、衬衫等衣服。K君和A君拿出了地图，我们开始商量接下来的行程，又说到了付小费的问题。

"不管走到哪里，我从来不先付小费。"K君说，"一般都是临走时才给。如果服务周到呢，就多给点；如果招待不好的话，那就象征性地意思意思。"

"我也是如此。"A君附和道。

不过，在这座人多杂乱的小旅馆里，我们决定还是先把小费付了。顺便说一下，自从在大船上买了三明治后，M君就接下了管账的差事。

晚饭有饮料、生鱼片儿、鱼肉松、煎鸡蛋等，女招待伸出粗壮的手臂，为我们每个人面前的酒杯里倒满了酒。听说这里的女招待多半还是来自东京、横滨一带。

"在火车上，有个女人拿着'稻妻小僧'的报纸给你看呢，那个女人可真有意思。当时我就想，她是个老手啊。哈哈！"

K君看着我，扯起了火车上的事。我们一边说笑一边吃饭。

A君问了问大家的年龄，填写到了旅馆的登记簿上。K君三十九，A君三十五,M君三十,我三十八。不一会儿,K君就像条大蛇一般躺了下来,他的习惯是喝醉了就舒舒服服地睡上一觉。伴着他的呼噜声,我们三人继续聊天。

第二天一早,预定的马车过来了,我们赶紧收拾行李。收拾停当后,直接去结账。

"K君,我来付吧。"我说。

"哪能呀,还是我来付。"K君说着从怀里掏出钱夹来。

"嗨,钱不多喽。"A君瞄了一眼,打趣说道。

"没办法,吃得多嘛。"K君笑着回应。说话间,M君已经掏出了记账本。

旅馆赠送给了我们手巾。A君的包袱里装着地图、明信片儿、樟脑丸,还有在修善寺买的土特产等等,鼓鼓囊囊的。旅馆的老板娘和领班送我们到大门口,我们登上等候在那里的马车出发了。

天气很好,就是冷风吹得有点刺人。K君、A君、M君都用毛巾包起耳朵,上面再扣上帽子。风一吹,我的眼睛又开始流起眼泪来。干坐着很无趣,我们便拿起马车夫的喇叭吹起来。看着我们玩闹,马车夫也不再拘束,打开了话匣子,一路给我们讲述着路旁的树木叫什么名字,前面将要到达的是什么村庄……就这样一路到了狩野川的谷底,逆流而上时,感觉着是往大山深处走去。临近一个村庄时,我们看到路上走着一个四十岁左右,风尘仆仆疲惫不堪的女人,背上还趴着一只猴子。马车从她身边疾驰而过。

到达汤岛时,已经快到正午时分了。走到有温泉旅馆的热闹处,马车夫停了下来。我们尚未商定,是乘着马车继续往前走翻越天城山,还是在这里住一晚再走。山上寒气逼人,最终大家倾向于先在汤岛住下来。

我们选择的旅馆位于谷底的榉树林中。这天没有其他客人,所以我们可以自由挑选二楼临水的房间。"要是夏天就好了,真想在这种清凉的地方住上一个月。"大家随意地聊着。因为地处天城山麓，气温可真够低的，都不敢打开门窗，否则，山间凛冽的寒气就会瞬间钻进屋内。我和M君只穿着西服来的，无奈向旅馆借了浴衣和棉袍穿上，外面又套上一件棉袍，就这样，还是冷得浑身直哆嗦。

来到了这里，我们才真正感觉到自己处于完全陌生的人群之中了。北伊豆地区的风土气息，在人多混杂的修善寺完全看不到，而到了这富有乡野情趣的汤岛，就能真切地感受到了，因为这里的一切都和我们平日的生活相去甚远。温泉水微温，后来才慢慢觉出热乎来。午饭，我们让旅馆炖了一只鸡。鸡肉像兽肉一般坚韧，骨头又粗又硬，把牙都咯坏了，可大家依然吃得不亦乐乎。

"姑娘，"我问一位山里人模样的女招待，"这里干活的都是这个家里的人吗？你也是这家的？"

"不，我不是这家的人。"女招待拘谨地回答。

等这姑娘出去后，A君带着一副深思的表情说："这地方与修善寺相比，连女招待都大有不同呢，你看在我们面前胆小慎微的。"

平时就对槲树特别感兴趣的A君，第一个发现了房檐下新生的细密的嫩叶。隔着这谷底的槲树林，我们总觉得传来下雨的声音，但仔细一听，才意识到是溪流的声音。这种声音引发的各种感觉，将我们带向另一个世界，让我们觉得离自己的家越来越远了。

"啊啊，忘掉了尘世的一切。"K君兴奋地说。

我和K君拿出旅馆的纪念明信片写了信，我劝A君也写一张。

"我在旅途中还从未给家里写过信。"A君说，"好吧，要不我也给家里寄一张吧。"

"M君，你呢？你也给母亲写封信吧，怎么样？"我又劝说M君。

M君看着明信片笑着说："我也很少干这种事，一定得有人催着才行。

呀，写点什么好呢？"

我们坐在二楼聊天，说起了身在东京的一些人，谈到了自己年轻时候的往事，还提到了已故朋友们的一些事情。K君看着我，突然这样说道：

"我总感到有许多暗影进入我的生活中，一些漆黑可怕的影子。你有没有过这样的感觉？可能是因为哥哥去世了，我才会有这样的感觉吧。"

"你要是死了，我们会给你开追悼会的。"我半开玩笑地说。

"你现在说得倒挺爽快，"K君摇晃着壮实的身躯笑着说，"不过，到时候估计你就不会承认了，说不定还会说，'我说过那样的话吗？'"

最终，我们决定在汤岛住下来。临近傍晚，我们外出散步，走到大门口时，遇上了旅馆的老板娘。

"你这里有山药吗？"我问她。

"哦，我去看看吧。只是现在这个季节正是食材短缺的时候，没有青菜，也抓不到鱼。"老板娘抱歉地回复说。

"要是有山药汁什么的，一定要给我们尝尝！"

叮嘱了老板娘一番，我们围着谷底转了一圈儿，待我们回来时，正好看到出去为我们买酒的孩子从山谷上面走下来。

从傍晚开始，村子里的人便陆陆续续聚集到温泉这边来，听说他们可以免费泡温泉。晚饭前，我们去泡澡取暖。温泉池周围的大人小孩儿看到我们，多少显得有些生分，而我们反倒很乐意和这些山里人一同入浴。温泉水依然是温温的，舒服得我们一直不想出来，眼前晃动变换着各种景象——常年劳作的粗糙的双手、乱糟糟的茶褐色的头发、刚开始发育的小姑娘的乳房、看着就让人感觉很疼的长着脓包的男人的嘴唇……

晚饭没有我们想要的山药汁，菜是中午剩下的鸡肉、看上去怪怪的蒸鸡蛋羹和青菜。有人说过，茶不好喝是因为泡茶的水不好，同样的道理，使用水质差的水做出来的饭菜也非常难吃。我们在女招待拿来的登记簿上看到了熟悉的画家的名字，于是大家又开始了新一轮的闲聊。白天悄无声息的溪流，到了晚上，水势突然变大了，声声入耳。睡前，我们又去泡了一次澡。

一大早，我们就离开了汤岛。等候我们的马车还是从修善寺来时乘坐的那辆，车夫也还是那位车夫。到天城山顶，每人需交五十文车费。出了门一看，应该是夜里下了细霜，眼前的道路一片银白。

"A君，"我看着与我促膝而坐的A君，感叹道，"坐着马车翻越天城山，一生中又能有几回呢？"

"是啊是啊，怎么着也得再来一趟，反正必须要正儿八经地走走看看。"A君回答。

从他那铿锵的话语中，你就能知道那天A君有多么地兴奋。朝阳照进寒冷的山阴，也照亮了A君放声大笑的笑颜。

车夫从马车上跳下去，牵着马嚼子往前走。听说一直到山顶都要这样牵马步行。他爱护马，就像珍爱自己的财产一样，有时又分明让你觉得他是把马当作一个可信赖的朋友来对待。马也很听他的话，用力蹬着四蹄，奋力拉着载有我们的沉重的马车，攀行在皇家山林中的道路上。

在茅野村的村口，我们看到三个举止粗鲁的女人。"哈，还有火警吊钟呢，这样的地方准有旅馆，等下次来一定要住这里。"A君打趣地说。

村外，是大片干枯的耕地，对面有一些低矮的小房子。一个樵夫模样的男人走过车旁。我们的马车继续向更深的山间驶去。

走了三四里路，我们也再没看到什么人。前面的山谷里，许多树木虽还挺立着却已干枯，裸露着灰白的树干。我们问了问车夫，才搞明白这些都是被高大的杉树遮光挤压而慢慢干枯的枞树。在这片可怕的树木的墓地里，有一个人正向我们走来。"男的""不，是个女的"大家坐在车中争论着。等走近了一看，是个女人，大概是刚才那个樵夫的妻子，这么冷的天却光着小腿穿了一双草鞋，毫不在乎地走在寒气逼人的山路上。这一带水草繁茂，潭水幽深，羊齿蕨的叶子在微弱阳光的照射下，显得硕大无比。在那之后，我们再也没看到一个人影。在马车上越坐越冷，K君和M君、我和A君对坐着，膝盖贴得更紧了，我们挤靠在一起相互取暖。马车顺着天城山的山谷又前行了七八里路，我们的谈话越来越少，最终陷入了沉默。

"K君，这里是深谷了。"我看着斜对面的K君说，"景致好的地方都过去了，现在到了这可怕的深谷了。"

K君点点头，饶有兴趣地向外望去。

"真冷，简直就像是冬天啦。"A君打着哆嗦说，"倒也好，这时候视野更开阔，或许能看得更远更深吧。"

这时，M君从车上指着谷底，问车夫那种落叶树叫什么名字。

"从这里能看到的那些是山毛榉，还有光叶榉树。"A君接过话头说，"看，那种黑色是山毛榉，白色的肯定就是光叶榉树啦。"

我们拿雪舟①的画作为例证，一边看一边讨论着。慢慢地，一个不说话了，两个不说话了，最终又再次陷入了沉默。

快到山顶的时候，马车经过制冰小屋，我们看到两三个男人正在干活。

不久，到达了山顶的小屋。我们下了马车，急不可待地先跑到篝火边烤火，接着又商量是乘马车到汤野，还是步行下山。一个老婆子在我们旁边喋喋不休地唠叨着，什么每天都在这里交换邮件啦，什么那个制冰的就是自己的丈夫啦……我们最终还是决定坐马车去汤野。车夫喂饱了马，这次他也坐上了马车，扬鞭催马向着那冰凌垂挂的黑暗隧道驶去。

出了隧道不久，就是下坡路了，马车顺势快速地驶过化霜的山崖边。偶尔，会有大土块横卧在路中央，挡住我们前行的路，这时，车夫便从马车上跳

---

① 雪舟（1420—1506）：日本画家，名等杨，又称雪舟等杨。广泛吸收中国宋元及唐代绘画风范，创造了具有日本特色的水墨画，作品有《四季山水长卷》《天桥立图》《破墨山水图》等。

下来，清理后再驱马前行。不知不觉间，林立着那种灰色枯木的山峦在我们身后渐渐隐去，眼前是郁郁葱葱的杉树林。这种绿色不同于木曾谷一带常见的那种深绿，而是一种明亮的绿色。下坡走了两公里，感觉多少暖和起来了，路上的霜也开始融化了。

马车中飞荡起欢乐的笑声。

"总算是有点暖和了。"A君说道。

"是啊，是啊。快看！"我起了开玩笑的心思，"油菜花都开了。"

"啊，闻到海水的味道了！"A君附和着逗趣。

听到"海水的味道"这个词儿，没有人不笑的。

大约又走了两公里，温暖的阳光照进马车中来，我们争相掀开挡风的篷布。大家这是多么渴望温暖的阳光啊！

"南方和北方差别还真是大。"K君掏出地图来看。

"K君，那种树叫什么名字来着？"我指着路旁的小树问道。

"夜叉，"K君回答，"我用恶鬼的名字来记，就不会忘了。"

这时，M君讲起了我们接下来要去的下田这个地方。

"是个什么样的海港呢？拿H君的话说，那里是个非常淫靡的地方。咦，难不成我们今天要从雪舟转到歌麿①啦？"听他这样一说，大家哄笑起来。

又往前走了两公里，到了一个村庄，田里的麦苗要比我们来时路上看到的高一些。再往前走两公里，刚才的玩笑话竟然成了现实——油菜花开了，青草从地面抬起头来。

到达汤野，正好是吃午饭的时候。在这里，我们告别了车夫。两天的旅行陪伴，我们和车夫成了朋友，他热情地给我们讲述了这块陌生地方的种种事情，甚至还给我们讲到有个洋人老太太为自己的情夫建造了石碑，当时我们还

---

① 喜多川歌麿（1753—1806）：是日本浮世绘最著名的大师之一，以描绘从事日常生活或娱乐的妇女以及妇女半身像见长。

155

从车上看到了这位健康多金的老太太住宅上的红色窗户。

我们在汤野稍作休整。这里也有温泉，我嫌穿脱西服麻烦，本不打算泡澡，结果在伙伴们的劝说下，为了缓解旅途的疲劳最终还是去了。从这家旅馆可以望见河津川，二楼房间的隔扇上书写着汉诗，我们一边读诗一边吃饭。对了，这里还有美味的大葱。

吃过午饭不久，我们换乘另一架马车，向下田出发。走过盛开着山茶花的林荫道，丰饶的河津谷展现在我们眼前。山坡上是层层梯田，桑树一直种植到山顶上，黄橙橙的蜜桔挂满枝头。"这地方出英雄呢！"A君望着河岸上散落的村庄说道。登上坡顶，能够望见河津港，远处的海面波光粼粼。

马上就要到下田了，路旁的田地里，女人们在干着重体力活。我们坐在马车上，看着街上走过的三五成群的青年男女，只要看一眼他们的脸色，就能切实地感到我们确实来到了南伊豆。

傍晚，我们抵达下田，先到街上转了一圈儿，买了纪念明信片，然后又到靠近海港的地方找了家旅馆住下来。从里面的楼上向外望去，可以看见一片用伊豆石建造的仓库，菱纹墙、古风的瓦砌屋顶。其间，街上传来叫卖泥鳅的声音。虽然才是傍晚时分，可除了这种开声高昂但尾音渐低的叫卖声外，再也听不到其他声音了，家家户户做晚饭的炊烟飘散在静寂的城镇上空。

旅馆的老板娘是个胖胖的、说话客气的女人，晚饭为我们准备了鲍鱼，浇上醋，盛在一个很大的盘子里。因为在汤岛被鸡骨头咯坏了牙，导致品味这新鲜美味的鲍鱼颇费了一些时间，M君还掉了一颗牙。这里的女招待也和老板娘一样，对人恭敬、口齿伶俐，热情地为我们铺好了温暖舒适的床铺。赶了一天路，有点疲累，所以我们早早就躺下了。

"啊~，舒服！真舒服！"K君大声嚷嚷着钻进了被窝。

第二天早晨，A君站在二楼仰望着天空说："嗨，今天的天气真好啊，无可挑剔。"因为一直要步行到伊豆的南端，出门前大家决定换上草鞋，精神抖撒地开始了旅行的准备。出发前，M君拿出账本，算清了账，该交的交，该退的退。

"我还得再给你两元多。"A君说。

M君把银元推到我面前说："这是给你的。"

"怎么？还退给我？"我问道。

A君在旁边做出解释："忘了？在汤岛，不是你付的账吗？"

预订的四双崭新的白布袜子拿来了，共计十文钱。A君穿着稍稍有点大，松松垮垮的，于是他向旅馆借来了绑腿。惯于旅行的K君走上前帮忙，A君还没扎好右腿，他已经麻利地扎好了左腿。

"A君太瘦了。"K君看着我笑着说，"看看这双袜子，就跟死人穿的似的。"

"你呀，不管什么事，你都得语不惊人死不休是不是？"A君苦笑着说道，瘦削的脚上套着大布袜子，在屋内试着走了两圈。

"我还从来没有穿过这种布袜子，一直都是穿蓝袜子。"A君像是想起了什么似的继续说，"我家老爷子常说'大男人穿什么白袜子，一点不像个爷们儿'。你们不知道我家老爷子有多爱管闲事，有时他看家里谁的衣服袖子有点长，就会说'哪能这么长？女人家家的，袖子还是得短点，这样干活才方便利索'，说着抄起剪刀咔嚓咔嚓就是几下子……"

我惊讶地看着A君说道："令尊这么严厉？"

"是呀，是呀。"看A君的神色，好像越发怀念已故的父亲了。"不过呢，我永远不会忘记他那点好，就是他穿着棉布衣服不管走到哪儿，都一点不觉得难为情。"

怕路上会热，K君决定不穿披风了，A君也减了一件衣服。我们付了旅馆的小费，然后穿着新草鞋出发了。

到达长津吕的渔村时，正好是中午。我们沿着断崖间的小路往上攀登，

157

到了山顶，来到一片松林中。因为一开始我们就兴致勃勃地打算好了，要一直走到半岛的南端，正因为事先有了这样的心理准备，所以到了这里，一点也没觉得疲累和苦热。

"我喜欢走这样的路。"K君回头看看我说。

"我也喜欢。"我回答。

走着走着，松树和松树之间有蓝光闪烁，不久，远江滩出现在眼前。再往前走到石室崎的白色灯塔处，就是伊豆半岛的尽头了，这里还有一座瞭望塔。我们碰到了身穿制服的瞭望塔的值守人员，他似乎已经厌倦了这种孤独寂寞的生活，用一双毫无生气的眼睛漠然地看着我们走过来。

"A君，过来。"M君站在灯塔旁边的峭壁上喊道。

我和A君、K君一起走到M君身旁。我们俯视着幽深的海水，不由得互相对视了一眼。一股强烈的、不可思议的战栗贯穿我的全身，陡然心生一种此处不可久留的恐惧感。

"我们要是一起死，就死在这里好了。"我故作镇静地说了句玩笑话。一阵眩晕袭来，感觉自己像是猛然坠入了无底的深渊。

我把额头抵在灯塔入口的墙壁上，看到一个小姑娘倚在墙边站着，应该是灯塔看守人家的孩子。我眯着眼睛仔细向海面望去，看到一艘轮船从骏河湾方向驶来。

"是那条船吧。"K君说，"要是乘船回去的话，在这里磨磨蹭蹭的可就赶不上了。"

"看样子够呛。"A君说，"估计等我们回到长津吕，船早开走了吧。"

我们商量了一下，实在不想步行返回了，于是草草看了看灯塔，就赶紧向长津吕赶去。

其实，我们根本用不着这样着急，因为回到了长津吕一看，当时在海角上看到的那艘船并不是我们要乘坐的，开往下田的船还没来呢，在轮船旅馆打听了一下，说是还得等上一个多小时。我们被领到一家新开张的旅馆后，便请年轻的、业务还不熟练的老板娘准备午饭。

我们在素不相识的、为生活奔波的朴素的人群中待了一个小时左右。我们穿着草鞋，坐在宽敞的院子里吃午饭。这位老板娘少女气息依旧，坐在炉旁为我们烤紫菜。女招待把开水倒入一个油壶样的铜器里端了上来。这里的豆腐汤也很好喝。

我们向停着舢板的地方走去，一个壮年渔夫和船老大父子俩站在那里。捕捞鲣鱼的时候，这里人山人海，热闹非凡，今天却一片沉寂，只看见两三个老渔民正在那里悠闲地修补晾晒着的渔网。不久，舢板出发了，船老大顺着断崖向右侧可以看见灯塔的海面划行。海水斑斓，没有海藻的地方清澈蔚蓝。强壮、年轻、漂亮的夺人眼球的女人们，打着红红的绑腿，从我们旁边威武的划过去，这些是捕捞海螺返航归来的渔船。这时，从骏河湾方向过来的轮船，朝着左侧高高山石上飘扬的旗帜驶来，在停泊着一艘帆船的地方停下来。我们和那个壮年渔夫一起转乘到轮船上。A君非常讨厌坐船。大家都很担心他，希望他这次不会晕船。

不一会儿，船就驶离了石室崎的灯塔。一开始，我们待在甲板上，一切都觉得那么新鲜，同行的渔夫热情地给我们讲述着各个海岛，慢慢地我们也能根据形状区分哪个是神子元岛，哪个是大岛以及其他岛屿了。我们在寒风凛冽的甲板上随处走着，看看船的构造，想象着勇猛的海员的海上生活。可是，这只是一开始的感觉，待新鲜劲过去后，渐渐地觉得沉闷无趣起来。为了装载鱼虾，轮船到每个港口都要停靠，有时还会耽搁很长时间，没办法，我们也只能焦躁地空等着。从海上看陆地，不如从陆地看海上的景致那么富于变化。

轮船到了小稻，这地方有个可以坐着小船通往的洞穴，传说有个来旅游的男人从那里掉到了海里，当时身上还揣着五百元钱呢，撇下了可怜的妻子。这是在来时的船上听到的故事，看来这个男人和那位洋老太太不同，虽有钱却

159

短命。轮船行驶到这里时,大家都看着这位不幸的男人落难的洞穴唏嘘不已。

临近黄昏,轮船驶入了下田港,幸好A君这一路上没有晕船。我们等舢板等了很长时间。换乘舢板时,我们看到轮船上一位会计模样的人,打开自己的房门,先在装饰着小花盆的桌子前仔细梳理好头发,才拿起皮包登上了另外一只舢板。穿着肮脏工作服的船员们都集中到了甲板上,平时他们在船上除了买东西吃时还能有点乐趣之外,生活实在是枯燥无味极了,此时,他们毫无生气地羡慕地望着即将上岸的人们。舢板过来了,我们赶紧登了上去。

下田的旅馆已经准备好晚饭等我们回去。当天晚上,我们给亲友们寄了纪念明信片儿。临来时,Y君叮嘱我们过了天城山一定要给他写信,所以我和K君联名给他,还有信州的T君写了信。为了解闷儿,我们请当地人来做按摩,听着淅淅沥沥的雨声,惬意极了。

第二天,我们很早就起了床。雨在夜里已经停了,家家户户湿漉漉的屋顶上飘散着炊烟,周围万籁俱寂,就像还沉睡在梦中一样。

"想象和亲眼所见,差得也太远了。"K君望着清晨的下田说,"我感觉,这里比较接近酒田,但比酒田规划得更有条理一些。"

"不会再觉得它是个淫靡的地方了吧。"我眺望着四周,"这就是一个港口小镇,重视外来人,又固守本地的风俗,除此之外我再感觉不到什么了。"

"待在这样的旅馆里是感受不到什么的,"K君笑了,"得到外面的小饭馆去尝试尝试才行,我一直有这么个想法。那种地方才真正能体现出当地的特色来。"

我们两个正聊着,A君和M君也过来了,大家把下田和其他城镇做了对比。

"京都是这种城市的代表。"M君说,接着又补充道,"因为保守,毫无奔放可言。"

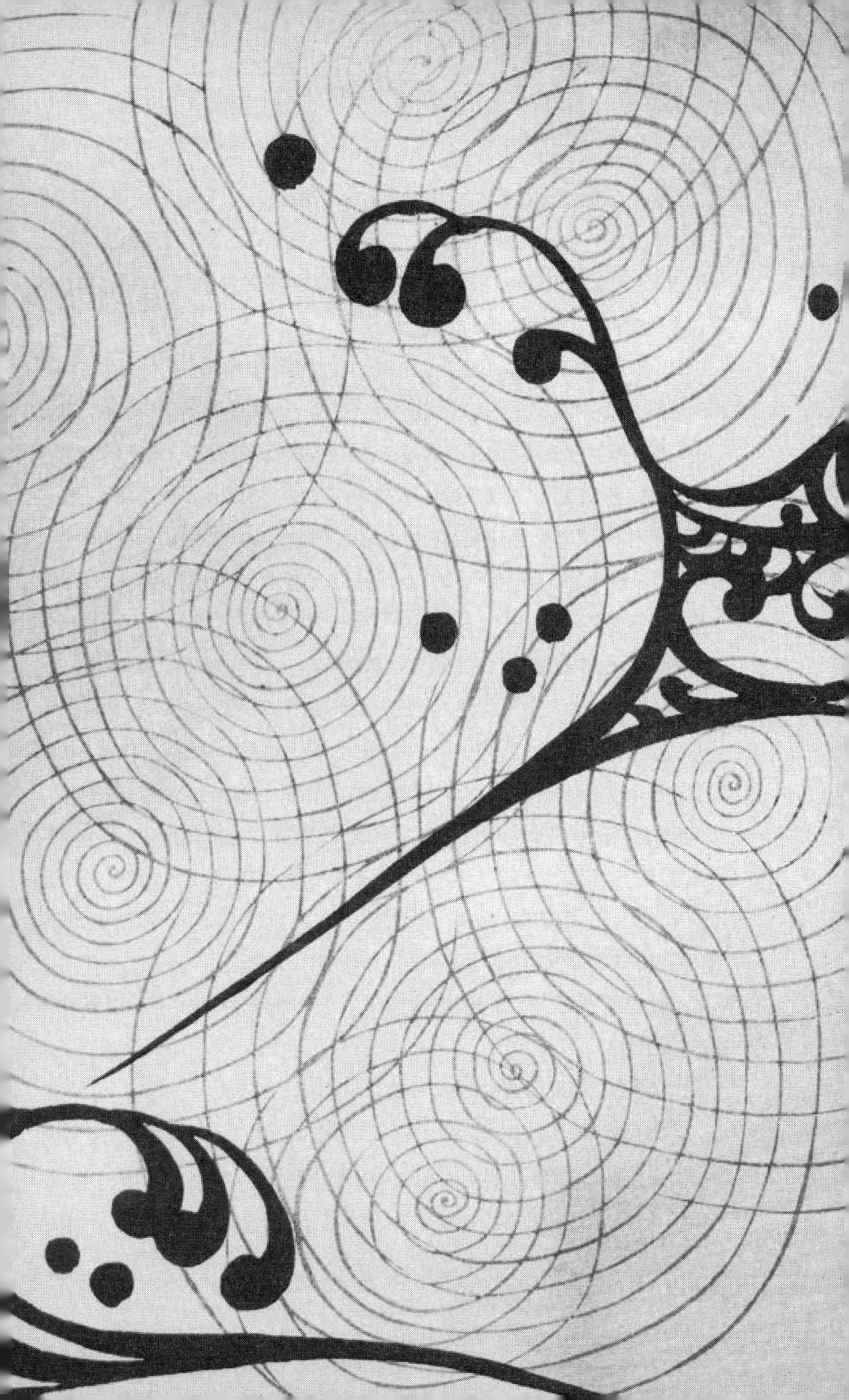

要是M君不说到这些,我还真没想到这一点。

早饭后,我们出发去伊东。"真想再来一次呢!""下次再来,一定去大岛看看。"大家商量着。老板娘和她的女儿送我们离开旅馆,女招待提着行李一直把我们送到搭乘舢板的地方。

不久,我们就搭乘上开往伊东的轮船,这艘轮船和我们从长津吕返回下田时乘坐的那艘船是同一型号。随着船的前行,大小帆船、货船、小船、修缮中的旧船以及其他各种各样的船,还有停泊中的船、正要起航的船……所有这些都在我们身后隐去。适逢三月桃花节前夕,轮船停靠每个港口,搬运上来盛满海螺、鱼虾的草包。每当船员们往底舱投掷这些草包时,我们的船舱也会跟着震动,A君硬是强忍着躺下睡了。船上有卖盒饭的,但我们谁也没有买。就这样,一直摇晃到了下午。

到达伊东。这次,A君没有像以往那样晕船。

伊东是个温泉气息氤氲的古老守旧的城镇,却又有一家挨一家出售明信片儿的小店、台球场、新建房屋。我们来到的就是这样一个古风和新尚交融的城镇,这里已不是纯粹的农村了,我觉得与热海和小田原有点类似。

我们投身于辛苦的旅途中,每到一地,总想着要称赞些什么,至少要找出当地的特色和优点。修善寺的温泉太热,汤岛的又太温,汤野的不好也不坏,要说最舒服的就数这里了。我们坐在位于旅馆二楼角落一间临街的客房里,喝茶聊天,交流旅行心得,做出了如下评判。

"这里的温泉,下田的旅馆,再加上一条汤岛的溪流,那可真就完美了。"我说。

"还要加上长津吕的老板娘。"K君戏谑地添了一句。

因为我们没有吃午饭,所以请旅馆早早预备晚餐。大家都饿坏了,除了等着吃饭什么也不想了。也许是在船上摇晃了大半天的缘故,A君有些无精打采的。我问他没什么事吧,他说:"没事,没有什么特别不好的感觉,就是有点提不起劲来。"

　　天黑了，A君买了纪念明信片儿回来。"这里实在没有可带回东京的新鲜东西。"他边说边把明信片拿出来给我看。其中，有一些是描绘大岛风光的，岛的形态和三元山的喷发逼真地展现在我们眼前，尤其是一个女人的风姿更是吸引了我们的目光。这些照片有从左边拍的，也有从右边拍的；有礼服照，也有劳动的姿态。"从左边拍的这张酷似我认识的一个人。"有人笑着说。K君要去了两张。

　　第二天就要回东京了，这是我们旅行的最后一个晚上，大家既疲累又满心欢愉。短短的旅行，我们游历了不少地方，眼下有点挂念起家里来了，同时也想起了暂时抛在脑后的工厂的哨音、汽车的嘈杂、轰隆隆的电车、笼罩着煤烟和尘埃的灰蒙蒙城市天空……那单调无趣的一切。

伊香保之旅

临时起意，去了伊香保。平时，我没有外出避暑的习惯，夏季几乎都是在东京城里度过的，不过，就像是饲养春蚕和秋蚕的农家需要适当地休整歇息一样，我也时常在工作之余稍微到处走走。我喜欢到湘南地方去，在汤河源一带休憩两三日，泡泡温泉以消除长时间工作的疲劳。这些地方离东京很近，花不了多长时间就到了。今年想做一下改变，趁着六月入梅时节到山里去转转。而且，对于我来说，伊香保是个从未涉足过的地方。

正值麦熟时节，到处都是育秧田，青翠密集的秧苗分外惹眼，但是坐火车从上野到高崎两个半小时的车程中，入眼的全是这种一成不变的平原风光，不免觉得有些单调。打破这种单调的，是慢慢映入视线的榛名、妙义、赤城等山脉的景色。无论什么时候乘火车经过这里，从利根川流域遥望上州群山的感觉总是强烈而新鲜的，与从东海道上眺望足柄的连绵山脉不同，别有一番情趣。我曾经在小诸的山上度过七年的时光，往返东京的途中，透过火车车窗眺望上州群山的那些情景，至今还历历在目。

与我想象的不同，伊香保并不在山上，而是位于山的中部，坐落在朝北的山谷里，很容易就能找到。听说七八月份时，这里的旅馆一房难求，所以我才特地选在客人不多的入梅季节，抽出短暂的时间来这里稍事休养。不过，赶在这种温泉疗养胜地清闲的时期来到这里，倒也没什么不好的。来之前，我还特地找出来籾山梓月君赠送给我的《伊香保日记》，放进旅行包中。这本书中还收录了他在镰仓生活时写的日记，当时他特地作为非卖品，诚心诚意地赠送给朋友们。说起来，这已经是五年前的事情了，这么长时间以来，我也没找出时间来品读，一直珍藏在书箱中。不愧是一本精心之作，不管过了多少年打开来读，依然获益匪浅。"已经五十多天没能下床了。"日记开头的第一句话，一下子就让我对那种大病初愈的心情感同身受。接下来又写道："一出门儿就觉得步履艰难,头晕目眩。"

　　年寄に留守をあづけて秋の旅
　　唐黍は採りてたうべよ留守のほど
　　朝顔の垣根に寄るや暇乞

　　"把家托付给老人,开始秋日之旅""靠玉蜀黍度过留守的日子""走到开满牵牛花的石墙边,做出行告别",这些都是出现在日记中有关外出的俳句,那种大病初愈后体恤他人又自我慰藉的情感跃然纸上。尤其是信口说出的那句"年寄に留守をあづけて秋の旅(把家托付给老人,开始秋日之旅)",于我心有戚戚焉。因为我这次也不是独自一人外出,而是把家托付给从川越来东京的老母亲,在妻子的陪伴下出来休养的。
　　这本日记中提到一个伊香保方言——"告别anko",根据发音,"anko"就是伊香保一带对姑娘、年轻女子的称呼。很早以前,电车和汽车都没有通到温泉这边来,于是每到夏季,山脚下各个村寨的男子便来到山上当轿夫,抬着滑竿迎送客人。等到山里慢慢变冷,浴客越来越少的时候,在九月十五日这天晚上,大家聚在一起,喝上一场慰劳酒。无论是准备留在山上继续干活的,还是要下山回家的,这一天都要过来,大家彻夜畅饮。"告别anko"这个词说的就是轿夫们的这场离别会。
　　"告别anko"这个词反映了伊香保的过去,现在依然能让我们想象到当时的场景,但是,这个词儿的本意,就连当地人都不清楚了。《伊香保日记》的作者籾山梓月君对此也提出了自己的猜测,他解释说:"大概'anko'就是'那个姑娘'的意思吧,那么,'告别anko'就是'告别那个姑娘',也就是说是与相好的姑娘分别的意思。"关于这个词,即使询问当地人,他们也说不出个子丑寅卯来。对这个词,我们是知其然,而不知其所以然啊。不过，在我老家也有"anko"这样的说法，在木曾，就把"母马"叫做"anko马"。由此我想到，"告别anko"就是暂时与当地相好的女子分开的意思吧。

我们从涩川来到伊香保的时候，已是午后。天气忽晴忽阴，一会儿微弱的阳光照进山谷的洼地来，一会儿又是雷雨交加。这里与轻井泽那种气候干燥的高原地带不同，我们置身于山麓中部，可以尽情地呼吸清新湿润的山间空气，而且视野开阔，即使在旅馆里，也能望见远处的群山，想必秋天风景会更美。

来到这里听着小鸟的鸣啭，让我不由得想起自己的故乡。木曾山常见的松树、桧树，还有栗子林，在伊香保也能看到。这里虽然不是我家乡那样幽深的山谷，也没有那样广阔的森林地带，但是这里有我的故乡所没有的东西。地热资源十分丰富，山中温泉的水温有点过高了。

伊香保的山村缺水，这一点也使我想起自己的家乡。乘坐缆车上到山顶，那里有一座榛名湖，水量丰富，饲养着鲤鱼、鲫鱼、公鱼等，但是却苦于无法引水下山灌溉农田，也无法兑入温泉以降低水温，真是个奇怪的地方。听说几年前的那场伊香保大火，也是因为无法引水救火，才遭受那么大的损失。同是古老的温泉胜地，却不能像热海那样自由地发展，就是受到了这种自然因素的制约，当地的民众也在为此苦恼。但是，这里的山间喷涌着优质的山泉水，那种清澈明净，是沿海地区所没有的。有人说，饮用泉水的地方的人，心地比较纯洁。看来，饮用水的轻、重、浊、软等水质因素影响着当地的自然环境以及人类的体质和气质。从这种意义上来说，伊香保乡土气息浓郁或许并非偶然。在这里，很少能看到其他温泉地展露出的那种华美，当地人也以代代相传的质朴而自豪。

温泉，也一定是人类发现开发出来的。过去，人们在这里设下了神佛祭拜的道场，如今，人们在这里建造了滑雪场等娱乐和运动的设施，旧的和新的在这里并存。两百年前就开始出现这里,如今依然还在为"何为本馆何为分店"而争执不休的那些古朴的温泉旅馆,恐怕和现代化的缆车以及大规模的电气化建设本是极不协调的,但不可思议的是,这一切却在这个古老的温泉地并存着,并且不会让人产生违和感。从任何温泉地都随处可见的鄙俗事物,到能够洗涤一切的自然万物,自然而然地融为一体,完全让人忘记了它们本性的不协调,大概这就是温泉给予我们人类的恩惠吧。

  旅行中一般很少能吃到可口的食物。我们计划的是往返三天的短期旅行,原本就想着能在旅馆二楼找个看山景的房间住下来就满足了,所以来到这个陌生的地方并没有过多的要求。不过,你不知道我们是多么期待这次短途旅行,至少想要吃上合乎自己口味的农家菜。但是,这种温泉旅馆,往往是一道又一道菜赶着做,而且男女老少客人的口味不同,年龄也不同,要指望着他们做出人人满意、咸淡适宜的菜看似乎不大现实。然而,眼下正是吃山蕨菜的季节,如果还是那样加入砂糖、酱油等调料胡乱炖出来的话,就失掉了原本的新鲜野味,实在可惜。不光是我们有这种感觉,凡是来伊香保泡过温泉的亲友们都这么说。尽管如此,话说回来,我们能愉快地来到这里,享受到泡在温泉中的舒适和惬意,仅这一点就心满意足了。此外,让我们深感满足的是,当地人还给我们讲述了同这个温泉渊源颇深的德富芦花君①的一些轶事。回去时,我们买了伊香保的特产——粽子、馒头,还给留守在东京帮我们看家、等我们回去的老人买了木雕烟盒。

  下山时,我们的汽车上多了一位旅馆的女招待,她去看牙医,央求我们顺路把她送到涩川。这也是东海道旅行中没碰到过的事情。

---

 ① 德富芦花(1868—1927):日本近代著名社会派小说家、散文家,作品以剖析和鞭笞社会的黑暗在日本近代文学中独树一帜。

宍道湖之旅

  所谓的"备后[1]积雨云",是指夏天从松江市往东南方向望去,天空中堆积的白云。站在宍道湖畔,每天都可以看到这样的白云。这里距离东京九百多公里,我们已经离家很远很远了。当初离开家时,是决心要走到山阴道的尽头的,可是到了松江后,我起了结束旅行返回东京的心思。想想这一路走来,有时累得真想在半道上停下来,一步也不想往前走了。若回去的话,还是要原路返回吗?一想到海岸线上那众多的隧道,实在不愿意再回头去遭受那份儿酷暑难当的罪。我计划着从米子去冈山,不过两地之间还没通铁路,中途要爬山,估计得受点累,又想着要么干脆还是按原计划一直走到石见国[2],然后乘坐山阳线返回东京。这两条路都不容易走,我一时犯了难,犹豫不决。

  我开玩笑地对鸡二说:"怎么样?我们也别回东京啦,干脆留在这里当松江人吧。"

  我也就是嘴上这么说说,终究还是再次打起精神准备踏上旅途。太田君和古川君冒着酷暑到旅馆来看望我们,并且带领我们参观了松江市内的两所小学。这两所学校分别叫作白潟、母衣,教室里摆放着反映当地风貌的学生作品,我们在那里待了不短的时间。这一天,恰逢母衣小学举办文艺演出会,我们观看了孩子们的各种表演。我喜欢小孩儿,真想叫住长廊下跟我们打招呼的少年,同他们好好聊聊,可时间和地点都不允许。

  我们又一起去北堀拜谒了小泉八云的故居。这是个古朴优雅的原藩士宅邸,院子里开放着白日红,还有没有开花的桔梗、芍药等,这里也是非常的闷热。素朴的书斋,从隔扇到梳形的窗户,无一不保持着明治初年的原貌。看来

---

  [1] 备后国:日本古代的令制国之一,属山阳道,又称备州。备后国的领域大约为现在广岛县的东半部。
  [2] 石见国: 日本古代的令制国之一,属山阴道,又称石州。领域大约为现在岛根县的西部。

主人是个有心人，未对宅邸做任何更改，清净淡泊地住在这里。听说小泉八云最喜爱莲花，如今，斯人已逝，唯有池中的莲花静静地向来人展示着这座故居的气韵。

　后来，我们又去了千鸟城，这是山阴地方唯一一座保存完好的天守阁的城址。天守阁内部，粗大的木块拼花柱子被铁板夹固着，整个看上去给人一种解除武装正在休整的武将的感觉。到处可以看到虫蛀的梁柱，但依然不失牢固之感。据说，这座城堡为堀尾吉晴所建，后被小濑甫安占据。站在五层高的城堡上，整个松江市一览无遗，远处的天狗、星上、茶臼，甚至更远的伯耆等山脉，似乎也近在眼前，仿佛一呼即能百应一般。那位大雅堂①的主人也曾旅行来到这里，醉心于响彻宍道湖的钟声，乐不思返，一住就是大半年。那座古钟安放在天轮寺内，从这里也可以看到天轮寺的屋顶。听说那古钟是从朝鲜运来的，不知那悠扬的钟声如今是否依然还响彻宍道湖畔？

　从千鸟城上看到的星上山，在我们住的旅馆也能看见。对这次的山阴旅行，我寄予厚望，光是能踏上日本最古老的土地这一点就令人满心期待了，可能的话，不仅是沿海地区，我还想深入山区，到古人想象的当世和黄泉的交界处——出云的伊服夜坂（比良坂）一带走走看看。听说没有人确切知道比婆山究竟在哪里，但我还是妄想能走到那里，去看看那位伊邪那美神②的安葬之处。说不定，比婆山就隐藏在眼前这座星上山的对面呢。这里，不仅让人联想起古代与大陆间的交通，如果再往前追溯到更远古的神话时代，还会让人想象到那开天辟地定乾坤的情景；这里，是丰富的民间传说的发源地，是想象力丰富的童话作家的诞生地；这里，是神秘而美丽的大海，等待着年轻人来揭开它的秘密；这里也是新海洋诗人诞生的地方。

---

　① 日本文人画家、书法家池大雅的故居，位于京都东山双林寺。
　② 伊邪那美，又称伊弉冉尊。日本神话中的母神，也是黄泉污秽之女神，日本诸神是她与其兄伊邪那岐所生。其死后，埋葬在比婆山上。

晚上，我们坐在旅馆的楼上乘凉，旧历十八日的夏月轻柔地照射进来。松江中学举行赛艇表演的那天，热闹的船歌回荡在湖面上，尤其是那清新湿润的空气，带给你身处水乡的切实感。晴朗的夜空散发着蓝白色的光芒，星星越发显得稀少了，有的红，有的蓝，越接近天心越显得暗淡无光，月光下隐约传来虫鸣声，真是个美好的夜晚。

"要是再有点凉风，那可就再好不过了。"

鸡二说着，同年轻的旅馆老板荡起小船，在附近转了一圈儿。夜晚感觉比白天还要热，夜已深了，还有人热得跑到石垣下拴着的小船上去乘凉。到底是靠近水边的旅馆，无数飞虫争相围扑到房间里的电灯上来，这番景象实在让人难以入眠。这天晚上，我斜倒在廊下的藤椅上，倾听着湖水的潮声，很晚才睡。

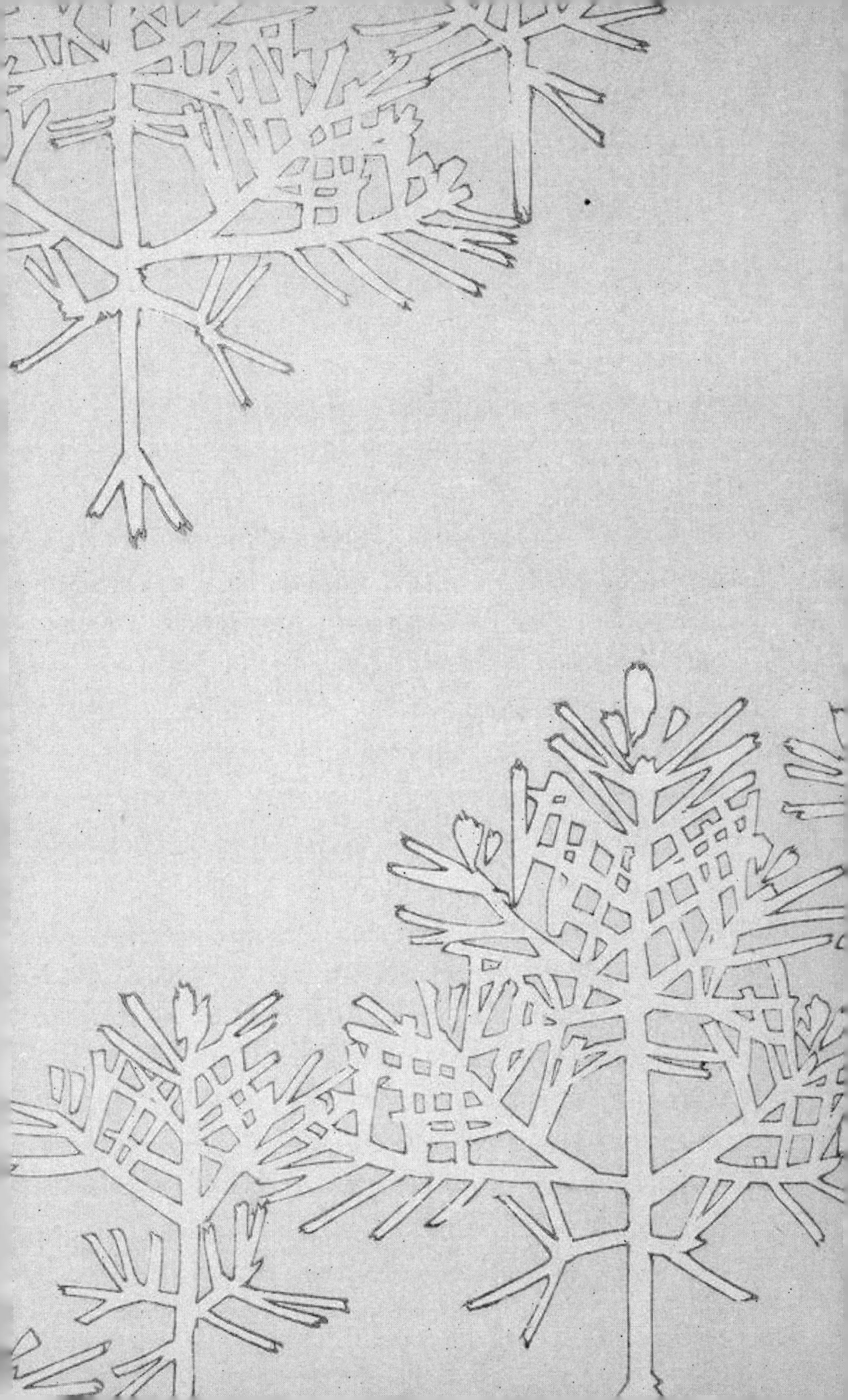

京都之旅

六月八日

住在川越的老母亲，昨天到东京来了。我们把要去京都旅行的事儿告诉了她，所以她这次是专程来为我们看家的。妻子的母亲本就是东京人，在我工作空闲的时候，一年之中总会来四次，每次都欢欢喜喜地住在我家里。

九日

昨日写了一天的信。这事那事的，虽然每天都诸事缠身，但还是想着要出门转转。因为预计的旅行时间比较短，所以不得不把出发的前一天也计算在内。于是，今天，我把文久版的京都地图——《详解京都绘图大全》拿出来翻了翻。

十日

到达京都蛸药师大街富小路西，入住千切屋旅馆。

十一日

早晨早早起床，到中京的街上走了走。这次小旅行，我带了妻子一块过来。我们去拜访了家住若王寺附近的和辻君，相谈甚欢。他家真是一个清雅的居所，六席大的客厅里摆着五个坐垫儿，还有三个烟灰缸。快中午时，和辻君领我参观了他的书房，又去了楼上，放眼望去，景色太美了。听说夏天楼上也很热，不过，躺在榻榻米上，望着映照在天花板上的枫树的枝影，听着后山传来的鸟鸣，想必是很惬意的吧。窗前种着一棵树形奇特的梨树，从客厅和餐厅都能看到那摇曳生姿的绿叶。和辻夫人告诉我们，那棵树花期过后，会长出一种状似"榅桲"样的果子，味涩，难以入口。这棵梨树，名为果树却无果之实，但是对于风和阳光倒是很敏感，枝繁叶茂，深得全家人的喜爱。

午后，和辻君说要陪我们去紫野参观大德寺。和辻君带着他女儿和活波的夏彦，妻子的老朋友信子，再加上我和妻子，两家人挤挤巴巴坐满了一辆车。我们首先去的是洛北，一听这名字我不禁想象，额田王①的和歌中提到的"紫野"，他的后人是不是就生活在这里呢？有关这些，我还真不清楚。

汽车驶过西阵的手工艺街，就到了古老的大德寺。我们去了供奉着一休禅师②木雕像的珍珠庵，看到了保留在此一隅的利休③的茶室。庵主不在时，茶室的窗户通常紧闭着，所以光线比较昏暗。给我们做导游的少年打开了一扇窗户，才有一束阳光投射到安置着壁龛的那面墙上。此时，我们却无法平心静气地感悟古人的匠心独运，因为院子里弥漫的过于刺鼻的苔藓的气味，分散了我们的注意力。古人将人的亲和力寓于茶道之中，在这些方面可谓用心良苦，我浮想联翩地辞别了珍珠庵。

回去时，我们走的还是来时的路。路过一片新开发的区域时，我不禁感叹，如今，就连洛北的郊外也在发生着急剧的变化啊。

十二日

傍晚，领着妻子到三条大街附近转了转。

提到京都可看的地方，很多人马上就会罗列出这座古都内众多的寺院。但是，京都的寺院大多都是在漫长的岁月中历经改建过的，原样保存下来的建

---

① 额田王，生卒年不详，日本7世纪左右伊贺出身的才女，是当时最负盛名的女歌人，其作品在《万叶集》里有长歌三首短歌九首。
② 一休（1394—1481）：日本室町时代禅宗临济宗的著名奇僧，也是著名的诗人、书法家和画家。"一休"是他的号，"宗纯"是讳，通常被称作一休。
③ 千利休（1522—1591）：日本茶道的"鼻祖"和集大成者，其"和、敬、清、寂"的茶道思想对日本茶道发展的影响极其深远。

筑物为数不多。我们昨天刚刚参观过的大德寺的珍珠庵，也是后来改建的。这也证明了在历史长河中，京都几度沦为兵乱之城，每次战乱后，不管是城镇还是古老的寺院必须重建。传说中的朱雀大街，如今已无迹可寻。对我来说，比起众多的寺院，这座古城的居民和商家更具吸引力，给人一种质朴、厚重的历史感。

这次来京都，获得一些以往从未有过的体验和感受，其中之一就是发现这里的衣、食、住等方面都透露出些许禅意。不过，转念一想，古代的遣唐使从中国给奈良带来了深刻的影响，还有众多有为的僧侣们从宋代的中国也给京都带来了不可估量的影响，这么一想也就不足为奇了。

稍微有点儿感冒，今天没有外出，一整天都待在了千切屋。过往的一些经历不断浮现在脑海中，我想起了青年时代从江洲来这里旅行，住在京都鱼市、油小路附近的情景，还想起了刚从法国回国时，身心疲惫不堪，为了放松来到这里，站在河边凝望从鸭川河面上反射过来的夏日阳光的心境……

午后，妻子独自去了和辻君家，傍晚回来的。和辻夫人和信子也一起从若王寺过来了。

十三日

在和辻君的周旋下，我们上午去看了二条城遗址。如今，二条城已成为了离宫。和辻君和我在一个陌生人的陪伴下，得以进入那座拥有悠久历史的古建筑中进行了深入的参观。午后，我们辞别了和辻君。三天的时间虽然很短，但在这里见到了他们一家，已经很满足啦。

京都的地势是盆地，南面开阔，东、北、西三面环山。令我满意的是，从和辻君家的二楼上，或者站在绿荫浓密的若王寺的后山上，都能看见一部分京都街景。如果西北方向的山地再开阔些就好了，京都就不会这么热了，这是我这次到这里后脑子里冒出的想法。据说，为了阻止夏季的炎热和烈日，京都人都把二楼盖得很矮，窗户开得很小，格子门安装得很靠里，墙壁砌得很厚，弄得房间很是昏暗。了解了这些后，我深感必须要重新审视一下自己对古典文学中的季节感的粗浅笼统的理解了。再次翻开清少纳言的名作，找到不少关于京都的夏天的记述，例如看到对去听结缘说教那天的闷热的描写，我就比以前有了更加透彻、更加切实的感受。总之，我们总是习惯于拿关东人的思维来看待京都的一切。仔细想来，柔和的京都方言，其实并不柔弱无力，仔细听上去，一字一句抑扬顿挫、铿锵有力。这种语音语调的强弱分明，在东京话里是听不出的。

下午四时左右，我们离开京都去彦根。透过车窗，看到大津、后山、草津、安土等车站一路闪过，这些都是我四十年前旅行到过的地方，至今难以忘怀。

十四日

在彦根。

记得马场君年轻时曾在这里的中学教过书，当年，他每次经关原去东京，都会给我讲当地的趣事。我们入住的乐乐园，听说原本是井伊[1]家的别墅。这处宅邸位于古城旧址区域内，庭院宽广，杜鹃花还在开放，黄黄的六月花映衬得眼前的草地更加翠绿明丽。有人告诉我们说这里作为古城是个好地方，作为旧址也是个好地方，此话不假。我们入住的时候游客不多，于是我便到那些空着的房间看了看，西面是一间客厅，可以欣赏湖景，凉风掠过青青的芦苇吹进来。一个梳着圆形发髻的女招待给我们讲了这样一件趣事，说是有个神户的老商人曾在这里住过一夜，那老人说他经常乘火车往来于东京，每次经过彦根时都想着什么时候一定要在这里住一晚，结果一等就是六十年才得偿所

---

[1] 井伊直弼（1815—1860）：是日本江户幕府末期的大名、近江彦根藩藩主。他最著名的事迹是与美国签订日美修好通商条约，赋予美国商人与海员治外法权，并开放港口。

愿。照这么说，我也是这样的一个人了。

看过二条城，再看这彦根的城址，让我想起井伊氏在历史上的地位，当年他是一个俸禄三十五万石的藩主，雄踞一方，与京都相对峙。"国破山河在，城春草木深"，用中国唐代诗人杜甫的这句诗来形容这个地方再贴切不过了。与尾张、美浓等工业发达地区相比，这里依旧是农业区，不过这也没什么不好。在这里能品尝到美味的彦根大米，不仅如此，也许是青年时期来这里旅行的记忆比较深刻，我对近江的自然有一种特别的亲近感。那种在湖畔听着蛙鸣悠闲度日的记忆能再次重现吗？我的心中频频闪现出这样的祈愿。

十五日

返京。

十六日

令人庆幸的是，旅行期间没有下过一场雨。今天下雨了。

日本海和太平洋

如果把过去的日本人比作日本海，那么现代的日本人就是太平洋。最近，我读到了丹麦文学评论家格奥尔格·勃兰兑斯①对太平洋的评论。他把太平洋在地球上的地位与其他几个大洋加以比较，做出了引人深思的评论。

太平洋这个平静的大洋，是地球上最大同时也是最深的海洋。我们看到的平静的海面，其实只不过是其长长海域中的一部份而已。太平洋的北部和南部，因为受到气流和季风的影响，常年波涛汹涌，多种海潮及其逆潮、暖流、寒流循环往复。此外，相比其他大洋，太平洋还经常发生地震。

我们处于能够包容东西文化的最佳位置，仅是历史上的积淀就已经达到相当深厚的程度，但我们不能因此而骄傲自满，自负地认为现代的所有创造精神都会自动地向我们汇聚而来。不过，我相信，至少在热爱和平、渴望安稳这一点上，我们不亚于其他任何国家和民族。这就是我为何说现代的日本人是太平洋、平静的太平洋的理由。然而，我们现在正在创造的历史和进行的活动中，除了有宽广的平静地带之外，还有猛烈的暴风雨，有暖流和寒流，有许多海潮及其逆潮，甚至还有地震的波动，这些都与太平洋非常相似。我觉得勃兰兑斯的话语中有许多值得我们反省的地方，我也相信这不会只是我一个人的想法。

我曾经到山阴地方旅行，分别从城崎附近的濑户的日和山上，从香住的冈见公园里，从浦富、出云浦等地的海岸边，或从石见的高角山上，远眺过日本海。海岸边绵延的高高石壁，就像一道面向陆地耸立的巍峨城墙，保护着我

---

① 格奥尔格·勃兰兑斯（Georg Brandes，1842—1927）：犹太人，丹麦文学评论家，文学史家。

们的岛国,在长达五个月的漫长冬季里,为我们抵御日本海活动的侵袭,使我们免遭暴风雪和惊涛骇浪的侵害。这里到处有奔涌的温泉,盛产金、银、铁、煤以及其他矿产,是我们无尽的宝库。海岸线上点缀着数不清的洞穴,里面充溢着如空气般澄明的海水,由此流淌出无数古老传说。正如那位来自美国,后来改日本名为小泉八云的国际记者——拉夫卡迪奥·赫恩所说的那样"放眼全世界,再没有比这更美丽的洞穴了"。

我们的祖先正是凭着这样一副坚强的腰骨,包容地接受了来自大陆的一切东西。但是,我把过去的日本人比作日本海,并不是只限于这一海岸线上的特色。当你走到回首可以望见青翠欲滴的岛影的大海边,就会看到眼前有深蓝的黑潮流过。这片大海,会让你想象起渡海而来的外来者,朝鲜、中国、印度自不必说,有那么一个时代,就连希腊人也从波斯经印度洋历经千辛万苦来到这个岛国。远古的遣唐使的航船从这里起航;生于中世纪末的画僧雪舟,也是从这里,踏上了到中国南部探求宗教和艺术的充满风险的航程。或许,你看过扬子江河口奔腾入海的滔滔浊流后,再来看看离大陆越远越清澈碧绿的日本海,就会明白过去的日本人的特色究竟是什么了。

把太平洋当成日本海来看,让我感叹古老的《万叶集》,同时也感叹迎来近代曙光的雪舟的艺术。

总之,我们眼前的太平洋,不再只是一片茫茫大海,而是可以到达彼岸的航线。那些认为东是东,西是西,二者永远不会相逢的人们,如今也要改变思想了,因为这两种文化就要在日本交汇融合。

三位来客

"冬"来到我面前。

说实话,我一直以为我等待着的是一个平淡无奇、精神不济、贫穷卑微、满脸皱纹的丑老太婆。我目不转睛地看着眼前的这位来客,她与我那先入为主的感观和想象,差别也太大了,于是我吃惊地问道:

"你,是'冬'?"

"听你这么说,你到底把我想成了什么样?难道你一直在误解我?"

"冬"这样反问我。

"冬"的手挥过各种树木。"看那满天星。"顺着她的手势望去,我看到霜打的败叶猝然落光了,一条条细嫩的茶褐色的枝条上,萌发出一个个新芽。那闪烁着生命光泽的枝条上,还有那蓬勃萌发的新芽上,舞动流淌着冬的光影。不仅满天星,梅树的枝丫也在浓绿中伸延,有的已长至尺余。蜷缩在地上的杜鹃,也不再是一副瑟瑟发抖的样子。

"再看那山茶。""冬"又对我说。我看到那冬日的绿叶,在阳光的照射下,闪烁着一种难以用语言形容的光彩,硕大的花蕾从密集的叶片之间探出头来,在那笑意融融的花丛中,夹杂着霜降之前就已经花开花谢了的残花。

"冬"又指给我八角金盘看。那绿叶丛上顶着一簇簇白中透绿的球状蓓蕾,还有那饱满有张力的花形,打破了周围的萧瑟和单调。

三年间,我在异国的客舍里度过了灰暗的冬日。每当凄风冷雨、关门闭窗的日子,那种昏暗总让我想起巴黎的冬天。一年中最短的日子——冬至到来前后,早上九点天才渐渐发亮,午后三点半太阳就落山了。波德莱尔[①]的诗中所描写的那种火红而没有一丝温度的太阳,并不是只有在北极圈内才会出现,

---

[①] 夏尔·皮埃尔·波德莱尔(Charles Pierre Baudelaire,1821—1867):法国19世纪最著名的现代派诗人,象征派诗歌先驱,代表作有《恶之花》。

走在巴黎的大街上就能常常看到。干枯的欧洲七叶树下，那常绿的草坪算是冬季里唯一的一抹亮色，我觉得夏凡纳①的画中那灰色沉寂的冬日色调，是对巴黎冬天的最好诠释。

归国后，窝在东京郊外的家里，看着冬日明媚的阳光洒满屋内，这是在三年的异国生活中从未有过的享受。在这样的季节，天空如此清澈蔚蓝，也是非常难得的。但是，在我身边轻轻絮语的，的的确确就是武藏野的"冬"啊！

自那以后，"冬"每年都会如期来访。自从在麻生这地方过冬以来，我对"冬"有了更加深刻的认识。我回忆着"冬"，对我来说，与在信浓遇到的"冬"关系最为亲近了。那时，每年有五个月漫长的时期，我和"冬"一起生活，只是，在那五个月中，那山上的一切都被掩盖了起来，我始终没有看见过"冬"的笑脸。一到十一月上旬，初雪便急急忙忙赶来给群山盖上第一层遮挡，此后，灰暗低沉的雪空中就很少能看到太阳了。每到这段时期，浅间山的烟雾隐隐约约看不清了，千曲川的流水冰封在厚厚的冰层下，我的周围成了一片似乎永不融化的茫茫雪野。大雪埋没了我那破旧的庭院，院里的积雪堆得甚至比朝北的廊檐还要高，屋檐下垂挂着剑一般的冰柱，足有两三尺长。漫长的寒夜里，人就像蛰伏在深穴中的虫子一样紧缩着身子，听着房柱冻裂的声音，瑟瑟发抖。

这样的景象就是我对"冬"铭刻在心的认识和记忆。在那座山上，我七度迎接了"冬"的到来。我眼里的"冬"唯有灰沉的色彩，巴黎的"冬"虽说没有那么深厚的积雪，但那种灰暗的色调，与信浓山上相比，可以说有过之而无不及。远行归来，再次迎接"冬"的来访，却看到她这样的一副容颜，让我怎能相信这就是"冬"呢？

归国后迎来的第三个冬季，我常常会凝望着那些常绿树木的新叶出神，

---

① 皮埃尔·皮维·德·夏凡纳（Pierre Puvis de Chavannes，1824—1898）：法国19世纪后期的重要壁画家，象征主义大画家。其壁画和油画深得学院派和前卫艺术家的赞赏。

这是以前从未有过的。以往，我会注意到凋落的霜叶，却从来没有像这般留心初冬时节常绿树木的新叶。那初冬的树叶，是一年中树木世界送给我们最美好的礼物。

"冬"接着又给我看了罗汉松的绿叶、挂满红果的万两。万两的果实也有白色的，那瑰丽的珍珠般的光泽只有在冬季才能看到。"再看那槲树。""冬"继续指给我看。黝黑坚实的树干，细长却不失强健的枝条，带有哥特式建筑的风骨。槲树的新叶沐浴着冬日的暖阳，闪烁着同样难以形容的质感光泽。

"冬"这样对我说。

"你一直都没有真正地认清我吧？今年，我给你的小女儿带来了礼物，你看她那红扑扑的小脸蛋儿，那就是我的一点心意。"

"贫"来访问。

这位访客轻车熟路地来到我的身旁，还是那张我从孩提时代就十分熟稔的面孔。说实话，每次看到这位频频来访的客人的脸，我总感觉到他比"冬"还丑陋。

"我和你可是老相识喽！"一看见他这副自来熟的表情，我马上低下了头，我真的无法长时间地和他对视。

我好好地看了他几眼，竟然发现了他脸上的微笑，那是一种我以前从未想象过会出现在他脸上的亲切的微笑。我压抑不住内心的震惊，同初见"冬"时那样，难以置信地问道：

"你，你是'贫'？"

"你觉得我是谁？难道你连我都忘了？"

"贫"奇怪地反问我。

"太稀罕了。迄今为止，我没有见过你的笑脸，我也从来没想过能看到你笑，我一直以为你不会笑呢。猛然看到你笑，我还真不习惯，浑身起鸡皮疙瘩。不过呢，和你太熟了，有你在眼前晃着，我最踏实了。"

听了我的话，"贫"笑着说："不要跟我这么随随便便的。喂，能不能对我尊重点？有人常常把'清'字扣到我头上，叫我'清贫'，其实真正的我并非那么冷漠，我也能让自己的脚下生花，让自己的破屋变成宫殿，我就是个魔术师。所以，这么说吧，比起世间那种'富'的愿望，我具有更加远大的抱负。"

"老"来访问。

这位来客，我一直认为他比"贫"还要丑陋。可奇怪的是，出现我面前的"老"，也是一副笑眯眯的样子。我茫然地用对"贫"的那副口吻问他。

"你，是'老'？"

仔细看了看我面前的这位来客的面庞，我才意识到，我心中对他存有的印象并不是真正的"老"，而是"萎缩"。而我眼前的这位客人，非常光艳，非常不寻常。

但是，这位客人来到我这里毕竟时日尚浅，我必须同他好好交流后，才能真正了解他。现在的我只是看懂了他的微笑，不管怎么样，我要深入地了解这位来客，而且我也想让自己真正地"老"起来。

我似乎看到还有一位来访者，甚至感觉他就伫立在我家门口。我预感到他就是"死"。或许"死"也会带给我一些意外，就像上两位来客那样，给我纠正先入为主的错误认识，为我指点迷津。

第三只眼

古代的佛像中,有的有三眼睛。没人知道是哪位制作者,出于何种考虑,将佛像雕刻成这副模样。一只眼睛竖立在眉眼上方的正中间,在额头上闪烁着光芒。想想就觉得恐怖,让人感觉像是个怪物。其实不然,这只眼睛就是所谓的代表着开悟或心像的深层启发的"第三只眼",只不过是把它具象化了而已。

即便是愚钝的人,也终有一天能够打开第三只眼。经历了人世的复杂和艰辛,与形形色色的人打交道,不知不觉中就开始用第三只眼睛观察世人、世情了。那么,这只眼睛究竟看到的是什么呢?

若葉して御眼の雫ぬぐはばやと
(新叶滴翠,何当拭去尊师泪。)

这是松尾芭蕉在拜谒位于奈良的唐招提寺时吟诵出的诗句。被尊称为"俳圣"的芭蕉完成了大和地方的旅行,从高野山到和歌浦,然后折返奈良,当时正值神鹿产仔、嫩叶萌发的时节。他到招提寺拜谒鉴真大师的雕像,被大师的眼睛深深感动,随即吟诵出这首千古名句。当然,这里所说的大师的眼睛不是指普通的眼睛。他把这件事写进了游记里。

《笈之小文》就是芭蕉这个时期的旅行记述,其中有这样一段文字。

招提寺,鉴真和尚来日本时,遭遇七十余次劫难,双眼深受海风的侵袭,终致盲目。

说的就是这件事。

据鉴真和尚的传记记载，大师并非是在来日的航程中失明的，其实是在出发之前筹划各种准备时，眼睛就已经看不清东西了。鉴真大师一生多灾多难，恨不能说是无时无刻不在流泪的人生，但从另外一方面来说，他的失明反倒使他打开了明悟一切的第三只眼。

心中的太阳

"早上好!"

我向着太阳躲藏的地方大喊。没有回答。今天,太阳仍旧是要隐身了。

我在这里写下一点自己记忆中的事吧。我第一次发现太阳的美,并不是在日出的瞬间,而是在日落的时刻。当时,我还是个十八岁的青年,虽然我周围的人也会极其笼统地告诉我要热爱大自然,但从没有人具体到指着天空对我说:"看那美丽的太阳。"我在高轮御殿山的树林中,看到了正在缓缓西下的夕阳,便飞快地向一起来游山的朋友跑去,为的是和他分享那从未有过的惊奇和喜悦。我和朋友二人,眺望着落日的美景,在那里站立了许久许久。那种满溢心中的震撼和欢喜,至今难以忘怀。

然而,更让我难以忘记的,是我第一次感到太阳在我心中升起的那一刻。我青年时代的生活颇多坎坷,可以说那是一段艰苦的、几乎不曾看到过太阳笑脸的灰暗岁月。偶尔映入我眼里的太阳,不过是一轮毫无温情,毫无生气,只是朝从东方升,夕从西方落的无精打采的红色圆日。那时我二十五岁。我远走仙台进行了一次孤寂的旅行,就是在那时,我第一次感到我的心中也有太阳升起的时刻。

阳光的饥渴——我对阳光的渴求相当强烈。但是,在那若明若暗的昏暗日子里,我彻底失望了。我曾几度失去了太阳,甚至有时连渴求太阳的心也是黯淡的。太阳远离我而去,映在我眼里的,只是一副呆滞的、悲戚的、痛苦的表情。

但是,在我一度感受到我心中也会有太阳升起的时候之后,我无数次燃起了静待黎明的希望。无论是在冬季长达五个月的信浓山区,还是在新开垦的东京郊外的田野,还是在能够欣赏到城镇上空日出美景的隅田川畔,我等待着黎明的到来。不仅如此,在很长一段岁月里,我独在异乡为异客,不管是从宛若紫色泥土般遥远的海面上，还是从宛如梦境般闪烁着蓝色磷光的热带地区的波涛之间，还是在石造建筑冰冷、林阴道幽暗的万物皆冰封在酷寒中的异国街头，我等待着黎明的到来。甚至，我经常在梦中看到自己迎着那轮遥远的朝阳，踏上故土。

我等待了三十多年，或许我这一生都要在这样的等待中度过了。然而，谁都可以成为太阳。我们的当务之急，不是只追逐眼前的太阳，而是要高高地托起我们自己心中的太阳。这种想法与日俱增，在我狭小的心田深深扎下了根。

今天我所想象的太阳已经是个高龄老者了。从我懂事以来，仅凭我的记忆，这位老者今年已是五十三岁，再加上无从知晓的以前的年龄，太阳究竟高寿几何？估计谁也算不出吧。

人活到五十三岁，几乎没有不衰老的。白发日益增多，牙齿先后脱落，视力也日渐模糊，曾经红润的双颊如今像风化的岩壁一样刻上了层层皱纹，甚至还长出了苔藓般的老年斑，许多亲朋好友相继过世，意想不到的疾病和晚年的孤独在等待着你。与人的软弱无力相比，太阳的生命力实在是不可估量的。看它永不停歇地飞翔，那样的意气风发；夜夜沉落后，不久又变成红光闪耀的朝阳，那样的生机勃勃。真正拥有老年的丰富多彩的，除太阳之外，再无他者。尽管如此，在这个世上最老迈的就是最年轻的这一事实还是深深震撼了我。

"早上好！"

我再次发出呼喊。可是，太阳仍旧没有回应。然而，我已经到了这个年纪，还能感觉到自己心中的太阳正在醒来，那么，黎明还会远吗？

等待春天

  大寒将至。天空每天都阴沉沉的，像是在酝酿着一场大雪。喝着屠苏酒、吃着烩年糕庆祝新年的景象好想还是昨天的事儿，可门前已经没有了门松①，房间里墙壁上挂的里白和交趾木②也已经取下来了。大雪始终没有降下来，今天，整个城镇中呼啸着正月里的寒风。

  我走近窗前，望着窗外的冬日景象，回忆起自己的半生旅程。平时很少想起当初人生刚起步时的事情，那些年轻时代的往事啊，如今一一浮现在脑海里。

  我心安处的宫城野哟
  日影稀薄草木枯萎
  却正是这样的荒原
  让我迷乱狂热的身躯感到欢愉

  孤独寂寞的我的耳中
  呼啸的北风如同琴鸣
  满含悲伤的我的眼中
  无色的石子宛若鲜花

  写下这首旅歌，距今已经过去二十九个春夏秋冬了。在写下这首诗歌之前，年轻的我经历了漫长的人生寒冬。有人评论我的旧作说，我的诗歌的灵魂

---

  ① 门松是日本人过新年时，在家门前等地方放置的一对松和竹做的装饰品，一般是装饰到一月六日傍晚才收拾起来，也有些地方是一直放到一月十五日为止。
  ② 过年时，要摆放贡品，通常是大小两个镜饼叠放在一起，上面再摆上柑橘等代表吉利的东西，两边分别摆放上交趾木（表示香火不断）和里白（代表长寿）。

不是在否定人生的懊恼中，而是游荡在肯定人生的痛苦中。对于这番评价，就连我自己也颇为赞同。通过上面那寥寥几行诗句，大家也可以窥探出我青年时代的心情了吧。

不可思议的是，我这半生的旅程早在那最初的出发点上就已经决定了。有时我也在心中暗暗惊奇，当年年轻易感的心做出选择后，这个决定竟然能一直引领着我前行，直到现在。前途黯淡、心情郁结时，我也曾几度迷惘，几许挫败，然而，不管我走过的路是多么孤寂，但最终，我总会与最初出发时一样，回归到肯定人生的初心中。世上有各种各样的人，各种各样的性格，各种各样的人生。在漫长的人生旅途中，我曾遇到过一位白发老翁，我想把他称之为"经验"。就是这位白发老翁悄悄告诫我，不管遇到什么事，不要停下来，更不能停滞不前，要顺应时代潮流，与时俱进。还有一位朋友来到我身旁，轻声叮嘱我，不要过于看重人生，凡事不要太较真。或许是"愚者多虑"吧，实际上我这个拘泥于小事之人，现在依然做着梦，一个久远的梦，一个和青年时代跨出人生第一步时没有丝毫改变的梦。而且，我坚信：眼前的黑暗、幻灭的悲伤、冬日的严寒等等并不是毫无意义的，经历这一切后，明媚的春天必定会来临。

沉醉在诙谐俳句中的古人教会我什么是"疯狂"。一想到他们在世间的寂寞凄苦中，仍能保持幽默笑对生活之心，我心中就涌起无上的崇敬之情。如此说来，作为春之先驱的大雪欲将这座城市掩盖在纯白之下的日子，大概也不会太远了吧……

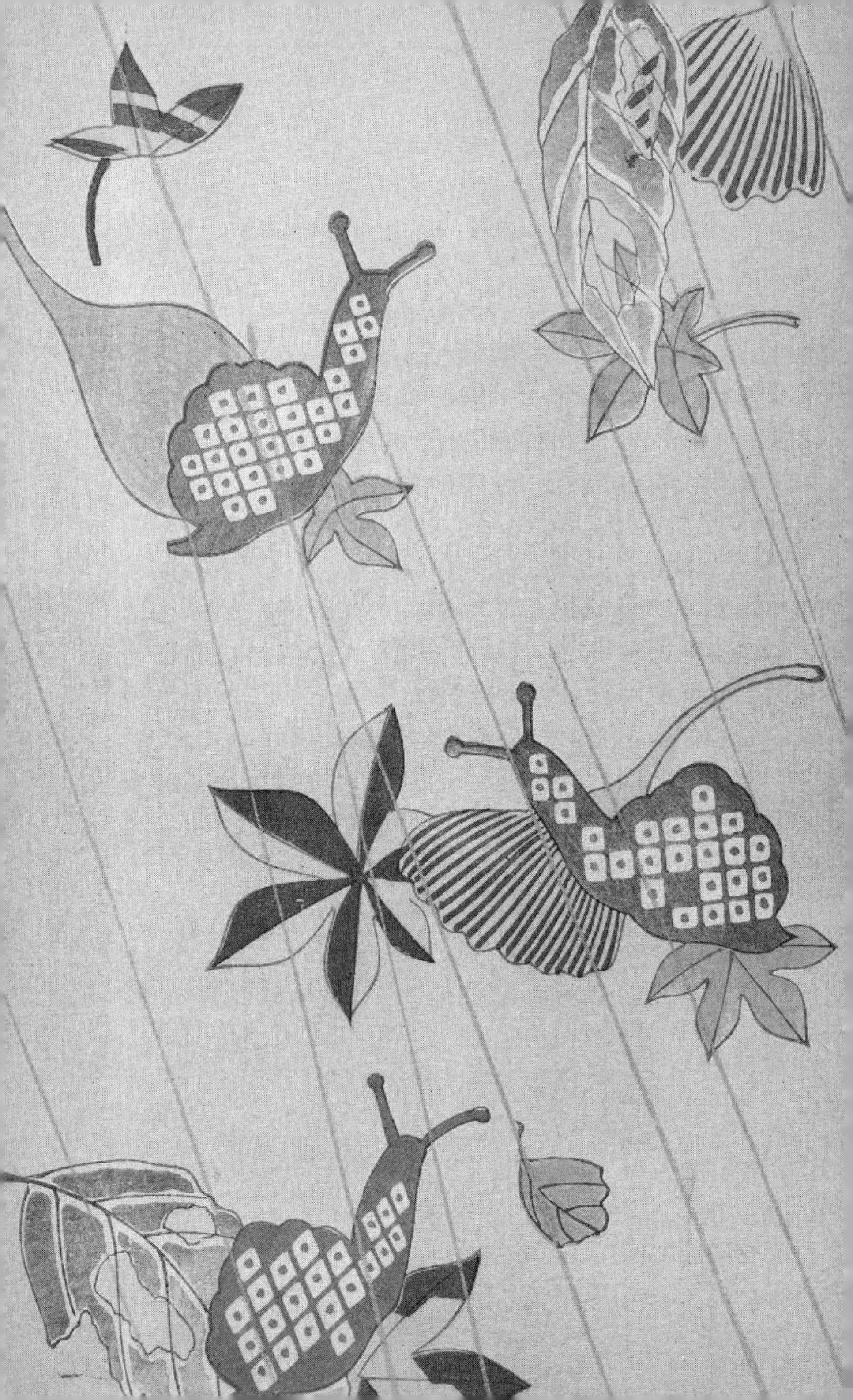

枕畔

因感冒，卧床两三日，看着枕畔的几样东西任思绪飘飞。

小屏风、旧烟具、"敷岛"烟、体温计、感冒药、茶盘、阿尔志跋绥夫的《爱欲三部曲》，还有一本陶渊明的诗集。

阿尔志跋绥夫的戏曲集是此书的译者内山君最近送给我的。其中引用了一段果戈理[1]笔下的伊凡·费多罗维奇·希邦卡[2]这个人物的故事。有一次，希邦卡做了一个有关结婚的梦。他梦见自己好像结婚了，看到了婚床，上面躺着他的妻子，可是他转头一看，椅子上竟然也坐着一位妻子，再转向另一边，发现那里还有一位妻子。希邦卡害怕极了，赶紧跑到院子里，本想掏出手绢擦擦额头上的汗，结果，口袋里竟然也有个妻子。另外一个人潜入他的生活，无论空间大小，无孔不入。这个短梦形象地反映出复杂的两性问题，一个人一旦结了婚，就再也不可能是一个独立的人了。

陶渊明的诗集是我从浅草的"朝仓屋"书店买来的旧书。年轻时，我喜欢杜子美和李白的诗，总觉得陶渊明的诗太枯淡了。如今，重读陶渊明的诗，才意识到自己的认识是多么肤浅。苏东坡力推陶渊明是中国的第一大诗人，他认为枯淡贵在外枯而内润，语言看似平淡，实则意韵深厚，陶渊明的诗便是如此。他曾做出这样的评论：如果连内涵也是枯淡的，那还有什么可提的呢？[3]这话很值得玩味。我认为真正的枯淡是把深厚的感情和丰富的思想用质朴自然的语言表达出来。

---

[1] 尼古莱·瓦西里耶维奇·果戈理·亚诺夫斯基（Nikolai Vasilievich Gogol-Anovskii，1809—1852），笔名果戈理，俄国批判主义作家。

[2] 果戈理的小说《伊凡·费多罗维奇·希邦卡和他的姨妈》中的主人公。

[3] 苏轼所著《东坡题跋》中的《评韩柳诗》原文为：柳子厚诗，在陶渊明下，韦苏州上，退之豪放奇险则过之，而温丽靖深则不及。所贵乎枯淡者，谓其外枯而中膏，似淡而实美，渊明、子厚之流是也。若中边皆枯淡，亦何足道？佛云："如人食蜜，中边皆甜。"人食五味，知其甘苦者皆是，能分别其中边者，百无一二也。

午睡

苦涩、甜美、寂寞、失落、愉悦……午睡的滋味儿多种多样。夏季，午睡比较简单随意，只要一领席子、一个不会汗湿的枕头就足够了，找一个凉风习习的地方躺下来即可，而冬天就不能这样了。年轻的时候，哪怕是在白昼最长的酷暑我也很少午睡，但随着年龄的增长，尝到了午睡的甜头后，即便是在白昼最短的时节，也时常小睡片刻。午睡，并不是因为不想工作，故意偷懒耍滑，而是觉得一项工作告一段落了该躺下休息休息，有时纯粹就是想躺下放松一下。偶尔，把古老的烟具箱拉到枕畔，抽上一袋对口味的烟，不管睡着睡不着，就那么静静地躺着也是很惬意的事儿。

在睡觉这方面，可以说小泉八云先生是与我趣味相投之人。有一次到山阴地方旅行，参观了先生的旧居，看到了先生生前珍爱的一个古枕。那是一个漆成黑色的小木枕，从那斑驳的漆面就可以想象到当初先生有多么喜爱它，眼前形象地闪现出先生枕着它午睡的模样。一个外国人，对日本的热爱竟然细致到一个古风的木枕上，这的确让人震惊。我也想感受一下枕着这样的枕头睡觉到底是一种什么滋味儿，于是去松江时便买了个出云的特产——木枕回来。回东京后时常拿出来枕枕，怎么说呢，反正我觉得作为枕头有点低了，而且木头的材质又太硬了，我试着把毛巾叠起来垫在上面，还是觉得不舒服。后来，我又入手一个中国制的枕头，涂着红黄两种颜色，但总感觉到它还是摆在中国风的房间里比较自然，放在我家，实在是不协调。不过，这枕头是典型的中国风造型，式样还算雅致，枕着也比较舒服。有一年夏天，我把它从衣橱里拿出来一看，发现到处都是老鼠啃咬的痕迹，原来的雅致荡然无存，于是，我就在它外面贴了一层花色清凉的和纸。去年夏天再拿出来时，发现和纸脏污了，于是我又换上了别人送给我的木版印刷图案的纸。那幅图案是光悦①的

---

① 本阿弥光悦（1558—1637）：日本江户时代初期的书法家、艺术家，在书画、漆艺、陶瓷工艺等多方面都有独到的成就。

绘画，颇有和歌"枫染龙田川，潺潺流水深"①的意境，片片红叶随着流动的水面起起伏伏，娇艳夺目。如果有朋友来访，午睡时，拿出来给他看，一定能够博他一笑。

　　于心绪烦乱的日常生活中，偷得浮生半日闲，放下手头的工作，午睡片刻能缓解疲累，愉悦心情。躺在那里，不经意间，可能会想起某个人说过的话，某个人写过的文章，也可能会冷不丁地想起一位精通烹饪的厨师，或者想

---

　　① 日本著名和歌歌人在原业平的代表作，「ちはやぶる 神代もきかず 竜田川 からくれなゐに 水くゝるとは」大意为：悠悠神代事，黯黯不曾闻。枫染龙田川，潺潺流水深。

起在某本杂志上看到的若狭鱼贩的故事。与现在不同,过去,京都是个吃不上鲜鱼的地方,但是厨师们之间都在相传,唯有若狭鱼贩送来的鱼不失其鲜美。后来慢慢搞明白了,若狭的鱼商从北陆的海边翻山越岭往京都送鱼时,必定要在鱼桶中放上细竹叶,这样就能保证鱼的新鲜。的确,精于此道之人必有高明之处啊。这个关于竹叶保鲜的趣话让人难以忘记。

午睡未必非要熟睡,拉过手边的一本旧词典,趴在上面也能小眯一会儿。不过,躺下时,尽量要身姿舒展。古希腊人就创造了一座睡姿雕像,一腿伸展,一腿微曲,以此来表现睡眠。看来,享受生活的古希腊人也深谙睡眠之道呢。

旅居法国时,曾到巴黎郊外参观过拉雪兹神父公墓[1]。那里埋葬着众多法国历史上的名人,客死巴黎的英国诗人奥斯卡·王尔德也安息在那里。墓园占地面积广阔,苍翠的树木顺着山势连绵起伏。往墓园深处走去,来到一座小小的锈迹斑斑的哥特式建筑前,一尊男女合体雕像静置其中,这里是阿拉伯尔[2]和爱洛伊斯的陵墓。男的是中世纪的哲学家、神学家、索邦神学院的教师,女的是一位非常有学识的修女。在这座黑斑点点的建筑旁边,立着一块石碑,上面生动地描述了他们忠贞不渝的精神之恋。四周围着一圈铁栅栏,里面盛开着不知名的花草。如果把这座雕像看成是一对午睡的恋人,那么这尊毫无羞耻之感、光明磊落地立于天地之间的雕像,究竟是在向世人倾诉着什么呢?法国诗人弗朗索瓦在诗中写道:"爱情带来悲哀和苦恼。"是啊,阿拉伯尔和爱洛伊斯死后才被雕塑成比翼双飞的形象展示在世人面前,这是爱情的纪念,又是爱情

---

[1] 拉雪兹神父公墓是巴黎市内最大的墓地,也是世界上最著名的墓地之一。里面为数众多的在过去两百年中为法国做出贡献的名人墓,每年吸引数十万来访者。

[2] 皮埃尔·阿伯拉尔(Pierre Abelard,1079—1142),法国哲学家,神学家。让阿伯拉尔广为人知的是他与爱洛伊斯的爱情悲剧。他们的爱情受到世人的阻挠,阿伯拉尔被阉割,爱洛伊斯被送去修道院做修女,他们之间的情书幸存了下来,成为了文学上的经典。1877年,他俩的遗骸被移至拉雪兹神父公墓合葬,他们的爱情故事成为文艺创作长久不衰的主题。

的哀伤,直让后世的青年男女羡慕又唏嘘不已。人类的真诚已无从寻觅,可怜又可悲。

我又想起年轻时代的一件事。我认识的一个姑娘,身体非常健康,夏天的晚上经常呈"大"字大大咧咧地睡在地上,挡住我去厕所的路。没办法,每次我只好从她身上跨过去,可这姑娘竟然浑然不觉,依然睡得呼呼的。当然这也无可厚非,青春年少嘛,就算抽掉枕头依然沉睡不醒的事儿很正常,这反倒证明身体是健康的。随着年龄的增长,一些年轻时做过或能够做到的事情,我们不会再做或者再也做不到了。不过话说回来,睡相优雅的女人才能算的上是女人中的女人。

足不出户,闭门听雨的午睡,是落寞的;没有朋友可倾心交谈的午睡是寂寞的;主动修养身心的午睡是甜美的;再没有比心思烦乱的午睡更让人苦恼的了。

酒飲めばいとど寝られぬ夜の雪[1]
(草庵观雪夜独酌,思绪万千不成眠。)

古人留下了这样的俳句。我也常常在难眠之夜喝上一杯清茶,结果愈发不能入睡。第二天烧上热水,在温热的浸泡中放空思想,忘掉一切,也算是我的一大乐事。在心浮气躁的日子里,我也经常动手添薪加柴,在狭小的洗澡间的炉灶前,听着木柴哔哔啵啵的燃烧声,让心慢慢沉静下来。

---

[1] 日本俳句诗人松尾芭蕉的名句。

195

故乡情思

　　故乡之所以难忘，是因为我幼时的亲朋好友一直生活在那里，还有那一如往昔的山峦和丘陵，随时在等待着我回去。也就是说，我幼年时代熟悉的人们、他们的话语、他们的乡音，还有那里的森林、河流、山谷……所有的一切都与我儿时的记忆密切交错在一起。每当我眼前浮现出这些场景，每当我回忆起这些，我的心就会飞回到久远的往昔。这就是故乡令人难忘的魅力所在，回到故乡就像是回到了自己的幼年时代。

　　我出生于长野县西筑摩郡御坂村，村庄位于木曾森林地带尽头的一处高山坡上，下面盘旋着的就是美浓公路。顺着木曾川流经的山谷走上七八里路才能到达村头，以前也曾是一个不足以道的小小驿站，周围是幽深的山林，多是松树林，再往外就是连绵的群山了，算得上是一个地地道道的山村。但是，通向美浓公路的一面却很开阔，美浓平原尽收眼底，如果是在天气极其晴朗的日子，就连远方近江的山山岭岭也依稀可见。沉寂古老的木曾街道的两旁，稀稀落落地排列着典型木曾风格的板葺屋顶房子，为了防避风雪，屋顶上还压着石块。我的家乡是个偏僻冷清的世外桃源似的地方。

　　就是在那样的小山村，我度过了此生再也回不去的童年时代，一直住到九岁。故乡永远深藏在我心中。一直以来，每到夏日的傍晚，看到远处美浓的群山斜坡上飘荡的磷火时，我就会想再往那就是惠那山了，那可是故乡的山啊，不由得就会沉浸在美好的回忆中，种种看什么都稀奇，看什么都惊奇的童年趣事便会在脑海中一一闪现。

　　人这一生，基本上是在刚懂事时就决定了，以前我就听过这样的说法，最近，尤其觉得这一观点是有道理的。毋庸置疑，青年时代在一个人的一生中占据非常重要的位置，但是在极其幼小的童年时代，这个人就大体确定了自己一生要走什么样的道路。大家可以想一想，我们的人生，我们长大后的各种思想意识、生活习惯等，不都是在八九岁时就已经萌芽了吗？每每想到这些，我就会感到非常震惊。不管我的故乡是怎样破落的乡村，不管那里的土地有多少石子，是多么贫瘠，但是我在那里度过了童年时代，没有了那周围的一切，我的记忆将是一片空白，所以，无论什么时候，我都不能轻视故乡对我一生的影响。

　　在此，我想举个小例子。我的家乡缺水，在这样的环境中长大，我强烈地感受到自己对水有一种异常的执着，而且这种思想一直贯穿于我这半生中。一想起童年时代的烙印竟然如此长久地影响着自己的生活，我就深感震惊。前面已经说过，我的家乡是一个地道的山村，很难弄到水。因此，就在村后挖了一些蓄水池，用长长的竹管用从远处的山谷引来水贮存起来，村民们用扁担挑着两个木桶，上上下下走过一道道石阶路，到那里去打水。要不然，就得打一口极深的井。那种水井深不见底，不要说井底的水面了，就连伸下去的系水桶的绳子都看不清楚，太阳光也照不进去。当年，我家屋后就有这样一口深井，但是去挑水时，也得爬下好多道台阶，穿过几块田地才能走到。生长在如此缺水的环境中，所以很小的时候我就意识到一定要爱惜水。也可能是这个原因吧，从小我最喜欢的就是到有水的地方去玩儿，去看水。挑水的人们聚集在井边，我站在他们身旁，听着吊桶的声响，看着从深深的井底提上来的清水，心里说不出地高兴。

　　我还记得，小时候滚着铁圈到村后的蓄水池旁边玩，望着一眼望不到底的清水，看着大人们围过来提水，听着他们爽朗的笑声，小孩子的心里也会充满了欢愉。

　　对故乡的这种印象，在我离开村子远走他乡之后越来越清晰了。即便是我回忆起在信州的小诸度过的七年时光时，首先想到的也是我在小诸的居处附近的那口水井，其次是从浅间的斜坡引来的涓涓细流。后来，离开小诸，下山移居东京，曾在西大久保住了一段时间，那里的水井很浅，可以用木杓直接舀水。那口水井最能牵动我心,每当看到它,才猛然意识到我已经住在东京的郊外了。

每当工作劳累想休养一下的时候,我总是选择到上州的矶部去,所以惹得别人经常会奇怪地问:"那么普通的地方到底有什么好?为何一次又一次到那里去?"其实,还真没什么特别的目的,我只是想去听听碓冰川的水声。不光在国内,就是在海外我也是如此。欧洲战争爆发的那年秋天,我在法国中部城市利摩日的乡间度过了两个半月的时光。维埃纳河流经城外,我时常跑去河边倾听河水的声音。

维埃纳河上有一座邦·奈夫石桥,石桥底下有一个法国式的公共水龙头,那里经常聚集着一些前来打水的,身穿法国乡村服装的女人。那些女人的身姿、精致的石砌水龙头支柱,都让我百看不厌。从一片陌生的土地到另一个陌生的地方,你要问我旅行的印象,我会告诉你,每到一处,我的注意力总是不知不觉地被水所吸引。我如此地喜欢看到流水,尤其喜欢看人们打水的场景,归根结底,还是幼年的记忆使然。小时候生活在缺水的木曾山里,从而养成的珍惜水、喜欢水的执念已经深入我的骨血。

可以说,水,强烈地影响着人们的生活和意识。罗马也是水资源匮乏,所以你能从文艺复兴时代的艺术作品中看出罗马人对水的渴望。据说,他们移居时,必须首先建造蓄水池。也许法国人有拉丁血统的缘故,他们开辟殖民地时,首先考虑储水的地点,其次才开建道路。

话题扯远了。总之,每当我想起故乡时,必定是那里的水井和蓄水池首先涌现在脑海中。而且,我总觉得自己对水的这种异常的执念,也可以说是一种癖好吧,就是孕育自那深深的水井和村后的水池。每当这样想的时候,我分明感受到微笑从心底爬到了脸上。

桃

　　三月桃花节[1]和五月菖蒲节[2]，是一年中所有节日里最让人感到亲切的，因为这两个节日不仅季节感强，而且是属于孩子们的节日。在这样的日子里，拿出已故亲人们遗留下来的老旧人偶，摆放在祭坛上。幼小的孩子迎来这一天，欣喜自己的成长，大人们迎来这一天，追忆自己的少年时代。

　　白酒、菱饼、桃花饰物，是庆祝三月节的必需品，每一件都能引起你的兴致，让你忍不住去给孩子们讲述那传承已久的故事。准备开口歌唱的合唱人偶，古典少年乐队的五人乐手，这里所有的一切都是玩具，都是那童话或童谣世界的再现。这可能只是在我们国家才有的祈福孩子健康成长的节日，但我认为这是一个美好的风俗。过节时炒制的豆子，红白相间，好似娇艳的桃花蓓蕾。

　　正如五月的菖蒲节适合男孩子一样，桃花则与女孩子更相配。你看那海棠的身姿，修长的花串低垂，花瓣肆意绽开，一副多愁善感的模样，怎么看也不会让你想起天真的少女。只有紧紧贴附在红褐色枝头展开笑颜的粉色桃花，才会让你想起女孩儿无邪的笑容。两尺、三尺，只要你看着它那迅猛的生长势头，就不由得会想到精力充沛、前途光明的少女。你再看那桃花的蓓蕾，简简单单地慢慢鼓胀起来，既有河边垂柳的野趣，又多了一份儿娇羞，完完全全展露出少女的娇矜清新。

---

[1] 三月三日是日本的女儿节，三月又是桃花盛开的季节，因此又叫"桃花节"。有女孩子的家庭，这一天会摆上做工精湛造型华美的宫廷服饰的人偶、桃花、菱饼等，以祝福女儿健康成长并获得幸福。女儿节人偶大多是长辈赠送的，甚至成为女性出嫁时重要的嫁妆。

[2] 每年五月五日这一天，日本民间要饮菖蒲酒（用菖蒲浸泡的酒），进行菖蒲浴（用菖蒲浸泡过的水洗澡），这就是日本的菖蒲节。日本人在节日期间，家家户户升挂鲤鱼形的旗子，希望孩子像鲤鱼般活泼和精力充沛，因此，菖蒲节又叫"男孩节"。第二次世界大战后，把五月五日定为儿童节。

越过漫长的冬季，黄梅、福寿草、连翘的季节也过去了，此时观梅已迟、赏樱尚早，但桃花给我们带来了春的亮色。暖雨淅沥、草木复苏时的欢乐是难以用语言描述的，这是"生命之虫"从漫长的冬眠中惊蛰而出的时节，这是一场春雨一分暖的生意盎然时节。桃花不似樱花、牡丹那样使人沉醉，它只是静静地为我们传递着万物复苏的讯息，温暖着我们冷漠麻木的心灵，让我们想起曾经的少年春天。

わが衣に伏见の桃の雫せよ
　　（请将伏见桃花露，滴落我衣襟。）[1]

古人借桃花表达了如此细腻的感情。桃花的露水，到底沾染了什么样的衣衫呢？看样子是滴落在可爱姑娘的和服里面的衬衣袖子上了。然而，这种少女的情感却出自一个在伏见西岸寺遇到任口上人时的俳句诗人的内心，尤其令人遐想。

以前乘船远航，曾经在上海短暂停留。当时，在古河公司人员的陪同下，我们乘坐马车一直到达法租界，我去游览了中国著名的园林——愚园，还去参观了李鸿章的陵墓遗迹。革命后的民国时期，李鸿章的铜像已成废弃之物，被推到在一座假山上。一代荣华烟消云散，破败荒废的庭院恍如一场残梦，只有那些建筑依稀显露出昔日的荣光。听说这些建筑曾被改用为学堂，中国式的瓦砌屋顶，独具特色的窗户，白色的墙壁无言地诉说着过去的辉煌。在这遭受破坏的废址上，竟然有红红的桃花盛开在庭院一隅，分外显眼。那桃花是我上海之旅中最深刻的记忆。

从中国再向西行，就看不到桃花了。地中海沿岸的法国马赛港，气候与

---

[1] 俳句诗人松尾芭蕉的名句。原文带有"伏见西岸寺遇任口上人"的标题。伏见，京都的地名。

我国相差不大，而那里的植物园里却不见桃树的踪影。每年春天，巴黎大街上的欧洲七叶树开花时，我经常与留法的美术家一起去郊游，有时去圣克鲁，有时去圣·日耳曼，有时又去罗班松。那些地方到处盛开着樱桃花，耀眼夺目，但是三年旅法期间，我从没有看见过桃花。到法国中部的利摩日旅行时，我好像看见过桃树，但也记不清了。至今我还清晰地记得法国农家的后院里栽满了果树，快要成熟的法国青梨挂满了枝头，但是，我印象中只有梨，根本不记得有桃了。

一提起桃，最爱其花，这完全是东方人的情趣。即使你到了法国的田园乡村，要想和在自己国家那样，从桃花上感受明媚灿烂的春光，那是不可能的。

桃树的叶子也很可爱。细长的叶片闪着光亮，让人感到一种内在的盎然生机。茂密重叠的叶片之间挂满小球状青果的时期，也分外好看。工作些许疲劳时，邀几位情投意合的朋友，一边静听小鸟的鸣啭，一边在桃树荫下散步，最能放松身心。

说到桃树，又让我想起信州山上有个叫守山的地方，就是以桃园名扬佐久地区。有次从小诸到守山一日游，一路上都是桃树浓密的绿荫，那情景至今难忘。闻着桃叶的青气，鼻中充溢着枝头上成熟的水蜜桃的香味，然后走进桃园中的小屋，再品尝一下刚摘下的香甜桃子，那种视觉、嗅觉、味觉上的满足也让我难以忘记。

秋草

前些天，我想着开始写一点儿关于今年夏天的事儿，没想到一开头就有点收不住笔了，零零碎碎写了许多，诸如用亲戚送的桃叶治好了痱子；有好几个晚上一直敞着门儿也热得难以入眠；不知什么时候就冒出了多学点东西的想法……之类的琐事杂谈。今年这罕见的燥热，促使我心生一种写点纪念性文字的想法，于是便把流个不停的热汗托寄于廊前的秋草，写下了这些梦呓般的文字。多少年没有遇到过今年这样的极热天气了。我居住的这个城镇中，很多花草没有等到秋天就已经枯死了。在坡底的进出口处，开裂的石阶旁边的野草也是如此。平日里热心的花匠送我的那些浅根盆栽的秋之七草，也相继走向死亡。不过，好歹还有那么一两种秋草，坚强地挺了过来，骄傲地在我眼前摇曳生姿。与许多在山间长大的人一样，我的生活中不能没有花草，所以一直以来养了各种各样的花草，然而由于光照不好，又不通风，再加上我住的这个位置就像是深陷在谷底一样，因此不管什么花草都长不好。幸运的是，唯有我喜欢的蕙兰还在顽强地生存着。

我领你看看我家的院子吧。唉，说是院子，只不过是巴掌大点地方，只有几棵花草挤在那狭小的空间里，不过，这种中国兰花盛开时还是值得一看的。蕙兰，相对于春季开花的兰花，可以称作秋兰。如果说春兰是在漫长的冬季、于霜雪的严寒中坚强孕育着蓓蕾的北国植物，那么蕙兰就是忍耐着酷暑怒放生命的南国植物。每当绿影扶疏、白花绽放的时候，更加让人感受到秋草的清幽。眼下，正值蕙兰的盛花期。这么说来，它是长期住在都市里的人们的观赏物，给人带来城市中的夏季的亲切感。

我也喜欢夏季，这个季节里的种种景物和情趣都令我身心愉悦，虽然炎热，却是我一年中最沉得下心来写作的时期，所以，以前我几乎从不到外地去避暑，今年亦是如此，高高兴兴地等待着夏的到来。奇怪的是，唯独今年，我一直没找到那种真正的夏季短夜的感觉。今年夏天，既没有凉风习习的傍晚，又没有凉露侵人的清晨，蝉从拂晓开始就聒噪不止，广播体操的喇叭声一大早就响彻上空，城市里的气温每天都高达三十度或以上，夜晚白天没有什么不同，根本不会让人有夜晚的感觉。为了应对酷暑，我在屋前狭窄的空地上竖起十四五根竹竿，扎起了一道五六米长的篱笆墙，种上了牵牛花。我这倒不是在学古人的隐逸，而是因为邻居家高高的铁板墙反射过来的烈日，正好照射到我家入口处的格子门和面对院子的窗户上。

我知道日出前给牵牛花浇化，能促使它的发育，于是这成了我每天早上的必做功课，也因此得以见证了这可爱的秋草的成长。我看着那五颜六色的花、形形色色的叶、顺着竹竿盘旋的蔓，心想牵牛花大概是一种相当古老的花草吧。捱过了闷热难眠的夏夜，天刚泛白时，我就起床了，享受着黎明前的静谧。打开窗户一看，篱笆墙那边还是一片黑暗。不久，在红蓝交织的基底上，花朵慢慢舒展开来，先是深蓝，再是淡淡的红黄色，继而又是紫色，最后那白色的花边依稀可见了。爱热闹的家人围拢过来，欣赏着花的姿态，争相给它们起名字，这个叫"大音语屋"①，那个叫"橘屋"，还有的叫"勤奋家"……有的人看着这水灵灵的牵牛花，就起了讨要之心，半真半假地说："给我一棵吧！"从大森过来卖鱼的汉子，在这块狭小的地面上放下担子歇歇脚，有时一不小心就把刚刚孕育出花蕾的草根踩折了。

太阳毒辣的中午头儿，屋里一丝风也没有，站在这篱笆墙下，却能感受到从坡道的石阶方向吹过来的微风。我在这道篱笆墙前来回走动着，想起了那位终日对花凝眸、被称为"牵牛花控"的鲛岛理学士，想起了他给我讲解有关长臂猿、狮子和牡丹的知识，言犹在耳。如今，我也栽种了他所喜爱的花草，而且我明白了每种花草都有自己的盛花期。有个叫罗丹的人说过：恐怕任何艺

---

① "音语屋""橘屋"是日本歌舞伎著名演员的屋号。观赏歌舞伎时，如果为喜欢的演员喝彩，必须称呼他的屋号。

术家都不可能讲清楚花的纯粹。如今，我悟出了这句话中蕴含的真理。我不清楚是什么时候、又是谁把牵牛花叫作秋草的，我只觉得从梅雨初霁到秋风送爽的这段时间，牵牛花给我带来清凉、供我品玩，是多么值得珍视。

我写下这篇小文的时间是九月十二日，此时，房间里氤氲的已经是清凉的秋气了。这个夏天，我连往年三分之一的工作都没有完成，有人劝解我说："至少没有什么烦心事，这不就是值得庆幸的事吗？"于是，我就以此自我安慰地度过每一天。而牵牛花在此期间，只休息了两天，每天早晨都会在篱笆墙上展开笑颜。今天早晨亦是如此，十八九朵醒目的牵牛花竞相展示着怒放的生命，可是过不了多久，它们又会慢慢地收缩合拢，在深秋的空气中演绎着另一道依依不舍的风情。

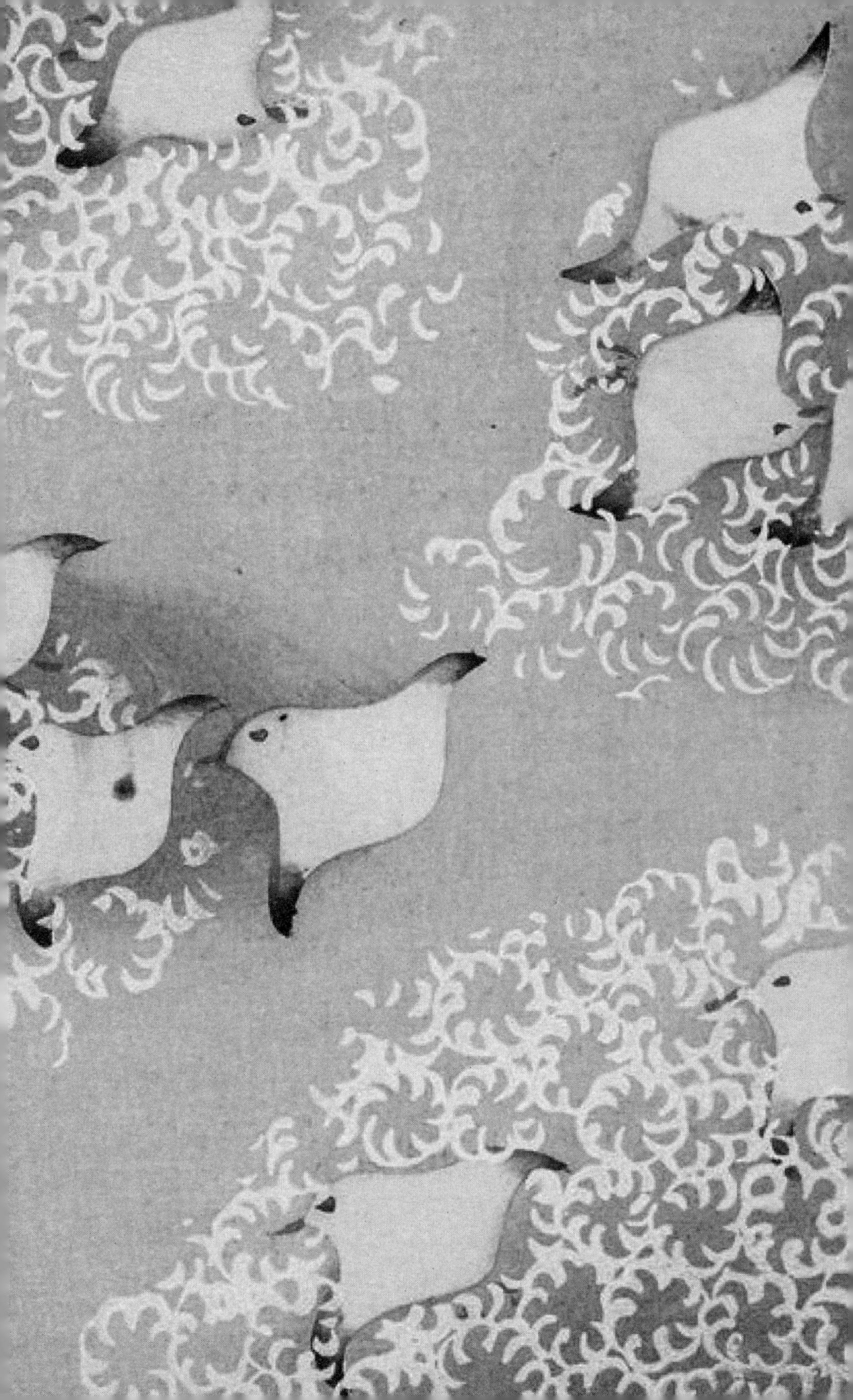

雪窗

难得下了雪。从去年十一月一直到年后的一月份，天气持续干燥，眼看着饮用水都快供给不上了，却依然没有一丝下雨的样子，院子里的泥土干成了灰土块儿，草木也是一副奄奄一息、濒临枯竭的模样。正因为如此，这场雪才显得如此珍贵。我感觉到盼望已久的雪正慢慢地将这座城镇掩埋起来。夜晚，雪悄无声息地降落着，屋外万籁俱寂。这，不是一般的宁静，而是一种潜藏在越积越厚的积雪中的宁静，是一种给这座干渴、几近窒息的城镇缓缓注入勃勃生机的宁静。

雪来了，赶走了盘踞在每个房间角落里的黑暗，就连北面的窗子也骤然明亮了。因为下了雪，不知不觉地心情也愉悦起来，从这一点来说，不管我们到了多大年纪，依然是雪的孩子。想起住在麻布饭仓的时候，因为那里是丘陵地带，那一带的街道上多是陡峭的斜坡，出生于山区的我，一下雪就记起了儿时玩雪滑冰的情景，于是玩性大发，常常走出位于低洼处的家，跑到植木坂上去滑冰。

刚降下的雪看似冰冷，实际很温暖，踏上去让你心生欢喜。我的家乡虽不是多雪的山区，但每年冬天，门前的古道也会变成银白的雪路。马车往来其上，从皮革的缰绳、麻料的蝇甩子、带家徽的马兜子，到马鬃、马尾，都被雪水濡湿了。出生于祖屋里的先人，包括我的祖父和父亲，历代干着迎送旅客的营生，所以一到下雪，总会引得我思绪联翩，眼前总会浮现出在那雪路上辛苦奔波的先祖们的身影。

雪中埋藏着太多、太多的记忆。稍微回想一下，眼前就会闪过数不尽的幻影，有的血染白雪，有的跪坐在深雪中⋯⋯

过去的人们运用各种各样的形式向我们展示生命的奇妙，雪中的活动就是其中之一。那位不死鸟般的白鹭姑娘的浓情寄于古典舞蹈之中，流传至今，经久不衰,正是因为此故事就是发生在雪岸边的。站在冬日的牡丹花前,好似听到了千鸟的鸣啼;为寒冷所苦时就想到了风雪中的寒号鸟……古人的各种联想也说明了这一点。

我又想起了有关已故的川越的老母亲的一件旧事,这故事一直流传在我家中。老母亲在姑娘时代,曾是松雪庵茶师的内弟子。据说,这位茶师做过十年的云游四方的尼姑,后来作为茶人继承了松雪庵,一生过着朴实的生活。在一个大雪之夜,松雪庵茶师委托年轻的弟子——我的母亲到一位炉火从不熄灭的挚友家去献茶。这位年轻的女子梳着"银杏卷"①,一身朴素的古代装扮,在棉絮般纷纷扬扬的大雪中急急赶路,或许她心中燃烧着的热烈的风雅之情让她忘记了脚上的布袜子被雪水濡湿后的冰冷,也或许这位年轻姑娘的双脚被脚下的新雪温热了吧。

応応と言へど叩くや雪の門②
(连声回应夜访客,雪中仍闻叩门声。)

这句俳句表达的正是这种意境。在古代,的确就有这样的人、这样的事啊。

---

① 日本江户末期流行的一种女士发髻。
② 日本俳句诗人向井去来的名句,大意为雪夜中来客叩响了门,虽然主人"来了,来了"应答着,但声音被大雪吸收了,客人没有听到,于是继续叩门。

花草的对话

芭蕉　呀,我终于完成了越冬的准备。
蕙兰　我可真佩服你这个折腾劲儿。我就奇怪了,你就这么怕冷吗?
芭蕉　眼看着秋冬之交的阵雨季节就要到来了,我已经冻得有点浑身哆嗦了。
蕙兰　你还真是敏感呢。你看看咱们周围的伙伴们,兰花、冬菊,还有那小小的观音草,有哪个会怕这冬霜的。只有你,这样那样地瞎折腾。
芭蕉　唉,我和你没法比,在寒冷面前,我可做不到平心静气,我是既怕风又怕雨。我的主干看上去像树木一般粗壮,好像坚硬得连斧头也砍不动,其实不然。我的叶子很快就会被冻裂了,这你也清楚啊。我要是不做好准备,今年恐怕连这下霜期都熬不过去。话说回来,难道我这副样子让你如此惊奇吗?
蕙兰　我还没有见过像你这样怕冷的。就是看到你那瑟瑟发抖的样子,有人运来一些草垫子堆在了院子角落里。我眼看着他走过来,给你围上了稻草衣服,又拽下腰间挂着的黑色细绳捆绑起来,连你的眼睛都给包裹起来了,这还不算完,最后,又给你带上了一顶深深的草帽子。
芭蕉　我穿着这身过冬的装备,在你眼里是副什么形象呢?
蕙兰　就像一个穿着蓑衣、戴着斗笠的人站在那儿。
芭蕉　哈,这副孤独旅人的形象还真适合我呢。

芭蕉　蕙兰呀,我一动也不能动,连天空都看不到了。
蕙兰　谁让你胆小怕事地包裹成这副样子呢。
芭蕉　唉,我穿着蓑衣、戴着斗笠,整个漫长的冬天都得一动不动地站在这儿,你体谅体谅我呗,至少陪我说说话,让我听到你的声音。你为什么总是一声不吭呢?

蕙兰　我们关系这么熟，还有没话找话说的必要吗？

芭蕉　也是，的确像你说的这样。

蕙兰　想想以前，我看到点什么听到些什么都想给你说说。看见你的卷叶扬起了头，马上告诉你；我开花了，也会马上叫你看看；看到山楂树的细枝上结出一个红果子，也会立刻跟你说说……但随着我们的友情越来越深厚，渐渐地连话都不用多说了。

芭蕉　我明白你的心情。

蕙兰　不仅仅我们是这样。想想秋风乍起时，各种声音充斥着这个小小院子里的各个角落，热闹不已，待到萧索的秋风停歇后，凄冷的秋雨又淅淅沥沥地下个不停，如今，静寂的寒冬来到我们身边了。

芭蕉　蟋蟀怎么样了？

蕙兰　凄冷的秋雨已经让它们沉默了。

芭蕉　想当初，那些家伙们在这庭院的角落里，就连大中午头上也聒噪不停。对了，那时正值你的花期，你那盛开的白色花朵当真令人难忘啊。

蕙兰　啊，我的花让你如此念念不忘吗？

芭蕉　是呀，太漂亮了，花和叶的搭配很协调。那柔白的花，那嫩绿的叶，也只有你才能开出那样赏心悦目的花呢。

蕙兰　我记得当时有人来访，当着我的面对主人说："好雅致的花啊！"我听了，心里着实很高兴。

芭蕉　是呀，你既不像燕子花那样妖艳，也不像罂粟那般娇媚，你集清秋之气于一身，让人不禁惊叹于你的低调优雅。这院子里的人和物真是眼睛都不好使，竟然分不出你和春天的兰花来。其实，你只要睁开眼给他们看看，马上就能看出你们的不同之处。

蕙兰　我的花期已过，蟋蟀的鸣声也听不到了。

芭蕉　经常跑到你叶子上来玩耍的螳螂怎么样了？

蕙兰　螳螂也随着落叶儿一同死去了。

芭蕉　这些我是深有体会啊。有时，我总会想，我不能再这样待下去了。

蕙兰　我倒是常常想，是不是像你那样身穿蓑衣头戴斗笠一动不动地站在那里，带着这种幽默搞怪的心情，日子会过得更安稳呢？

芭蕉　蕙兰呀，你听说过俗称"四年草"的植物吗？其实，我就是其中的一种呢。我真羡慕你能迎来几度花开花谢的日子，不像我，四年才能开一次花。

蕙兰　听上去，怎么觉得你有点害怕这一天的到来呢。对我们来说，开花，哪怕只开一次，不也是最可喜可贺的事情吗？

芭蕉　可是，你不知道啊，那也就意味着我生命的终结啊。我的开花之时就是死亡来临之日。

芭蕉　我亲爱的朋友，说吧，说点什么吧。对我们来说，说话不就等于一种放松吗？请你明白，我的生命虽然短暂，但我并不那么悲观。

蕙兰　你怎么像是在说梦话一样，前言不搭后语的。

芭蕉　我只是想告诉你，我这有限的生命已经过去了一半。对我来说，过去的两年岁月，就像是过了人生的三十年、四十年，而且我是竭尽全力地活着的。

蕙兰　明白了。就是因为这个吧，你这一年之中一下子长高了三四尺，真是令人敬佩啊。

芭蕉　你也会替我这样的成长而高兴吧。你见证了我夏天时的生长速度，一片又一片的叶子迭出，你肯定也感受到了我用不断延伸的叶脉来证明自身的愉悦之情。不是曾有人这样说过嘛，形容我的叶片硕大到足可以覆琴。你肯定也看到了我给这座院子带来的处处绿荫吧。

蕙兰　是啊。那时，你一点儿也不用因叶子变老而苦恼，你不断迸发着生命力，直到晚秋仍不见衰退。不管什么时候，你都是一副新生的模样，一个叶卷儿刚打开，马上又长出了一个新的叶卷儿。不仅如此，虽然同为草木，但是在咱们这些伙伴中，我还从见过有谁像你那样喜欢运动的。不管是下雨，还是刮风，还是在烈日下，你总是不停地挥动着你那硕大的叶子，那时的你是多么狂放啊。

芭蕉　我不能一直就那么待着不动啊。

蕙兰　你时常给我带来震惊。记得一个夏天的夜里，我醒来，听到了你的根汲取水分的声音，而且你晚上也不睡，拼命地呼吸着仲夏的生气。废寝忘食地努力生长，说的就是你呢。

芭蕉　我的生命是有限的。花开的绚烂和死亡的降临几乎同时在等待着我，我必须考虑接下来要如何生存。

芭蕉　生命是不可思议的，蕙兰，难道你不这么认为吗？

蕙兰　嗯，这一点，我已经在你的母株身上体会到了。

芭蕉　是啊，今年秋天，我的母株在我的身旁枯萎死去了。

蕙兰　要让我说，我认为我体内有几个生命力的中心点，我的生命就是围绕着这几个中心，相当复杂地延续开来，而你不同，你只有一个生命力的中心点。看看你的叶卷儿就明白了，所有的力量都向着一点集中。唯有一个生命的中心——这就是你的生存方式。我亲眼看到了你的母株，竭一生之力迎来了一次花开，然后默然死去。就是从她身上，我领悟到这些。

芭蕉　是的，是的，的确是你说的这样。可是，我无论如何也做不到这一点。我的母株短短四年的生命，或许相当于别的草木七十年甚至八十年的人生路，她痛彻地感受到了最初也是最后一次开花的喜悦，而这种喜悦是以死亡为代价的。

蕙兰　嗯，你的母株枯萎时，看上去就像是一个高龄的老者。
芭蕉　我没想到母株会枯萎得那么快，浑身起了褶皱，就像老人的皮肤一样。其实，今年春天，我已经感觉到母株的衰老，但她依然顽强地迸发着生命力。你不是看到了我和母株并排站在院子里的情景了吗？
蕙兰　是呀，她好像在不断地给你输送着生命力。她站在你的身旁，真不知道给你带来多少支撑的力量呢。
芭蕉　蕙兰，今年你也看到芭蕉花了，那一定是一种奇异的花吧。
蕙兰　嗯，虽然亲眼看见了那莲花样的花瓣绽放后，从中掉落下黄色的花粉，但我还是心存疑问。我真不敢相信酸甜的芭蕉就是从你们身上长出来的。

芭蕉　我的草笠湿了，是又下雨了吗？
蕙兰　下雨的季节已经过去了。
芭蕉　我觉得每下过一场雨，冬天就又近了一步。我能想象到冬天的棕榈树被雨水打湿的模样，树干肯定油光发亮；还有那青绿的梧桐树干，淋了雨后颜色肯定更深了；还有那黑黝黝的枫树的枯枝……这些只有在雨过天晴之后才能看得分明。这么说来，停留着我眼中的还是初冬时这庭院里的景象啊，周围的草木，有的干枯了，有的还残留着绿意，大家以不同的颜色、不同的形态等待着冬天的到来。真不知道那日甚一日的寒霜到底把这院子变成了什么模样？
蕙兰　山茶花已经看不到了，初冬时摇曳在枝头独成一道风景的淡红色花朵早已落光了。白色的八重山茶花开出了今年最后的花蕾，如今也被霜打蔫了。
芭蕉　茶花现在是什么样儿？
蕙兰　它正在孕育来年的花蕾。

芭蕉　那棵茶花的旁边应该还藏着一株玉帘吧。
蕙兰　是的。在预先筹划这方面，玉帘可一点不比茶花落后，它已经冒出了青青的嫩芽，贪婪地吸取着冬日暖阳的光和热。
芭蕉　棣棠一定在寒风中瑟瑟发抖吧。
蕙兰　棣棠还真是一位风景画家呢，只有它残留角落里，为这院子点缀着金黄的色彩。它的叶子眼看着就要落下来了，却一直坚持挺立在枝头。
芭蕉　是啊，冬天表面上看似枯萎，实则润泽，看似单调，实则美丽。

芭蕉　根据我的经验，一年之中会有两次让人深深感到这世界的空虚，一次是在夏季的短夜，一次是在冬季的短日。不过，这两个时候都是我喜欢的。
蕙兰　你喜欢的冬日已经来到了。
芭蕉　冬日会让你产生什么都没有，一切都是空的感觉。正因为如此，才能慢慢注入、充盈着生机。
蕙兰　冬日的蓝天也很美。这时节背阴的地方阴冷，向阳的地方温暖，差异很大。让人不可思议的是，你还会感到我们体内有什么东西正在觉醒，那就是阳光的爱意。
芭蕉　恐怕喜爱简素之人无不喜爱这样的冬日吧。冬天，把自然最简素的一面展现在我们眼前。

蕙兰　我问你件事儿，听说你是用三元五角钱买来的，是真的吗？
芭蕉　是真的。
蕙兰　我听说还有买卖人类的。
芭蕉　我也听说过这样的传闻。你想，连人都可以买卖，更何况我们花草树木呢。从大街上为人遮阳的法国梧桐、公园里供人休憩的银杏等大型

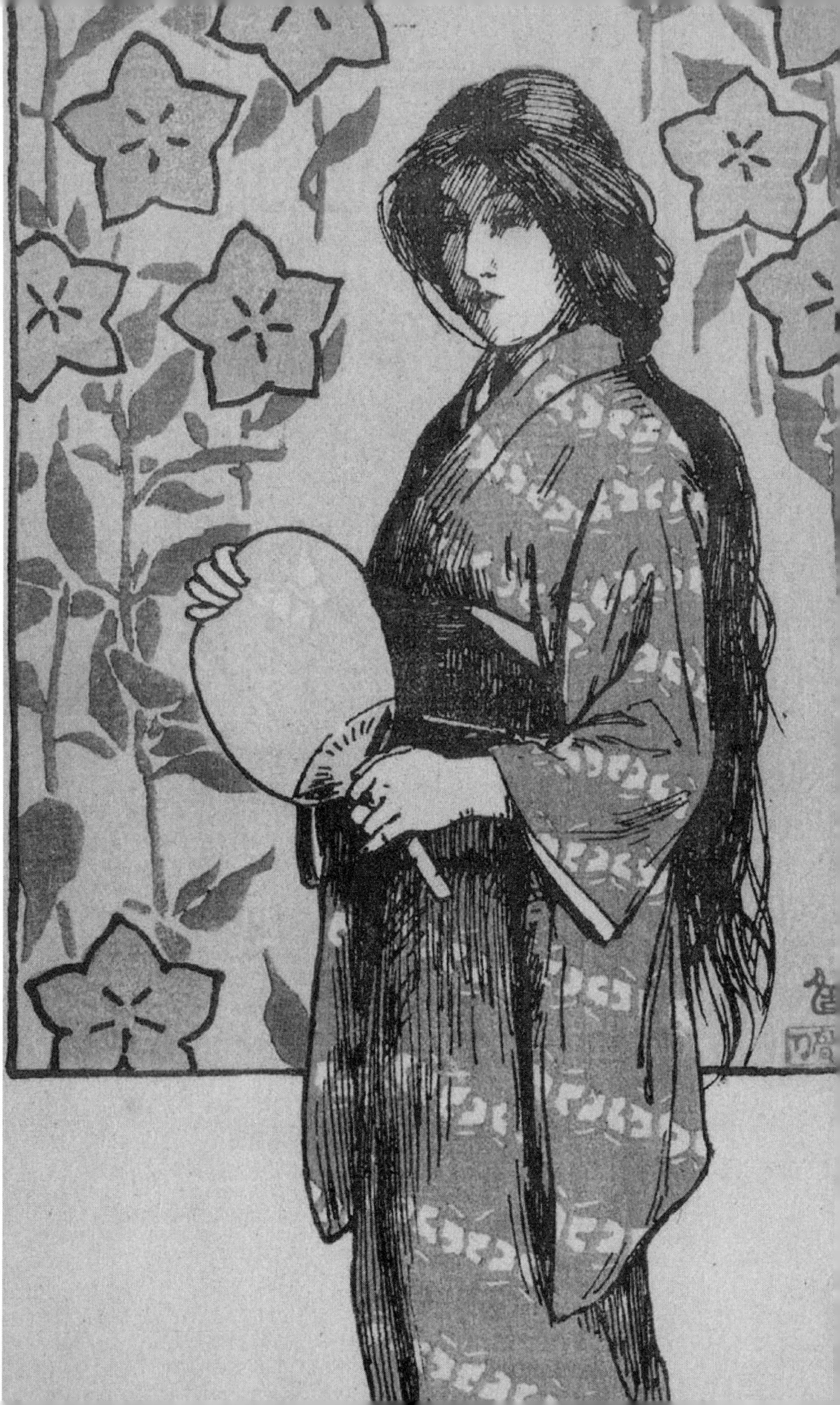

　　　　树木，到花店里的各种奇花以及庙会夜市上的福寿草等小小的花草，我
　　　　们的这些伙伴们，哪个不是被买来卖去的。把我送到这里来的是一个花
　　　　匠，他把我装在货车上，赶了很远的路来到这里。当时，这里的主人一
　　　　点也不喜欢我。那个花匠站在院子里琢磨半天，最终把我种在了你身
　　　　旁。也就是从那时起，咱们俩成了朋友。

蕙兰　　是的。我还记得你被车子运送到这里来时的情景，当时，马醉木、蔷
　　　　薇以及这院子里所有的花花草草都睁大了眼睛看着你这个新来的小伙
　　　　伴，我还记得为了埋下你那粗大的根系，两个人合伙挖了一个三尺多
　　　　深的大坑。

芭蕉　　嗯，就是那个时候，这里的主人给了那个花匠一些钱。不过呢，我发现
　　　　我来到这里过的并不是那种由金钱支配的奴隶式的生活，不到半天时
　　　　间，我就意识到这里的主人就是我的朋友。

蕙兰　　喂，我问你件事儿。今年秋天，院子里运来了几块大石头，其中一块就
　　　　放在了我的身旁，我们都感觉到了来自这些石头的压制。听说是为了限
　　　　制你惊人的分生能力才运来的，是真的吗？

芭蕉　　这也是真的。

蕙兰　　我告诉你啊，原本种在院墙边上的竹子被移走了，就是因为它那发达的
　　　　根快要把储藏室地板给顶起来了，墙上有些不太结实的地方已经快要被
　　　　它给拱破了。

芭蕉　　或许我的身体内也潜藏着这股蛮劲儿。不过话又说回来，如果没有这种
　　　　力量，我们又怎么能挺立在这儿呢。

蕙兰　　有人说过这样有趣的话，世上有三种稀奇事儿，不，是四种：鸟在空中
　　　　飞，蛇在石上爬，船在海上行，男往女处奔。看来能说出这种话的人也
　　　　有失误啊，他竟然忽略了在土中钻行的你。

芭蕉　我紧紧抓住泥土，就像小婴儿抓东西一样。你看看那些小婴儿，看似娇弱，可一旦抓住什么东西，就紧握在手中，你抢都抢不过来。我的主干虽然柔弱，叶片也容易破裂，但我的根系很强壮，这就是我的本领呢。

芭蕉　好久没听到有人来打扫院子了。
蕙兰　这里的主人倒是经常拿起扫帚清扫落叶，每次扫完之后，土地就会露出清新的颜色，泥土的芬芳四溢。但眼下不适合打扫，霜化得太厉害了。
芭蕉　对了，我的叶子是不是都挂在房檐儿下晾晒着？
蕙兰　不是房檐下，而是挂在走廊的墙壁上了。一看到那些挂着的芭蕉叶，就真切地觉得的确是冬天了。
芭蕉　我就是献出那些叶子后，才和人类亲近起来的，慢慢地交往越来越多。我经常看到我的叶子被铺在藤椅上，我还看见了主人坐在上面忘记了炎热的惬意表情。人类还真是会奇思妙想，他们把我的叶子放进烧开的洗澡水里，用这水来泡澡。
蕙兰　我听说有用菖蒲泡澡的。
芭蕉　这里的主人改用我的水泡澡了。第一次他是把我的绿叶儿泡进了水里，再后来就是泡我的干叶片了。那柔滑的热水，散发着微微的清香，温润着人的肌肤。
蕙兰　我时常看到主人从你的主干上砍下大叶片，铺在走廊上。那嫩绿的颜色，光看看就觉得很凉爽。清凉的汁液从叶子的切口处渗出滴落下来。
芭蕉　是呀，我的生活不仅仅局限于脚下的这片泥土里，而且延伸到人类居住的屋顶下，就是自那时开始的。迄今为止，我大概已经给主人奉献了三四十片叶子了，说实话，我从未想到我还能有这样的作用。我站在这里，想象着洗澡间房顶上袅袅上升的热气，想象着人们浸泡在温暖的芭蕉水中度过寒冬的情景。

芭蕉　是谁在玩弄我的草笠,啄我的蓑衣,把草屑都给拉出去了?
蕙兰　是麻雀。
芭蕉　我说是谁来这儿调皮捣蛋呢,是麻雀呀。麻雀是怎样生活的?
蕙兰　我一直在盯着那些小麻雀。
芭蕉　你在观赏那些饥饿的小鸟吗?
蕙兰　倒谈不上是在观赏,就是替它们着急。这里的主人在石头上撒了些米,可它们却没看到。我想啊,麻雀到底还是麻雀,眼睛虽尖,却看不到那些白色的米粒儿。它们毫不知情地飞到棕榈树上,又在马醉木之间飞来飞去,不停地搜寻着虫子和果实。有一只飞到你的斗笠上来了,又飞走了。
芭蕉　它们看不到的地方就没有粮食吗?
蕙兰　啊,它们看到了。这些家伙可真谨慎呢,它们向米粒靠近,却没有一只直接飞到石头上的。他们采取迂回战术,先飞到了枫树的枯枝上,歪着灰色的小脑袋东张西望,不住地打探着周围的情况,又飞到了山茶花上,又从山茶花飞到了蔷薇上,就这样一级一级地飞向越来越低矮的枝头,最后潜藏到冬天里依然枝叶翠绿的一叶兰的叶片下,慢慢地向石头靠近,好不容易吃上了米粒。
芭蕉　听了你的讲述,我明白这些顽皮的小家伙到底是什么样了。不管被小孩子或麻雀怎么捉弄,我依然觉得他们是可爱的。咦,是不是它们又来啄我的袖子?看来,这么冷的天,连麻雀也想穿蓑衣戴草笠了。

蕙兰　今年的雪又如约而至了。
芭蕉　哦,我说怎么觉得草笠重了呢。
蕙兰　这不是岁末纷飞的细雪,而是初春的绒雪。

芭蕉　嗯，我从草笠的重量上能感知出来。看来，眼下正值严寒的顶峰呢，不知不觉间又是一年过去了。

蕙兰　你是一直站立在这儿。啊，从那高高的棕榈树飞落的白雪砸到我的头上了，让我有点头晕眼花的。不过，比起被雪掩埋，我更怕夜间袭来的严寒。

芭蕉　雪融化得怎么样了？

蕙兰　到处都是斑斑驳驳的残雪，你的草笠上，我的叶子上都还有一些。

芭蕉　我想知道那小小的兰花和细弱的观音草怎么样了。

蕙兰　有的还藏在残雪下，有的稍稍露出了头。

芭蕉　对了，你听见过竹子折断的声音吗？我觉得，再优秀的音乐家也难以演绎出那瞬间发出的尖利声响来。春雪也有折断竹竿的力量呢。

蕙兰　不过，那雪也会让我们变得坚强、强壮，给予我们勇敢复苏的力量。

芭蕉　是啊，不经历这场雪，我们又怎能迎来崭新的春天。总有一天，我会摘掉草笠，脱下蓑衣，挣脱绳索的捆绑，重新仰望广袤的蓝天。待到那时，我会再次长出喇叭形状的叶卷儿，日日努力伸展，重新为你营造一片祥和宁静的绿荫。

蕙兰　好啊，我从现在就盼望着那一天的到来。

芭蕉　唉，如今气候还很寒冷，目前我们还无法摆脱冬天的肆虐。雪又下起来了吧？

蕙兰　不是雪，是雨。无声无息的冷雨静静地降落在残雪上，让人忘不了寒冬的余威。

生活杂记（一）

说起日常的嗜好，我最喜欢的是茶和烟，但是我从未就喜爱的茶写过一字半句，也从未提到过香烟。关于香烟，许多富有生活情趣的人写过不少文章，曾有人就说过"人生得一好友、好书、好烟足矣"这样的话。根岸的冈野馨君主办一种名为《郊外》的杂志，里面经常刊登一些与香烟有关的文章，看来投稿者中不乏爱烟之人。我就是这类文章的热心读者之一。

我学会吸烟还是在年轻的时候，那时，北村透谷君身体还很健康。当年，我曾进行过一次持续一年之久的放逐旅行，沿着东海道一路向西，从四日市、龟山一带进入什贺的山中，越过伊贺与近江人迹罕见的边界，顺着大津、膳所一带的琵琶湖畔徒步前行，到达大和的吉野。因为缺少旅费，不得不精打细算，能省则省。在那之前我从来没吸过烟，然而，一个人的旅行，有时实在是孤寂难耐，每到这时便吃一些甜的东西。不过，甜食好是好，但吃后肚子会发胀，整个人更不舒服。于是，索性就吸上一支烟吧，那是我初尝香烟的滋味，后来慢慢就上了瘾。这也算是对我年轻时的那次旅行不可忘却的纪念吧。

我在信州小诸生活的时候，日子过得很艰难，有时就想着干脆把烟戒了吧。但是，有一天晚上我做了个梦，竟然梦到自己背着家人偷偷去买烟，所以就想着这烟还真不能戒，于是就这样一直吸了下来。如今，香烟都必须经烟草专卖局制造、销售了，我在小诸时还不是这样，呀，不，也许当时马上就要实行这一规定了。正巧那时候，浦原有明君分给我一些"萨摩"牌烟丝，那是从"萨摩"产地运来的私下加工的烟叶，质地纯粹，香气浓郁，绝对是水户、秦野产的烟所无法比拟的。我惊奇世上竟然还有这么纯正的烟丝，非常喜欢它那个口味，后来还特地找到制造商，拜托他们给寄一些到小诸。现在，再也吸不到那么纯正的"萨摩"了。

在我青年时代，俄国的卷烟传进了日本，就是把烟叶用深褐色的纸卷起来。那种烟是把烟叶压成粉末，再用纸卷裹起来，别有一番风味，价钱也不算贵，我这样的穷书生也买得起。不过，因为是粉末状的，弄不好就会成块儿地掉落出来。有一件事我记忆深刻，樋口一叶女士去世时，我去吊唁，我吸着这种俄国卷烟正给她的家人们说着话，不知怎的忽然一块烟粉掉下来，在膝头上烧了个洞。还有一件事，是在那之后很久了，有一个亲戚去了浦盐，回来时给我买了一些俄国产的细长的卷烟作为礼物。总体来说，俄国产的香烟比较清淡，而且有一种特殊的香气，很适合我的口味儿。

如今，我喜欢吸"敷岛"，不喜欢那种不带过滤嘴、甜兮兮的酒精味的香烟，还是"敷岛"一类比较清淡的最合我的口味儿。远行遥远的法国时，要说心中最先想到的是什么，那就是茶和烟。当时，我还想起一个好酒者的故事，他参加了日俄战争，临上战场时，首先想的就是如何把爱喝的酒带到战场上去。我虽不至如此，但收拾行李时，也很苦恼怎样才能把"敷岛"装进自己那小小的旅行包中。没办法，我就自我安慰，法国那么先进的国家，一定会有上等香烟的。等到了法国一看，谁知和自己想的完全不同，法国的香烟太不尽人意，不是太浓烈就是一点味道也没有，一开始我怎么也吸不惯。不可思议的是，再怎么嫌弃，三年住下来，慢慢地竟然也喜欢上了一种名叫"卡波拉·奥利几乃"的蓝色卷烟。说实话，习惯这种东西还真是让人捉摸不透。在巴黎时，有教我法语的，也有和我同桌吃饭的，我交往的这些人中有个女的狐臭特别严重，一开始简直受不了，慢慢地闻惯了那种混合着香水的臭味，竟然觉得那种气味还不错嘛。我这么说，绝对不是在开玩笑。或许吸烟也是如此，起初吸不惯的法国烟卷，慢慢也吸出了味道，以至于刚刚回国时，反而觉得"敷岛"真没劲儿，很是奇怪自己以前怎么喜欢这种香烟。可是，过了一阵子，又品出了以前熟悉的"敷岛"的味道。

茶是分季节性的，尤其是五月份嫩叶萌发的茶尖最有味道。而烟草，却是保存完好的老叶最为上乘。我只是一个有烟瘾的人，至于对烟的偏好、感觉等，谈不上有什么讲究，多少年也没有什么改变，常年只吸那一种烟。也或许正因为这样，才会觉得烟草本身的味道并没有什么不同，所以不管是新烟叶、旧烟叶，还是水户产的、秦野产的，我都能毫不在意地混在一起吸。好像这种"平等"如今也出现在官府经营的"敷岛"上了，让人觉得这种做法相当不地道。不过，对于我这样的只是单纯吸烟的人来说，倒没觉得有什么可大惊小怪的。

我不喜欢喝浓茶。泡茶也是有讲究的，非常高级的煎茶，最好先把热水凉一会儿，再来泡茶。比起玉露来，我更喜欢普通的煎茶，直接冲上开水，很合我的口味儿。

爱茶之人自然会注意到别人与茶相关的故事。我曾在某本书上读到过一段某茶叶店老板的话，其中他就提到，真正的茶味儿还是存在于煎茶之中。

我生长在气候寒冷的信州山区，或许跟这样的气候有关，信州人都爱喝茶，不论哪一家，每天都会冲泡几回茶水。我爱喝茶的习惯就是从小养成的。

在我的家乡，除了常见的茶之外，还有一种"乃布"茶，其实那不是真正的茶叶，而是由一种灌木的叶子制作而成的。木曾一带的农民很爱喝这种茶，与番茶的味道相近，带有一定的香气。

可能是气候太寒冷了，俄国人喜欢喝热饮。俄罗斯有一种叫做"萨莫瓦尔"的茶具，大家围坐在它周围，喝茶聊天。信州人爱喝茶，大概也是和山区寒冷的气候有关吧。

总体来讲，茶的味道比较淡，但是玉露那样的高级煎茶，清淡之中又蕴含着浓郁的芳香。

旅居法国期间，每当有留学人员来访时，我便泡上一壶国内寄来的茶，大家一块畅饮。有一次在食堂，我请法国、波兰以及其他国家的人喝茶，他们觉得很新奇。不过，那次给他们喝的是玉露，结果有的人一晚上没睡着，对日本茶的浓烈惊讶得不得了。其实，就是我们这些习惯喝茶的人，一般晚饭后也

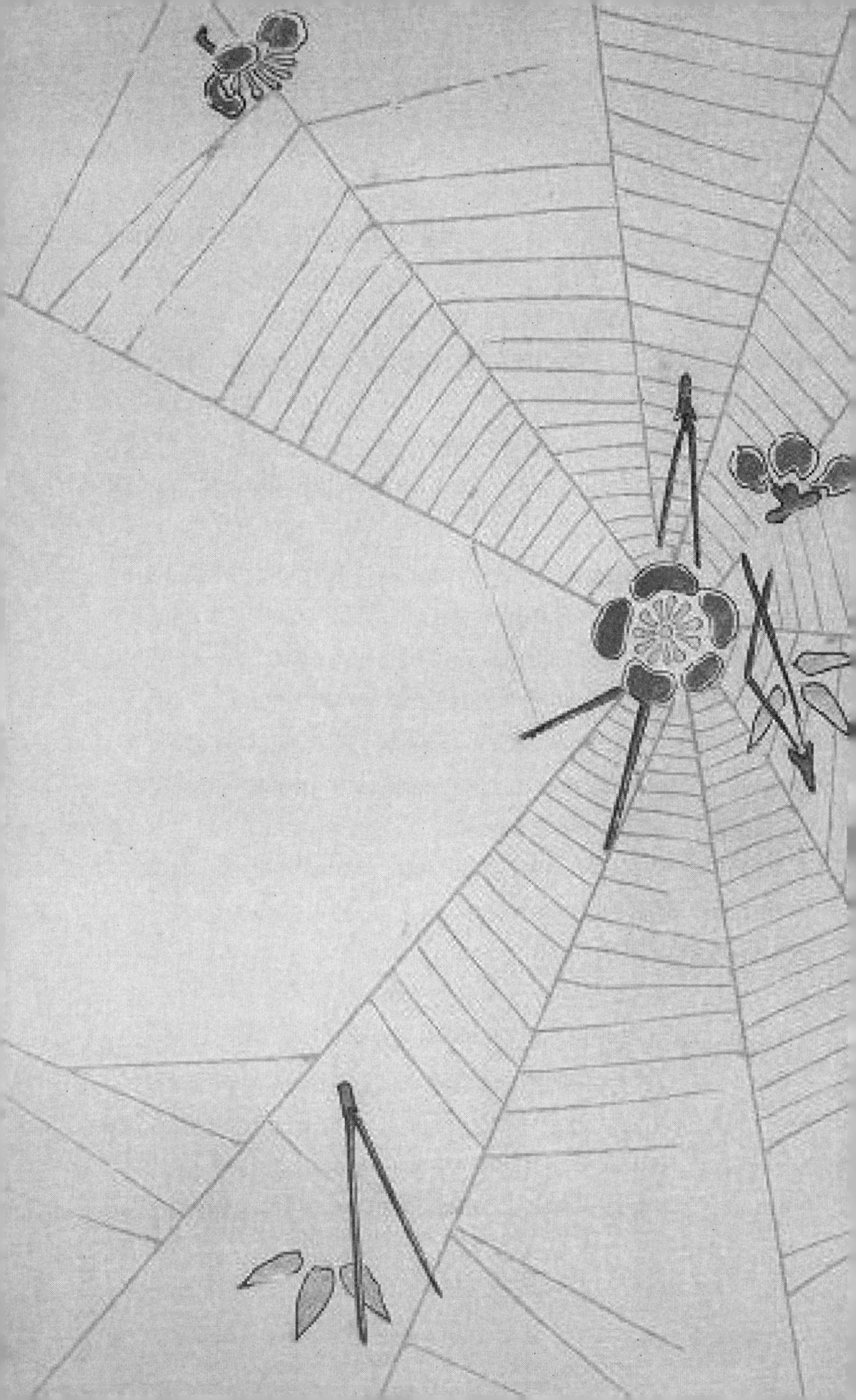

不轻易喝浓茶。

就是在那个时候，我意识到，日本的很多东西，看似清淡，实际上带着浓烈的香气。例如俳句，不就是如此吗？拿它与外国诗和汉诗稍加比较，你就会感觉到俳句中所蕴含的强烈感情。一说到日本，人们常用清淡、平淡、淡泊等词语，其实，细细品味起来，日本的许多产物都不可以这样一概而论。

我从少年时代就开始了艰苦的寄宿生涯，其实说起来是从孩提时代起就生活在不能奢华的环境中，因而养成了节俭的习性。而且，我从小就接受父母双亲的耳提面命，凡事必须简朴。或许简素二字已经深入骨髓中了，直到现在，我依然初心未改，不管是衣食住还是其他的，一切都遵循简素之道。

我的这种境遇决定了我的居住环境无法随心所欲。英国的诗人、工艺美术家威廉·毛利斯建造了一座充分展示内心世界的房子，住在那样的房子里不会让你想到奢华，只会让你感到生活和艺术达到了完美的一致。然而，对我来说，那些是可望而不可及的，我只希望至少我和孩子们一起用餐的饭桌是清洁的，我工作的书房能照进柔和的光线。虽说除了合适的光线外，对书房没有什么特别的要求，但我还是希望从北面透进来的光线是柔和的、平稳的、没有急剧的变化、能让人沉下心来。我一直很在意这一点，从来都是把自己的书桌面北摆放。

前些日子，我看到一篇精通茶道之人写的文章，他说茶室应该面北而建。这和我一直以来的想法不谋而合，偶然发现的这一事实让我无比高兴，心想："原来古人也是如此呀！"

不过，完全从北面采光的话，夏天还好，冬天可就遭罪了。好在我的房子是东北向的，东面进来的光线与北面进来的光线适当融合后，比较适合读书写字。

一日三餐，在我家也是极其简单的。比如，这两天下了场大霜，夜里空气寒凉，于是我家就做"冻豆腐"。把豆腐切成薄片儿，摆放在笊篱上，淋上水，挂在院子里的枯树枝上。以眼下这个时节的气温，到了第二天早晨，正好冻成焦糖色，然后再用开水一焯，就成了金黄色的"冻豆腐"了。其实，我倒觉得叫"霜豆腐"更为贴切，浇上葱汁美味极了，是我最爱吃的食物之一。

像芹菜那样的有香味的蔬菜，我也很喜欢吃。现在已经过了收栗子的季节了，我家常做煮栗子，就是剥掉栗子皮，去除涩味后加盐煮熟。

各种肉类中，我觉得小鸡是最好吃的。鱼的话，还是淡水鱼好吃，除了鲇鱼，还有岩鱼、曹白鱼、红鱼……这些淡水鱼的肉质细嫩，味道鲜美。

不管怎么说，我还是最喜欢吃新鲜蔬菜。干菜类的，我爱吃腐竹，经常用它做各种家常菜。即便什么都没有，只要有柚子、芥末，再加上一点开春时各种树芽制成的鲜香小菜，也可以美美地吃上一顿。

从事文字写作，每一天都必须沉下心来伏案工作，时间一长就特别容易疲累，因此我常常考虑如何才能补养身子，消除疲劳。据说，托尔斯泰写完《安娜·卡列尼娜》时，原本那么健壮的一个人，竟也身心疲惫不堪。俄国奶制品比较丰富，他妻子便做"酸奶"给他吃，以保养身体。他还曾把这件事写进某部作品的前言里。从蒙古到俄罗斯一带，奶饼、奶糕等牛奶制品名目繁多。听说那种"酸奶"是装在皮革袋子里发酵而成的，但在日本从来没见过。

一位美国归来的妇女曾经教给我一种缓解疲劳的方法，把生姜泡在热牛奶里喝，如果再加少许白糖，味道更佳。疲劳时喝上一杯，效果明显，与普通牛奶的味道也不同。此外，在牛奶中加入少量柠檬汁，也不失为一种缓解疲劳的好办法。现在，殚精竭虑地长时间工作后，吃过晚饭来上一杯纯正的葡萄酒，成为我的一大享受。最后，顺便提一句，我不讨厌新鲜的水果，但是那种经历了早春一直放到五月份，干瘪皱巴的苹果的味道倒是很难让人忘记。

生活杂记（二）

　　到邮局两百来米，到烟铺两百来米，到澡堂三百来米，到常去的理发店有五六百米，不管出去干什么，都必须上坡下坡，但习惯了也不觉有什么不便。算起来，从东京芝区的樱川町搬到这里的饭仓片町，前后已经八年了。

　　我的小说集作为《现代小说全集》的第九卷出版了。我用版税在老家神坂村为长子楠雄买下了一座民房。他即将结束三年的农耕实习，就要正式成为一个年轻的农民了。我自己在饭仓租房子住，有间四席半的书房就满足了，然而却想着为儿子购置永久的住处，于我来说，这是极其矛盾的做法。不过，孩子即将开始作为农民的新生活，我必须为他购置睡觉的居所，哪怕再怎么窄小；必须为他置办做饭的炉灶；还须为他添置耕地的农具。目前，我只能这样做，别无选择。

　　阔别已久的津金君来访。他现居中国，供职于上海宝山路的商务印书馆，和中国人同事一起从事石版印刷工作。夫妇俩领着出生于上海的女儿，还有他妹妹阿末也带着两个孩子一起来了，大家欢聚一堂，我那小小的书房都快坐不下了。津金兄妹俩是我住在小诸马场后时的老相识了，他们一直叫我"叔叔"。津金君去上海已经有七个年头了，这次回到阔别日久的国内，去三越商店买东西，对国内的物价之高震惊不已。他以西红柿为例，讲述了他在上海的生活。他说，在东京的菜店里花四五十文钱只能买四五个小西红柿，而在上海花五十文钱就能买上满满一篮子又红又大的西红柿。说起上海，当年我去法国时，途中曾在那里短暂停留。根据津金君的描述，上海与我那时看到的模样已经截然不同，码头经过一番改造，轮船可以直接停靠在海岸边了，城市面貌也焕然一新，我曾认为是最具中国风的秀美园林——豫园如今也面目全非了。津金君说，如今你若再去上海，一定不敢相信那是你十年前到过的地方。说到关于上海的话题，我才恍觉世界正在发生天翻地覆的变化，而十年前的情景还恍如昨日。

年轻时只想着把自己的事做好就行了，即便这样想，别人也不会指责你。想想那时自己一天天过得多么单纯啊，而今天呢，有很多时候不得不为他人奔忙，但是光想这想那的也无济于事。这阵子，一位素不相识的朋友接连寄来好几封信，可是稍微耽搁一下就来不及回复了。有一天我什么事也没干，光在那儿写回信，碰巧又有客人来访，结果就把早已约好的当晚要办的事儿给忘了。就是从函馆来东京的表兄要为二公子举办婚礼，邀请在东京的亲戚朋友参加，说好了当晚我也要去，而且我都发出了回帖，结果竟然忘得一干二净。晚上临睡时，头刚一挨枕头猛然记起了这事儿。第二天早晨，正要写信致歉，不成想这时表兄就过来了，拿出一个崭新的包袱皮，里面包的是昨晚结婚典礼上的喜物，真是让我尴尬极了。

有一天，一整天都坐在桌前奋笔疾书，记录梦中呓语，连手指头上沾满了墨水都顾不上了。这时，一位毫不相识的青年顶着一张苍白的面庞来到我家门口，说是已经两天没吃饭了。以一支细弱之笔养家糊口的我，实在没有什么余力去帮助他人，但是当我看到这位青年时，总想给他点什么，而且我突发奇想，没钱给他，可以给他一些旧书。于是，我用报纸包了几本旧书递给他："呶，拿去吧。"我想他可以把书卖掉，至少能维持一天的生活。从那以后，我再未见过那位青年。最近一段时间，像他这样陷入困境的人还有好多吧。地震后，有许多贫困者即使想干活也找不到工作可干，只好这样四处求救。

终日静坐书案前，每到感觉内心空虚无所慰藉时，我便去森元町的澡堂泡个澡。回来的路上，为孩子们买些蒸白薯，喝茶时吃。森元町有一家很有名的白薯店。"现在已经快过了吃白薯的季节了，但如果保存得好，白薯越到最后反而味道越甜。"这是我挑选好白薯后，店里的老爷子边称重边告诉我的。这位老爷子的话让我想到，过冬的水果快要下市的时候，尤其是那种干瘪的苹果别有一番风味，看来也是这个道理。

"到了饭仓,就给弄了点咸煎饼吃吃",我最头疼听到亲戚朋友口中说出诸如此类的话。说来也怪,生活中常常碰到这样的事儿:家里有稀罕的水果时没有客人来,偏偏等到家里没什么可待客的东西了,却又有客人来访。我家一般不专门去街上买,而是拿家里现成的东西来招待客人。正因为如此,常有这样的事情发生:可以待客的东西早被家里人吃光了,等到来了客人,只能奉上清茶一杯。

说起来那还是早春伊始的事情,因为当时家里还残留着过年的点心"红白鹤蛋"。透谷的遗孀来了,我想起老朋友的爱女,就把剩下的点心用纸包好,作为我的一点心意托她带去。透谷弥留之际,嘴里还不断喊着爱女的名字"小风,小风",如今她已是三个孩子的母亲了。夫人回到青山见到女儿说:"瞧瞧,饭仓那边的叔叔还把你当小孩看呢。"后来夫人再到我家来时,说到了此事。

一个四十岁左右的女客人坐在我面前。她说,从现在开始就必须考虑怎么样才能不被年轻人嫌弃。她还说,要及早为老年生活做打算,从现在就该结交三四个朋友,等老了可以下雪天相约去喝茶那样的挚友,男女都行,人也不在多,三四个人即可。等成了老太婆了再考虑就晚了,必须及早上心办这些事儿。有人听了她的话,感慨地对我说:"女人确实比男人目光长远啊!"

从饭仓的榎坂下到一丁目的拐角处,有一家名叫"深山"的茶叶老店。我家经常去那里买茶。那里不光卖茶,也卖纸。提起饭仓的"深山",大家都知道那是一家历史悠久的名店,可是我家的人却都不知道它那么有名,只是觉得它家的茶叶的确好喝。我爱喝茶,有时出去散步,顺便去那里买上一包茶就走。直到有一天,我在店头坐下来,才从掌柜的那里听到了这家店的历史有多么悠久。这位从小就在茶叶店干活的老伙计说,这栋四面涂抹了黑油油的泥灰的房子,已经有一百六十年的历史了,经历了安政大地震[①],又挺过了最近

[①] 安政地震是安政年间在日本各地发生的十九次地震的总称。其中,在1855年10月发生了最大的地震,它被后世命名为"安政大地震"。

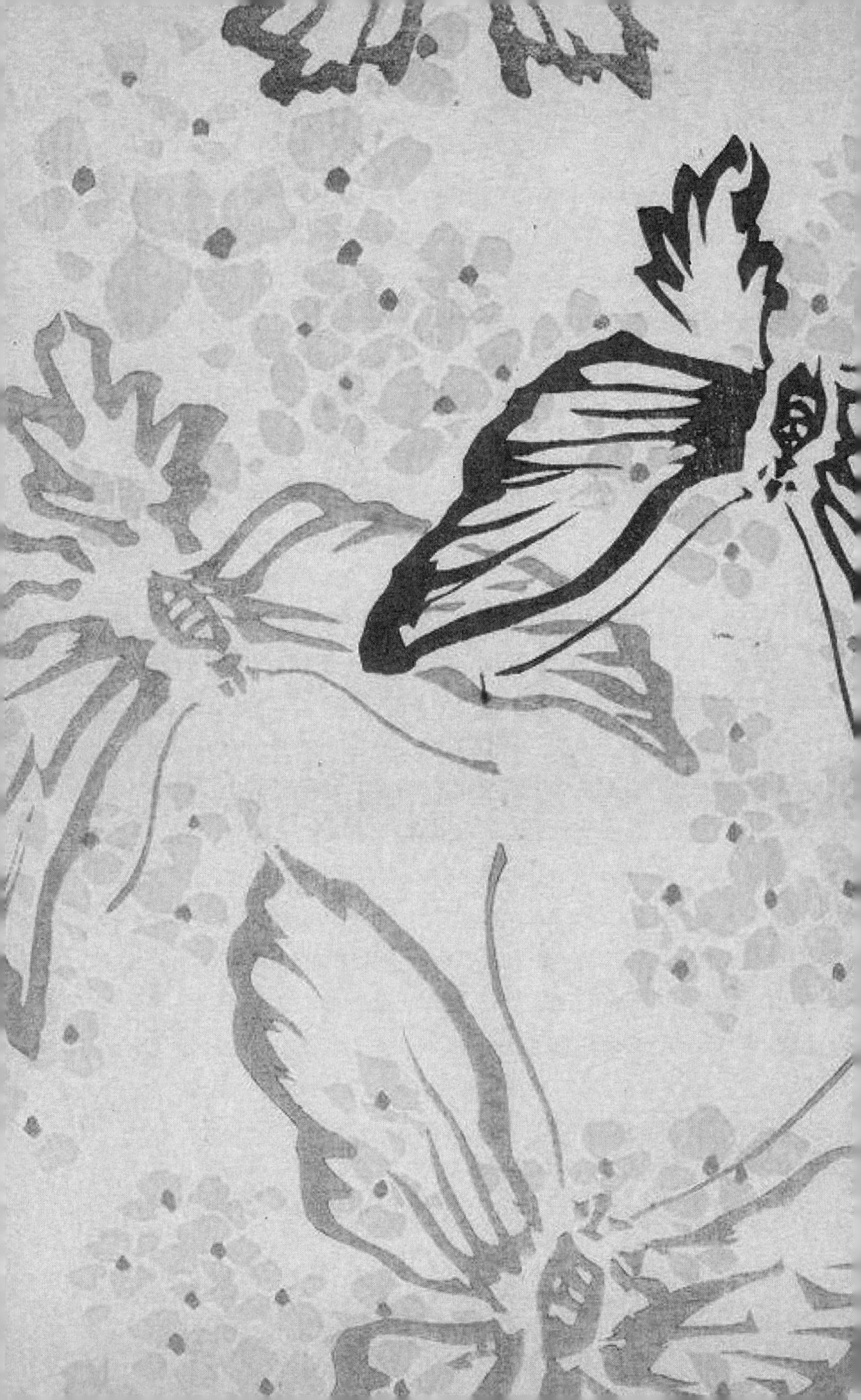

的这场大地震①。像这样一直保留着江户时代的风貌,而又非常坚固的商家建筑,在震灾后的今天已不多见。我这时才意识到自家附近竟然还有这么坚不可摧的老建筑。据掌柜的说,以前听老人说起过,摆在店中架子上的茶壶,在安政大地震时没有跌落,但是在这次大地震中却全都震掉了。由此可见,这次大地震有多么强烈。从掌柜的讲述中你能感受到他对这家百年老店的深情。仔细看一看,越看越觉得它的确是一个很有韵味的好店,而且这里卖的茶叶的味道很适合我的口味,实在是令人高兴的事。

最近,我家迎来了一位从满洲回来的贵客。这位亲戚在靠近俄国领土的满洲里担任副领事,四月五日就离开了满洲边境,可一直到四月十七日才回到了东京,进行了一次轻松自在的旅行。他先是与留在满洲里的工作人员进行了工作交接,然后把领事馆的房间收拾干净,再把驯养的三匹马卖掉,途中又在哈尔滨逗留了两三日,同各位老朋友话别,最后举家回到久别的祖国。这位亲戚从遥远的满洲里归来,踏上阔别几年之久的故土,你要问他最初引起他注意的是什么,他回答说,在大街上碰到的年轻姑娘个头儿都变高了。照这么说,那么以前我们认识的女人都是矮个子喽。或许只有从远方云游归来的人才会注意到这一点。还真是有趣的观察呢。

一般屋内墙壁上悬挂的、供人朝夕观赏的字画是不是皆是出自名家之手?如果是天真无邪的孩子书写的文字,不也别有一番情趣吗?传说过去有一位有名的高僧就爱模仿孩子的字。很久以前,我曾在三宅克己君那里看到过他珍藏的一幅古代挂轴,一整面纸上只有两个大大的隶书体的"明月"二字,没有笔者的署名,只盖了一方石印,古朴褪色的印痕上依稀可辨认出"诗仙堂"

---

① 这里是指1923年9月1日上午11时58分,发生在东京南部的"关东大地震"。关东大地震造成了一百九十万人无家可归,更为重要的是,给日本人带来了巨大的精神冲击。

三个字。看来是丈山①的墨宝，真乃不可多得的精品，先不细评哪儿好哪儿不好，整体的笔道笔锋中透露出古人的精气神，给人一种迫人的冲击力和感染力。定睛细审其笔道的运行轨迹，恍惚间，竟觉仿佛真有月光照射其上。这就是所谓的"夜深坐南轩，明月照我膝"②的意境吧。很少能有什么文字让我像对那幅古代挂轴一样念念不忘。每次想起它时，我总会想，虽然那"明月"二字是遥不可及的，但至少可以让孩子们临摹一下。碰巧这时有客来访，他从未练过书法，于是我立刻抓住他，不动声色地让他写下了那两个字。从那以后，我屋里也挂上了无名者的墨迹，并非刻意为之的笔道中，仿佛透露出下笔初试身手的羞怯之意。那种谦虚青涩的自然风格让我百看不厌。

---

① 石川丈山（1583—1672）：日本江户时代前期一位很有名望的汉诗人，他的汉诗与书法名扬天下，被世人誉为日本的"李、杜"、东方的"诗圣"。他于1641年在京都一乘寺建起了古朴清雅的"诗仙堂"，隐居于此。"诗仙堂"供奉着三十六位中国诗人的坐像，每位诗人都附有代表作一首。

② 出自唐代诗人杜甫的《写怀二首》。

短夜

  每天都下雨，不过也到了梅雨期就要过去的时节了。大街小巷响起的叫卖竹竿的声音，是这个季节的一道时令性风景。叫卖蚕豆的声音已经听不到了，叫卖青梅的声音也少了，偶尔能够听到清亮的叫卖牵牛花的声音，如今正是挑着青椒担子的货郎到来的时期。虽然俗话说"久居为安"，但是对于我这个出身农村的人来说却并非如此，我倒觉得应该是"住，还是要选乡下"的好。实际上，我现在住的这个地方，可以说是城市中的乡村，但毕竟还是在城市里，早晚的叫卖声不绝于耳。

  "呀，是不是该拿出蚊帐来了呢？"这是我给友人回信时，故意添上的一句玩笑话。他给我的来信中提到，虽然还没出梅，但他从五月就开始撑上蚊帐了。在这座城市，至少还要再等一个月或一个半月以后才用得上蚊帐，在这里撑蚊帐与其说是为了防蚊子，倒不如说是为了一种情趣。往昔，曾有俳句诗人捉了萤火虫放入蚊帐内赏玩，他的确是深谙蚊帐妙用的一位高人了。如果你没有高于常人的好事之心，便无法体会到那种不怕睡觉着凉、尽情伸展四肢的安心，也体会不到整个身心沉醉于枕畔低垂的蚊帐轻扫鬓发的那种惬意。蚊帐的妙趣不仅仅是在里面，从外部同样也可以感知到。透过青色的纱帐，欣赏那追逐着潜入蚊帐内翻飞的蚊子的点点烛光和身姿，是唯有夏夜才能体会到的情趣。

  竹帘越旧越好，保存完好的古帘沉淀着新帘子所没有的韵味儿。挂上两道竹帘，更为有趣，透过一道竹帘，迎着光亮观看投映在另一道帘子上的影像，那种情趣尤为深厚。

  唯有团扇是新的好。最近，东京市面上的团扇大多粗制滥造，经不住一个夏天的使用。浑圆的竹柄，所有的扇骨皆是从一根竹子上分出去，这样的团扇才结实，可如今很难看到了。团扇比折扇，更能体现出一段时期内人们嗜好的变化以及世间百相中蕴含的传统和文化。当你选到一把形状称心、外观清凉、风力强劲的团扇时，该是多么高兴啊！当客人来访，送你一把团扇作为中元节的礼物时，又该有多么愉悦啊！

这时节，光着脚是最舒服的。脱下夹衣换上了单衣，脱下衬衫只穿贴身的汗衫，就这样脱去一层又一层的衣服，我们终于迎来了打赤脚的时候。一位布袜店的老板说过，人身上最显眼的就是双脚了。即便不从这么职业的观点来看，双足所呈现出的各种各样的风格，也是令人吃惊的。再没有比赤脚更能表现出夏夜的热情和奔放的事物了。

以上，我毫无章法地谈到了蚊帐、竹帘、团扇，还有赤脚，接下来再给大家说说我喜好的饮料和食物吧。

茶也能体现出季节感。最能让你感知到季节感的就是新茶上市的时候。新茶的香味儿浓郁，但是有不少茶过不多久就失去了这种香气。一般，爱喝茶的人都有这样的经验，一壶茶续上三遍水后，就没有茶味了。每当新茶上市时，我总喜欢新茶旧茶混在一起冲泡。迎来六月，再送走七月，这时哪还有新茶旧茶之分呢？我说的有点意思吧。

提起新茶，我想起一件事来。家住静冈的一位素不相识的朋友，每年新茶上市的时候，总要寄些给我。一年中，这是有关他的唯一的音信，随新茶来到我面前。这种念旧情的人实在是太少了。由此，不知不觉间我竟然也养成了一个习惯，每到新茶上市的时候，我就会在心里念叨着："啊，又到了收到来自静冈的书信的时候了！"静静地期盼着他的音信。

我家平时满足于粗茶淡饭，偶尔自制一个泥鳅火锅改善改善生活。泥鳅，当然是夏天最肥最美味了，这是我的最爱，随着年龄的增长，越发喜欢这一口了。

我不挑食，莼菜、扁豆、瓜类、茄子……所有的蔬菜，都喜欢吃。眼下正是新鲜蔬菜大量上市的时候，光看着那水灵灵的样子就觉得清凉可口。一入冬，我家就把别人送的酒糟装进坛子里，严严实实地密封好储存起来，一直放到这时再拿出来，用来腌制新下来的茄子，这算得上是今年夏天的一件乐事啦。

在这短夜季节，最令我心动的是长长的黄昏时分。虽不至于像北极圈内那样一年中有半年的时间都是一半白昼一半黑夜，但此时的黄昏和黎明是非常接近的，下午七点半以后天才开始黑，凌晨三点半、四点的时候天又开始亮了，想想这些挺有意思的吧，再想想我们尚未清醒，于半梦半醒中恍惚意识到天已经亮了，也挺有趣吧。

夏の夜は篠の小竹のふししげみそよやほどなく明くるなりけり
（夏夜，闻听竹丛沙沙，不觉已是黎明。）

短夜的深邃和空寂，是难以用语言描述的，只能用心体会。短夜中，还有我最喜爱的淡淡夏月，我期待着它的出现。夏月，美就美在它不那么明亮，不那么张扬。

又到了能够观赏到朝露从濡湿的芭蕉叶上滚落而下的美景的时候了。那晶莹清凉的露珠将眼下这短夜的季节感推向了极致，看到它，顿觉心清眼明起来。

在漫长的阴雨连绵的梅雨时期，我常常来到院中的芭蕉前驻足凝望。那略带灰色的绿叶卷曲着，像是正在孕育着一个个梦想，慢慢地、慢慢地舒展开来，带给你无尽的遐想。

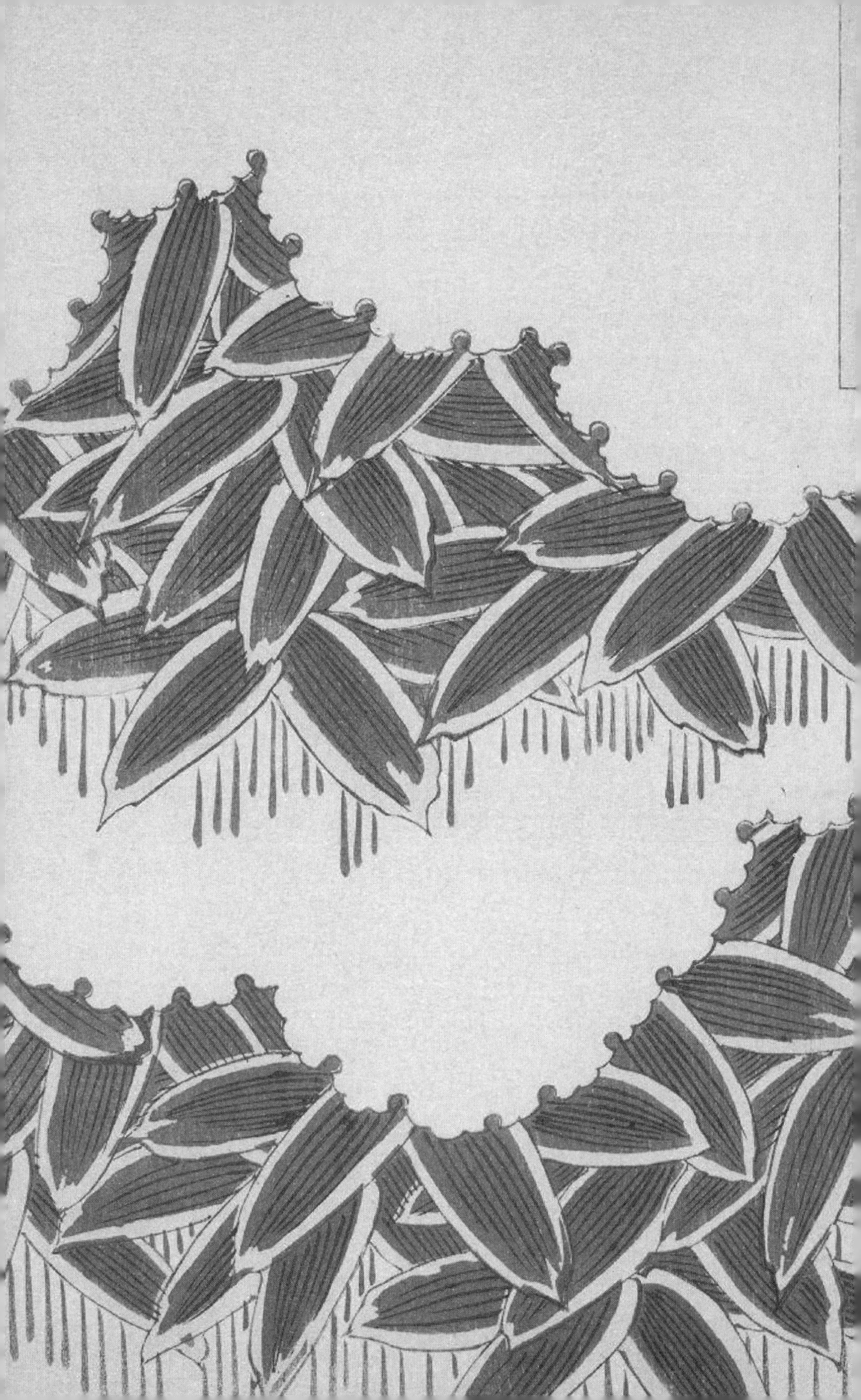

夜话

听说有人本想长期居住在镰仓一带,但不久又离开那海岸迁移到靠山的地方去了。松江时代的小泉八云喜爱宍道湖的风光,起初临湖建造了一栋房子,然而不久又把那个书斋转移到看不见湖水的一座原土族宅邸去了。不久前,我在上州的碓冰川畔体验到了类似的心情。一开始我选了那家乡村旅馆二楼的一间看得见河水的房间,清凉的水声让刚从喧嚣的东京逃离出来的我身心放松。但是,住上一两天后,我还是换到了同一层楼上看山的房间。这是为什么呢?这是因为水的破坏力,这种力量让我们不得安宁,迫使我们转而选择山的宁静。

看似不争强、不忤逆、柔弱的水竟然能产生如此巨大的力量。古人曾经说过,再没有比水更柔弱的了,可是在摧毁力方面,却又没有任何东西能比得上水的无坚不摧。

小山内君已成为故人,我想起他曾经以《夏天的戏剧》为题,在广播电台中做过讲演。他认为,夏季景物的设置让我国的戏剧舞台独具特色。他连续举出青竹帘子、团扇、浴衣、蚊帐等各种东西,并讲解了几出以上述景物为道具的剧目。想到此,耳边仿佛响起小山内君那娓娓道来的声音。

对我们来说,这些夏季的代表物,并非只是单纯的装饰性东西,如果没有它们,我们将无法抵挡酷暑的侵袭。

我家的生活方针是:东西能用就凑合着用。所以,今年夏天又拿出了旧的竹帘子等物品。扇子当然是新的好了,不过去年买的今年还能凑合着用。有时扇子不知收到哪里去了,怎么找也找不到,决定不找了,结果不经意间又在意想不到的地方看到它的踪影,不知大家是否也曾有过这样的喜悦体验。卧病在床时,随手打开枕边的折扇,意外地感受到一种亲切感。最近,我把折扇放在自己的书桌旁,常用折扇而不用团扇。我总觉得折扇扇出来的风比团扇扇出来的更加风凉些，大家是什么感觉呢？

不同的词汇给你不同的夏的感觉，这样说也许有些过分。不过，每当要说明盛夏的浓绿时，我总是尽量地往天蓝、清凉里说，而不用焉黄、酷暑等字眼，尽管映入我们视线的是在毒日下泛着黄光的树叶。

有一个人年轻时的日子过的很拮据。他曾对我讲过这样的事：早晨喝剩的酱汤不舍得倒掉，结果根据其变质的情况就可以判断出当日的炎热程度。这本来并非什么有意义的话题，可是他的话却让我难忘，那样的生活也让我难忘。

我虽然不是什么素食主义者，但最近一点肉也不吃了，尽量多吃蔬菜、鱼类和干菜。但我并非是为了身体健康而不吃肉食的。然而，自从不吃肉食后，每日面对饭桌竟然引起我的诸多思考。日本人是从什么时候开始大量吃肉的呢？单是饮食结构的改变，也一定会引起日本人内心世界的变化吧？

听说浅草公园有一家叫"野田屋"的海鲜餐馆。一天，我和川越来的亲戚一起去向岛，顺便到"野田屋"吃了顿午餐。不管是江岛的河豚，还是品川海域的鳗鱼，所有江户式的菜肴都带有东京湾近海的鱼虾、海藻所特有的味道。

一汤一菜，再加一小碟咸菜，我就能解决一顿饭。说到腌咸菜，我喜欢用酒糟腌茄子。入冬后，把别人送的酒糟装进坛子里密封起来，存放在厨房的一角，等新鲜的茄子下来的时候，正好用这些酒糟腌制，这算得上是今年夏天的一大乐事。

每当观看精美的人偶剧时，我总会不由自主地想到，我们每个人不就是这个世界上的一个人偶吗？尤其是观看了来自大阪的"文乐"[①]剧团的演出

[①] 日本的一种古典艺术，是一种在舞台上表演的木偶剧，由三个要素组成：三弦音乐、木偶表演和一种被称为净琉璃的说唱叙述形式。日本各地都有民间木偶剧，但文乐木偶剧的表演中心仍是大阪。

后,这种感触更深。

北村透谷的纪念碑很快就要在小田原建立起来了。小田原是透谷的出生地,选择海边的形胜之地来立碑纪念透谷,再合适不过了。透谷在短促的一生即将结束的时候,写了《一夕观》等文章,一下子把我们的视线和思绪引向了大海。透谷住在国府津海岸的长泉寺时写的东西,篇篇俱是佳作。从这种意义上说,这次把纪念碑建在湘南地方,的确意义深远。

旅居法国的时候,我曾经到卢森堡公园拜谒过司汤达的纪念碑。《献给司汤达》的碑文中罗列出了这位法国作家的一些名著的题目,有《罗马漫步》《爱》《红与黑》等,还雕刻着他的生卒年月。那座纪念碑非常精美。这次在小田原为北村君立纪念碑,打算参照那座石碑,选刻透谷全集中的主要诗文的题目。本来,碑文想烦请有岛生马君书写的,不巧立碑期间他正云游在外,只好由我献丑了。另外,小田原人福田正夫君以及其他住在小田原的各位,为此不辞辛苦地忙前忙后,在此表示衷心的感谢。我仅仅担个主事者的名儿,其实,碑石的选定以及一切相关工作均有赖于透谷会的诸君的努力,大家都想尽一切办法,希望能够建造一座理想的纪念碑。

小田原能出透谷这样的诗人,是这片土地的骄傲。纪念碑很快就要建成了,待揭幕之日,马场孤蝶君说要一起去,户川秋骨君也说要一起去,我们三人一直期盼着这次的小田原之行。我们三个老朋友一起站在纪念碑前的那一天已经为时不远了。

"你们总说透谷、透谷的,我还以为是谁呢,原来说的就是门太郎①啊。"

最近,透谷君的一位老相识这样对我说。

---

①门太郎是北村透谷的本名。

放生鲤鱼

一天，为了表达一种心愿，我放生了一条鲤鱼。那是乡下来京的人送给我的一大一小两尾鲤鱼，我把其中那条大的放到了邻居家的水池里。别人大老远特地送来的当地特产，我这样做，或许有点辜负人家的厚意了，但是这份情谊我心领了，却不想把这两条鲤鱼都做成菜肴吃掉。至少，我想把那条大的放生。

放生鲤鱼，倒不是因为别的什么，就是这几天心情比较好。前段时间一场突如其来的疾病让我身心俱损，这几天心情终于有所好转，正盘算着去哪个海岸边休养一下，也算是来个小旅行。正巧，这当儿有人送来了这两条鲤鱼。它们被裹在报纸里，又包在包袱皮儿中。离了水的鱼，像是被抽掉了身上所有的力气一样，一动也不能动。这半死的鲤鱼让我想起了自己刚从病床上起身时的状态和心情。

我把奄奄一息的鲤鱼放在我家的水罐中，不一会儿，它就有了生气。当我把它放入邻居家的深水池中时，它像是瞬间恢复了生机，欢快地游动起来。我想，如果我们的生命也能像鲤鱼这样起死回生该有多好啊。

再婚的信

楠雄：

　　正值秋忙时期，想必神坂也沉浸在收获的欢乐中了吧。

　　今年秋天，本打算带着柳子回神坂的，这也是我们由来已久的心愿，可是由于种种原因，看来预定十一月初的出行难以成行了。

　　今天，我想告诉你一件极其重要的事，所以提笔写了这封信。那就是，父亲从今年夏初开始就思量着要改变一下自己的生活。

　　一直以来，父亲的生活不太正常，我自己也觉得多少有些不大自然，但为了养育你们兄妹，这也是迫不得已的。父亲多年的苦辛，想必你也看在眼里记在了心上。如果说你们渐渐长大了，一个一个都能独立生活了，那也就意味着父亲孑然一身的日子迫在眼前了。很多事情，我会越来越力不从心，首先就拿生病来说，那种脆弱和不安是你们所体会不到的，所以，趁眼下一切还未改变，我想改变一下生活，为避免老年后的孤独和病弱早做准备。

　　所幸，你对加藤静子也比较熟悉，她经常出入我们家，你也了解她是一个什么样的人。我直接给川越的兄长写信说了这事，他也同意我迎娶加藤。

　　这件事，我还没有告知任何亲戚朋友，只想先对你们几个说说，可直到今天才终于提起笔来。但是，一想起你们和父亲我相依为命，一起走过了这十多年，实在是很难下笔。

　　今年七月份，我就这件事和川越的加藤大一郎先生进行了协商，并得到了他的应诺。大一郎先生为此还专程到东京来了一趟。我们各方面都谈得比较顺利，并且互相交换了订婚礼品，很快就发展到了商量结婚日期的进程。这是父亲个人的事，所以我决定一切从简。虽说生活发生了改变，但加藤进了家门后，我们依然会和从前一样过简朴安宁的生活。

　　最终和对方商定，结婚的时间定在十一月三日。我考虑着在星冈茶室定

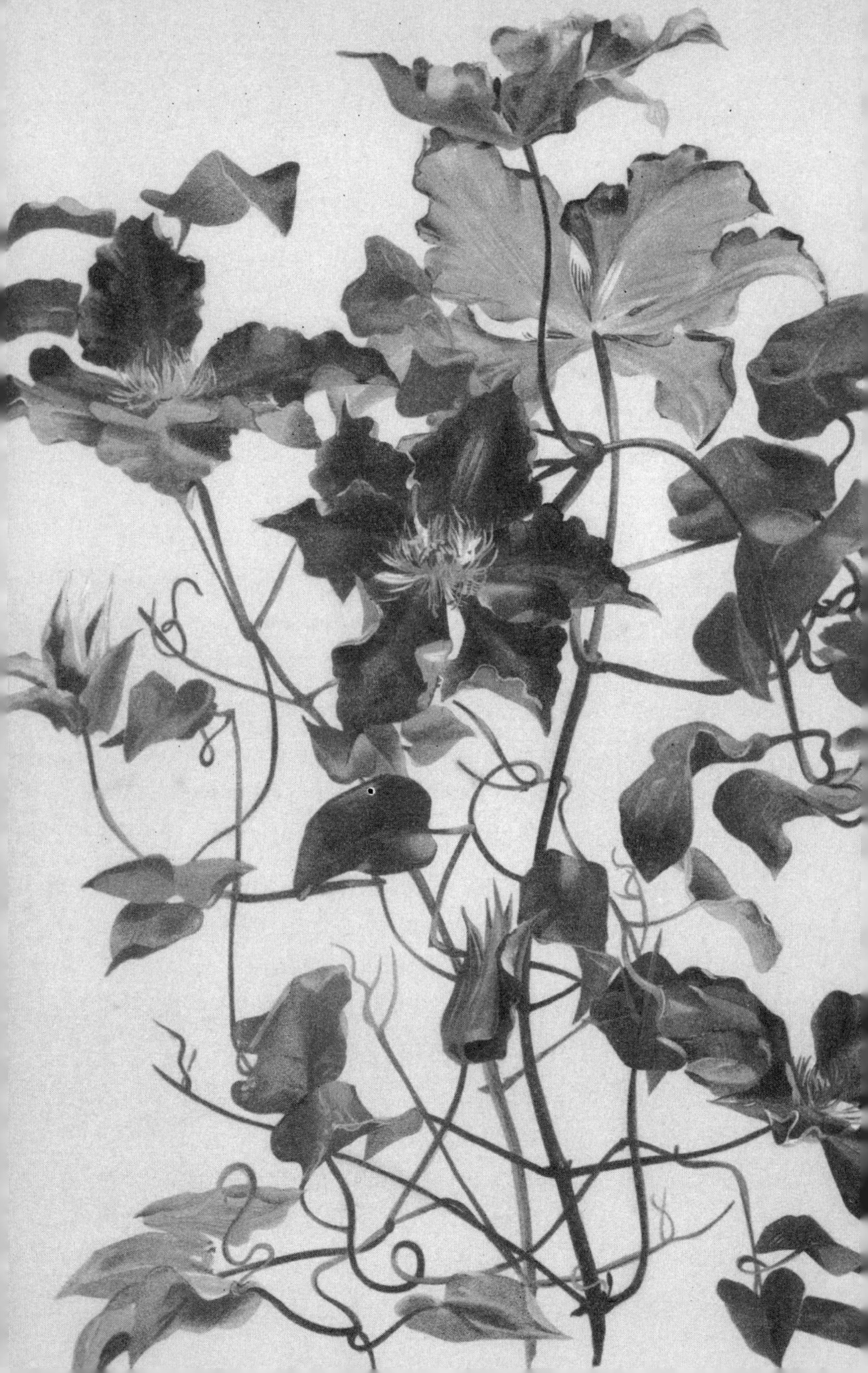

个房间，加藤家有两三位亲戚，再加上西丸君和吉村君，简单举行个仪式就行了。本来也想让楠雄过来的，但考虑到路途遥远，再加上你家事繁多，所以最后决定由鸡二代表你们兄妹出席。

父亲选择开始一种新的生活，并不是冲动使然，而是深思熟虑的结果。我不想一个人孤独老去，希望重建自己的生活，寻觅一个合适的内助，一起走向更加自然、安稳的晚年。

这封信不仅是写给你一个人的，也是我想对鸡二和柳子说的心里话。另外，找时间也得告诉蓊助这件事。这封信，本来早就该写，可始终没找到合适的时机，再者也怕引起你们的恐慌，所以，直到今天才鼓起勇气提起笔来。这一点，还请你们体谅。

最初，我向加藤大一郎先生提起这件事情时，他很是为我高兴，说这对我来说是件好事。如果你们也能这么想的话，那父亲我就心安了。

不管什么事，都要以宽广的胸怀去考虑，因为父亲要做你们的依靠的心永远都不会改变。

此外，父亲要是放出欲改变生活的口风，那些好事的新闻记者定会闻风而动，大书特书，从而造成不必要的麻烦，所以，这封信的内容，你们暂时不要告诉任何人，我会寻找合适的时机——告知朋友和世人。

说实在的，今天写了一封难写的信。

父亲
十月二十三日

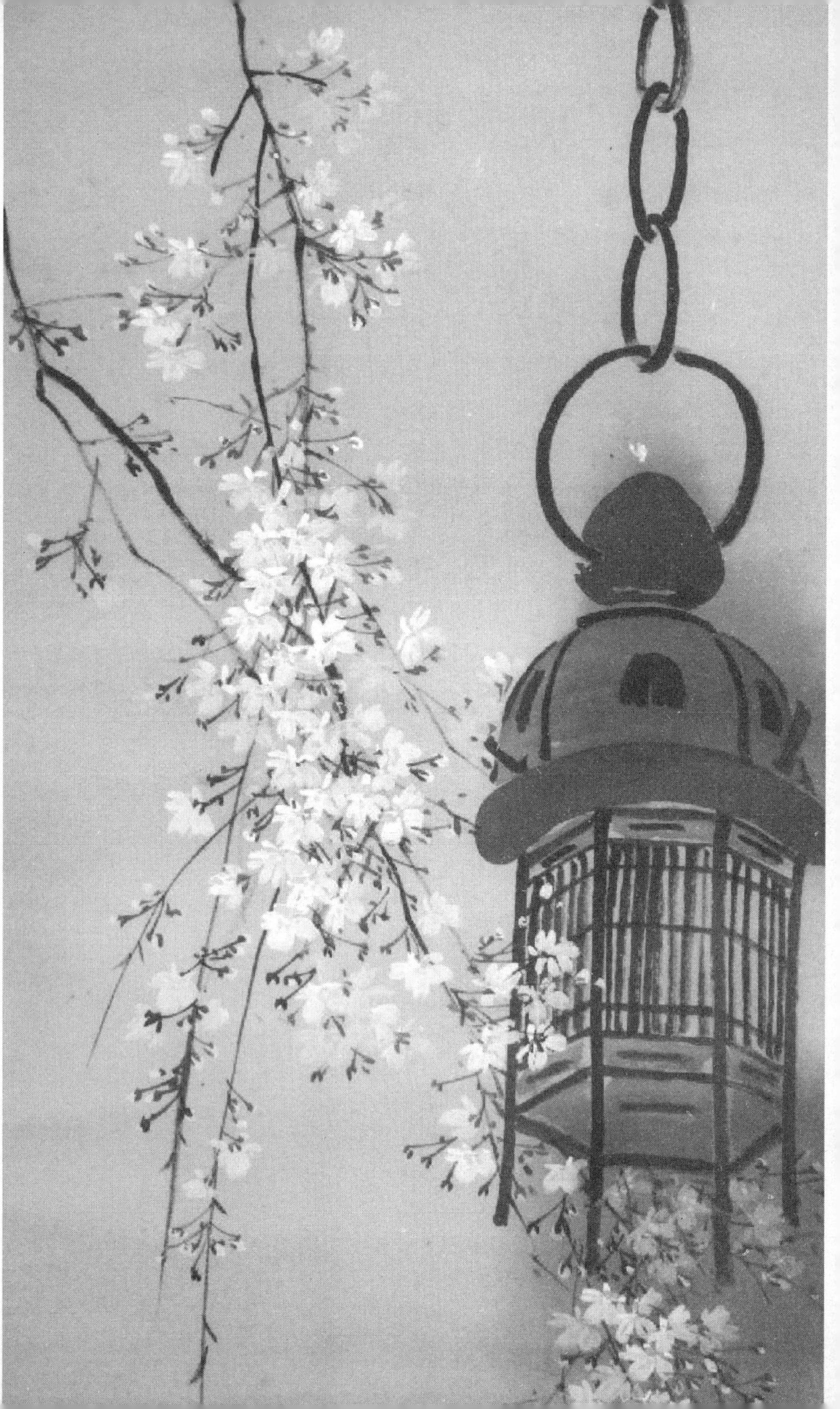

江苏文艺
世界大师
果壳宇宙

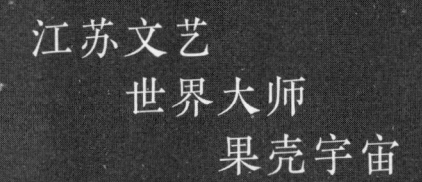

热情

情怀　勤勉　革新

善良　豁达　澄明　睿智

沉稳　平衡　神秘

浪漫

人类的过去，书写在这里；你的未来，藏在你读过的书中。

人类是一根连接在兽类与超人中间的绳索——
一根悬于深渊上的绳索。
人类之伟大，在于它是桥梁而非终点；
人类之可爱，在于它是过渡也是没落。

每个不曾起舞的日子都是对生命的辜负/尼采

荣光时刻/丘吉尔

不要因为走得太远而忘记为什么出发/纪伯伦

这里有我对生命全部的爱/加缪

这个世界既不属于富可敌国者,
也不属于权势滔天者,
它属于那些有心人。

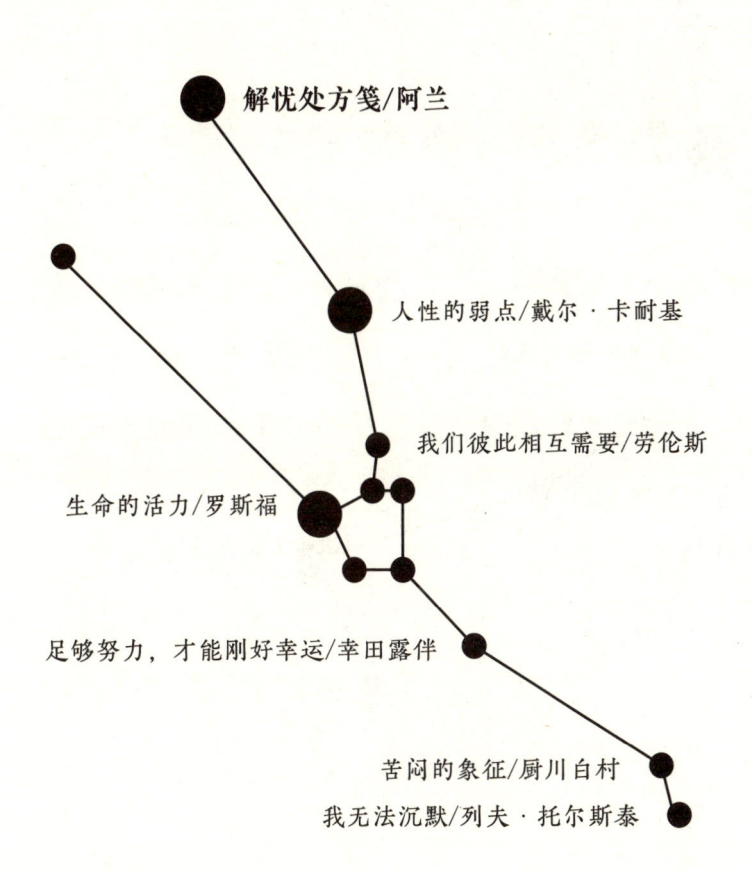

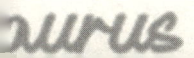

解忧处方笺/阿兰

人性的弱点/戴尔·卡耐基

我们彼此相互需要/劳伦斯

生命的活力/罗斯福

足够努力,才能刚好幸运/幸田露伴

苦闷的象征/厨川白村
我无法沉默/列夫·托尔斯泰

生活的不确定性，正是希望的源泉。

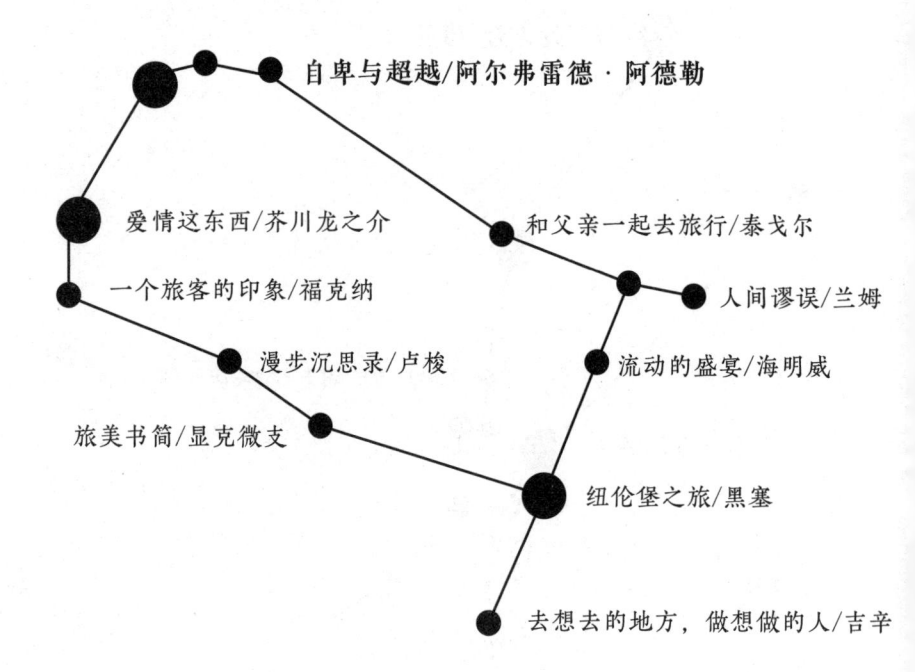

自卑与超越/阿尔弗雷德·阿德勒

爱情这东西/芥川龙之介　　　　　和父亲一起去旅行/泰戈尔

一个旅客的印象/福克纳　　　　　　　人间谬误/兰姆

漫步沉思录/卢梭　　　流动的盛宴/海明威

旅美书简/显克微支

纽伦堡之旅/黑塞

去想去的地方，做想做的人/吉辛

坚定你的信念吧，天会破晓；希望的种子深藏于泥土，它会发芽；
白天已近在眼前，那时——
你的负担将变成礼物，你受的苦将照亮你的路。

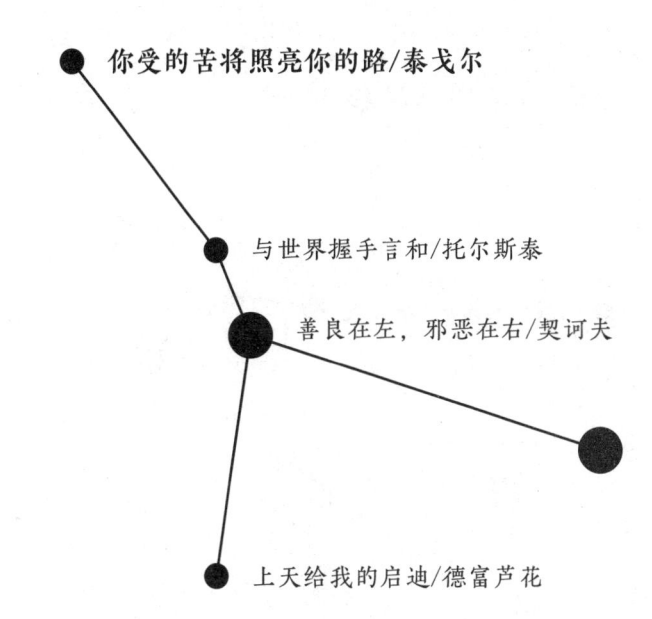

你受的苦将照亮你的路/泰戈尔

与世界握手言和/托尔斯泰

善良在左，邪恶在右/契诃夫

上天给我的启迪/德富芦花

诗意地理解生活，理解我们周围的一切——
这是童年最可宝贵的馈赠。

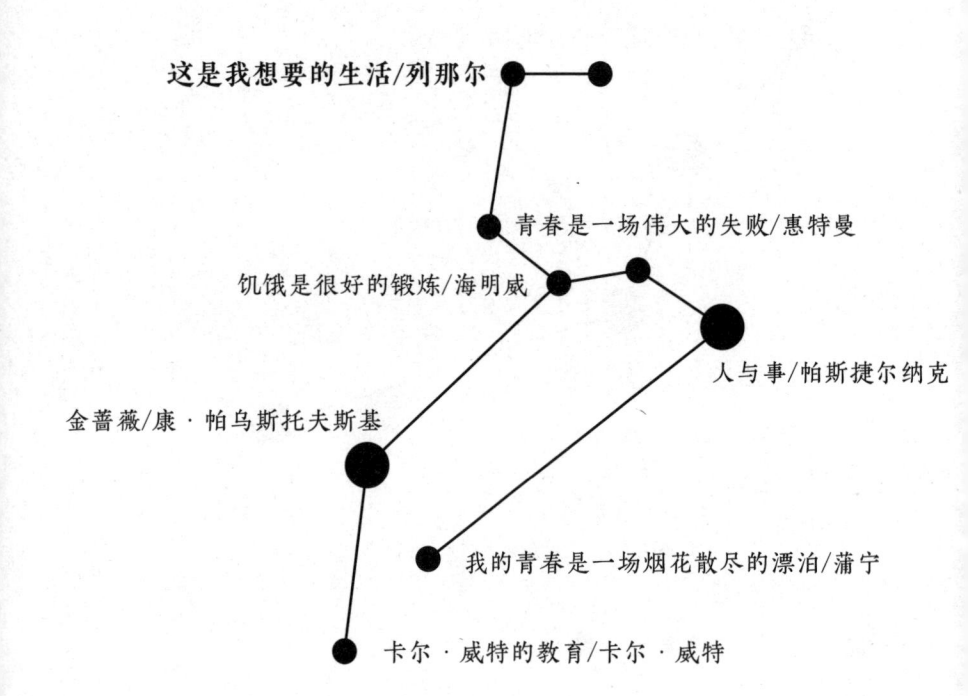

这是我想要的生活/列那尔

青春是一场伟大的失败/惠特曼

饥饿是很好的锻炼/海明威

人与事/帕斯捷尔纳克

金蔷薇/康·帕乌斯托夫斯基

我的青春是一场烟花散尽的漂泊/蒲宁

卡尔·威特的教育/卡尔·威特

我们在这世上的时日不多，
不值得浪费时间去取悦那些卑劣庸俗的流氓。

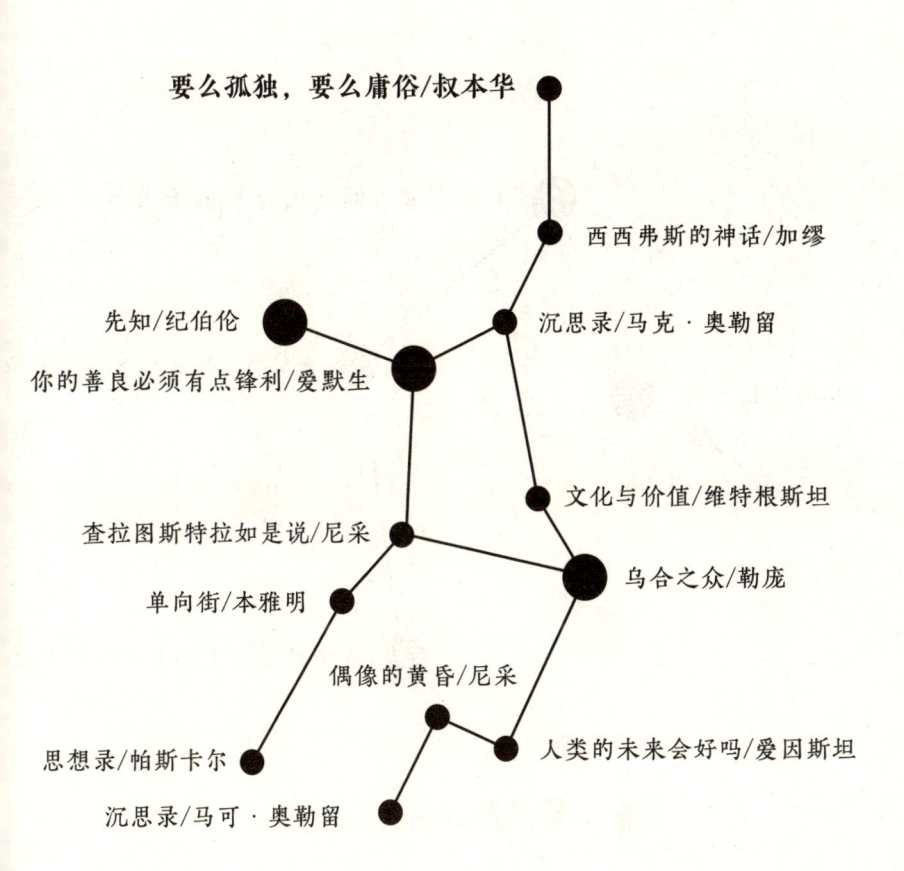

要么孤独，要么庸俗/叔本华

西西弗斯的神话/加缪

先知/纪伯伦
沉思录/马克·奥勒留
你的善良必须有点锋利/爱默生

文化与价值/维特根斯坦

查拉图斯特拉如是说/尼采

乌合之众/勒庞

单向街/本雅明

偶像的黄昏/尼采

思想录/帕斯卡尔
人类的未来会好吗/爱因斯坦

沉思录/马可·奥勒留

Virgo

平衡

"可能"问"不可能"道："你住在什么地方呢？"
答曰："我就在那无能为力者的梦境里。"

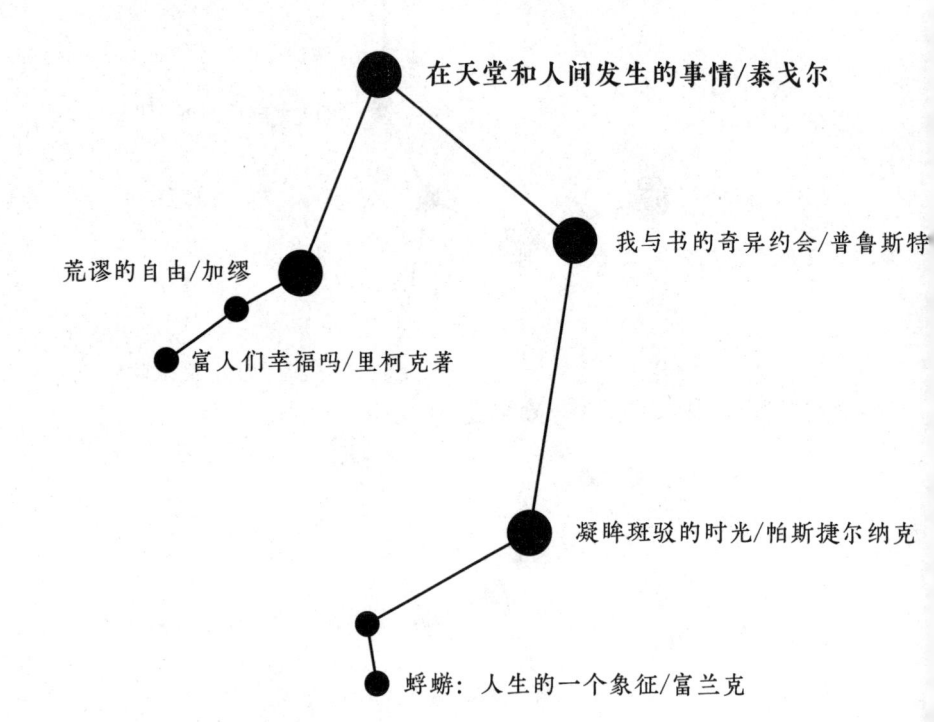

在天堂和人间发生的事情/泰戈尔

荒谬的自由/加缪

富人们幸福吗/里柯克著

我与书的奇异约会/普鲁斯特

凝眸斑驳的时光/帕斯捷尔纳克

蜉蝣：人生的一个象征/富兰克

这莫名其妙的世界啊，无论如何令人愁肠百结——
她，总还是美的。

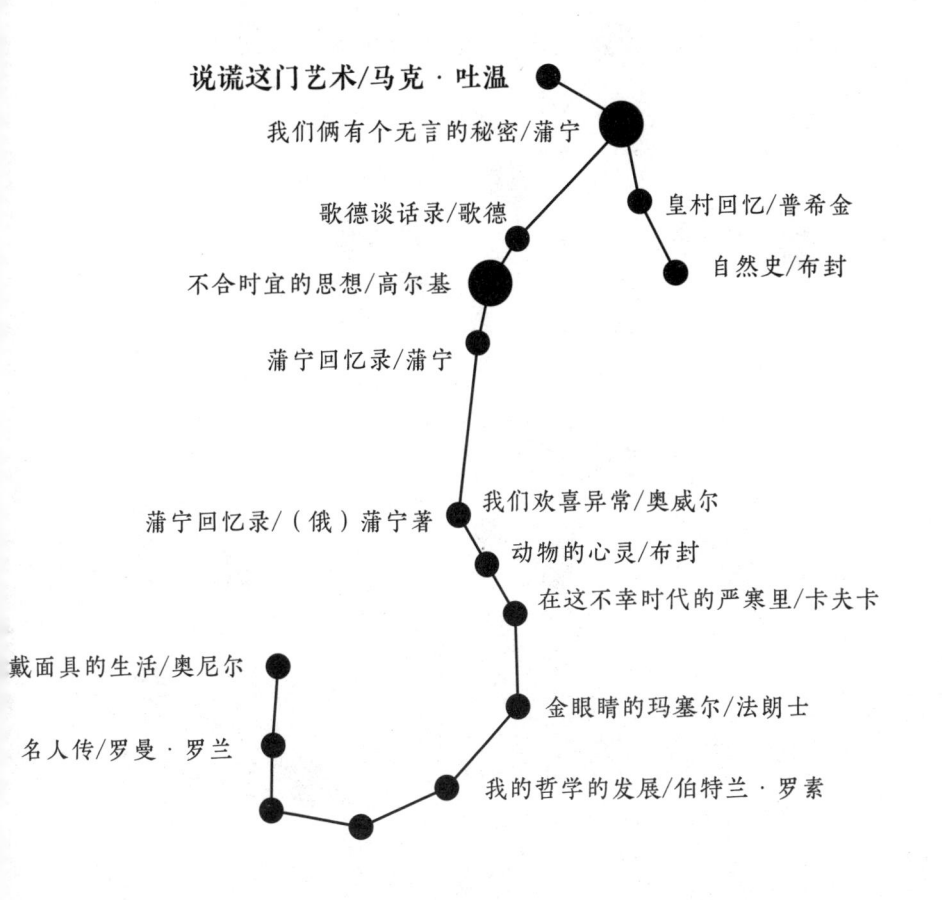

说谎这门艺术/马克·吐温
我们俩有个无言的秘密/蒲宁
歌德谈话录/歌德
皇村回忆/普希金
自然史/布封
不合时宜的思想/高尔基
蒲宁回忆录/蒲宁
蒲宁回忆录/（俄）蒲宁著
我们欢喜异常/奥威尔
动物的心灵/布封
在这不幸时代的严寒里/卡夫卡
戴面具的生活/奥尼尔
金眼睛的玛塞尔/法朗士
名人传/罗曼·罗兰
我的哲学的发展/伯特兰·罗素

世界上最宽阔的是海洋，
比海洋更宽阔的是天空，
比天空更宽阔的是人的胸怀。

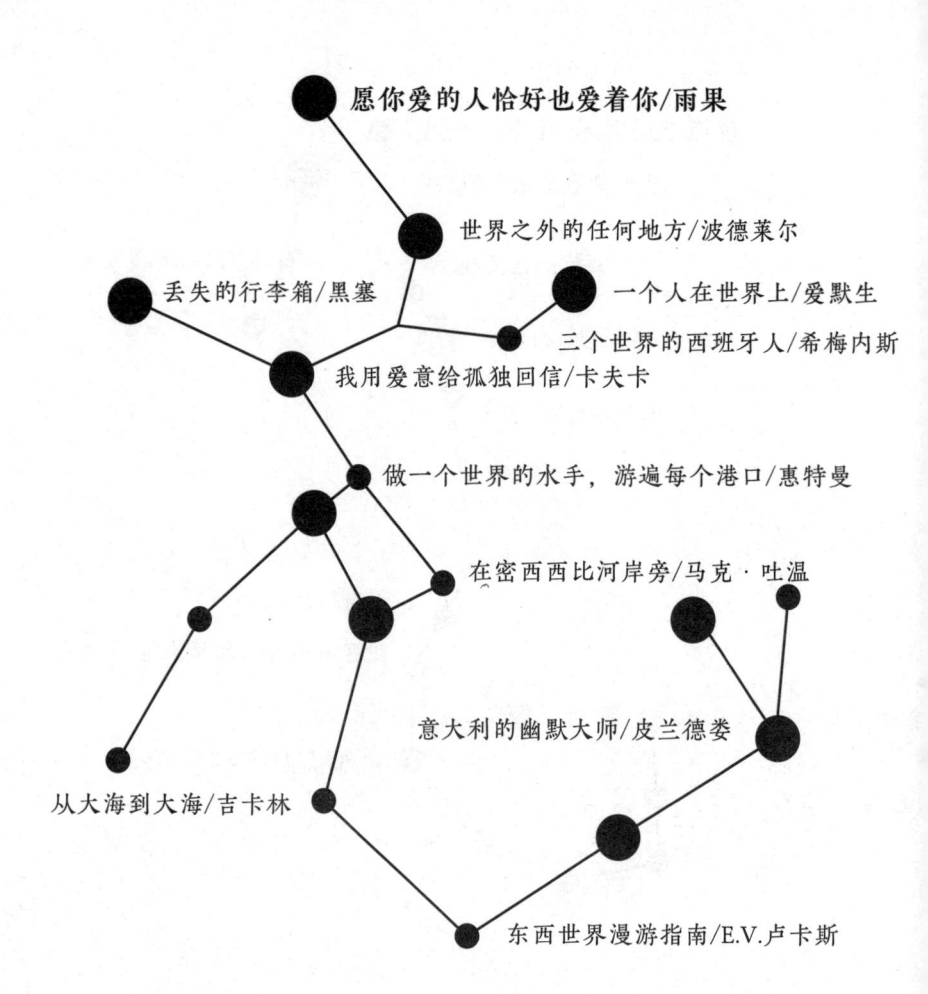

愿你爱的人恰好也爱着你/雨果

世界之外的任何地方/波德莱尔

丢失的行李箱/黑塞

一个人在世界上/爱默生

三个世界的西班牙人/希梅内斯

我用爱意给孤独回信/卡夫卡

做一个世界的水手，游遍每个港口/惠特曼

在密西西比河岸旁/马克·吐温

意大利的幽默大师/皮兰德娄

从大海到大海/吉卡林

东西世界漫游指南/E.V.卢卡斯

Sagittarius

谁将声震人间，必长久深自缄默；
谁将点燃闪电，必长久如云漂泊。

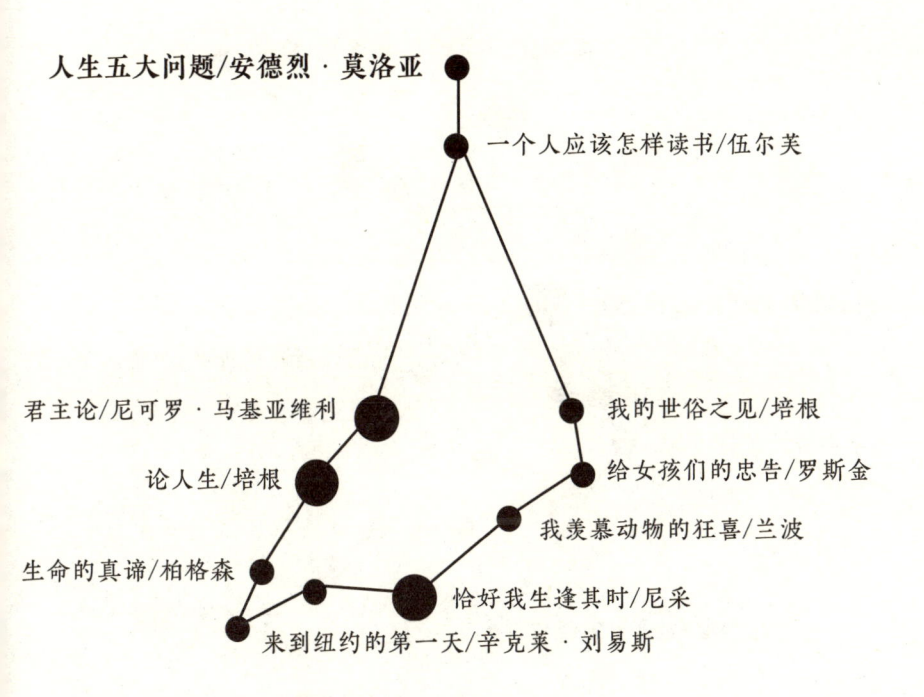

人生五大问题/安德烈·莫洛亚

一个人应该怎样读书/伍尔芙

君主论/尼可罗·马基亚维利

我的世俗之见/培根

论人生/培根

给女孩们的忠告/罗斯金

我羡慕动物的狂喜/兰波

生命的真谛/柏格森

恰好我生逢其时/尼采

来到纽约的第一天/辛克莱·刘易斯

我们的整个生命是一场惊人的道德之争，
人，你本该活得荣耀。

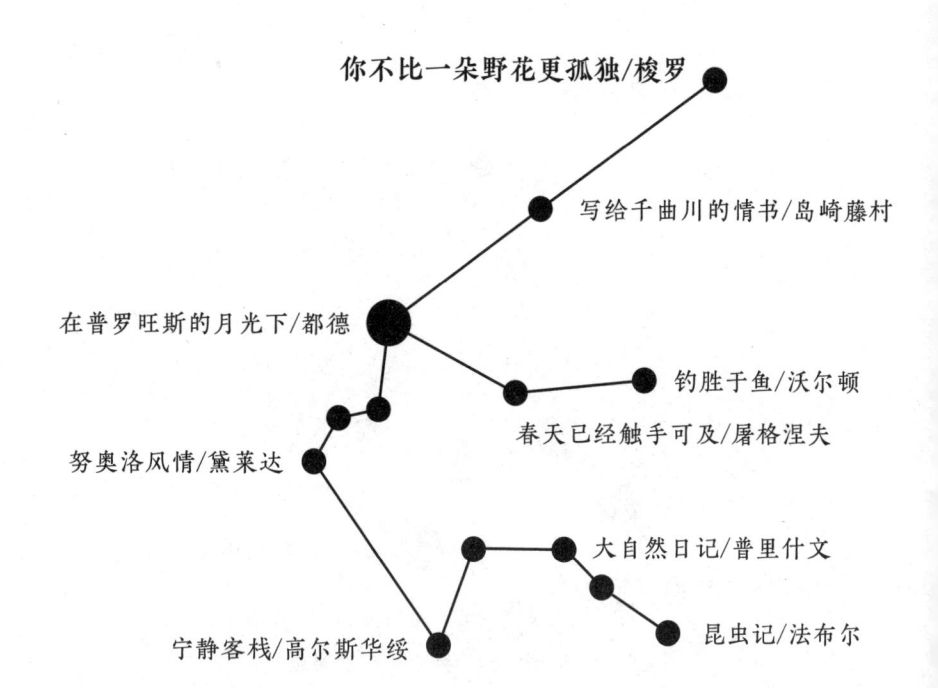

你不比一朵野花更孤独/梭罗

写给千曲川的情书/岛崎藤村

在普罗旺斯的月光下/都德

钓胜于鱼/沃尔顿

春天已经触手可及/屠格涅夫

努奥洛风情/黛莱达

大自然日记/普里什文

宁静客栈/高尔斯华绥

昆虫记/法布尔

你我相知未深,
因为我不曾与你同在一片寂静之中。

我想为你连根拔除寂寞/夏目漱石

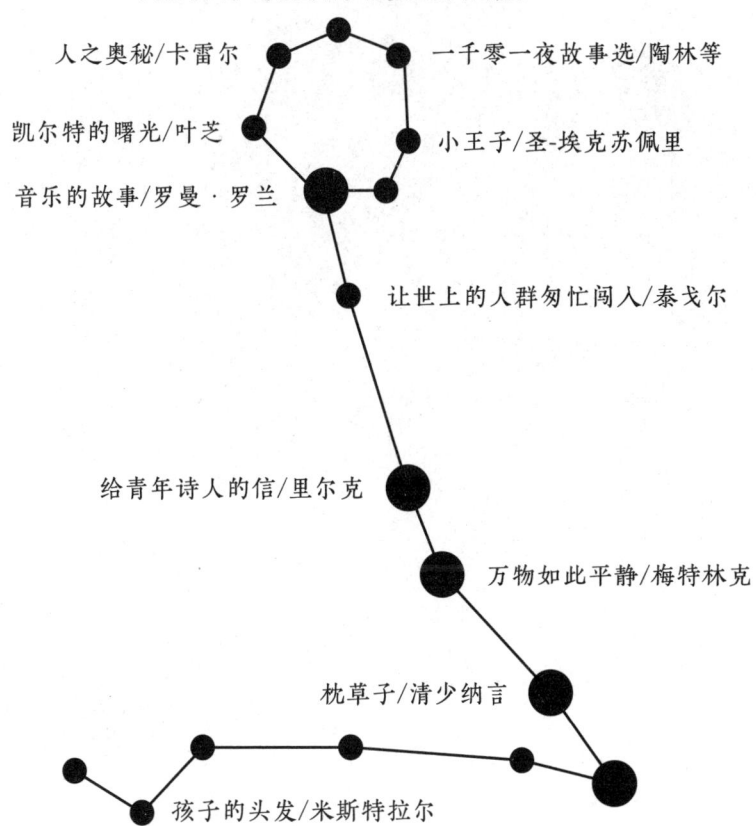

人之奥秘/卡雷尔

一千零一夜故事选/陶林等

凯尔特的曙光/叶芝

小王子/圣-埃克苏佩里

音乐的故事/罗曼·罗兰

让世上的人群匆忙闯入/泰戈尔

给青年诗人的信/里尔克

万物如此平静/梅特林克

枕草子/清少纳言

孩子的头发/米斯特拉尔

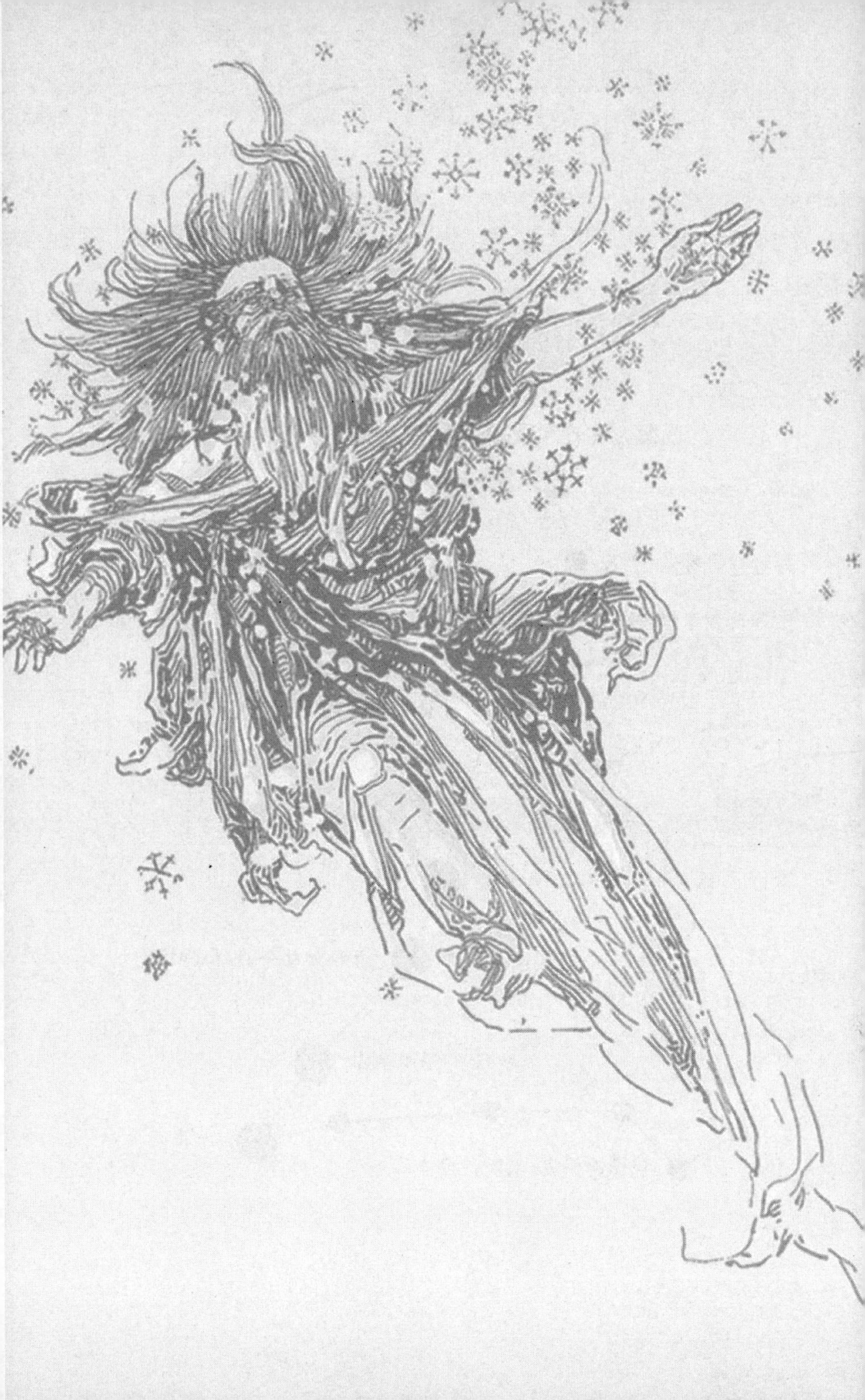